천년여행1

선택받은 사람들

천년여행 1_선택받은 사람들

초판 1쇄 인쇄 2012년 12월 18일
초판 1쇄 발행 2012년 12월 24일

지은이 이 종 홍
펴낸이 손 형 국
펴낸곳 (주)북랩
출판등록 2004. 12. 1(제2012-000051호)
주소 153-786 서울시 금천구 가산디지털 1로 168,
우림라이온스밸리 B동 B113, 114호
홈페이지 www.book.co.kr
전화번호 (02)2026-5777
팩스 (02)2026-5747

ISBN 978-89-98268-85-5 03810

천년여행

1

선택받은 사람들

이종흥 장편소설

booklab

책머리에

사람들은 살고 있는 이곳만 세상인 줄 안다.

그러면서도 다른 세상을 꿈꾼다.

이 책은 지금 이생에서의 삶이 아닌 다른 세상에서의 삶을 주제로 적은 글이다.

누구는 삶이 돌고 돈다고도 하고, 누구는 이 삶이 끝나면 모든 것은 끝난다고 한다. 그러나 유감스러운 것은 어느 것이 맞다고 단정을 지을 수 있는 사람이 우리 중 누구도 없다는 것이다.

난 한때 영문을 알 수 없는 이 인생길 너머에는 어떤 것이 있을까, 생각해 본 적이 있다. 누구나 쉽게 말하는 그 천상이라는 곳을 막연하나마 상상으로라도 한번 나타내보고 싶었다.

사람들이 별로 다니지 않는 용마산 중허리로 난 산책길을 걸으면서, 난 내가 살고 있는 거대한 도시를 내려다봤다. 무엇이 그리도 바쁜지 삶에 밀려 어디론가 바쁘게 내달리는 자동차, 회색 도시 오르막길에는 나이 든 노인이 힘든 걸음으로 언덕길을 올라오는 것이 보였다. 저렇게 바쁘게 살지 않아도 삶은 언제나 즐겁고,

저렇게 늙지도 않는 사람으로 영원 같은 한 생을 살 수 있다면 참으로 좋겠다는 생각을 했다. 그리고 그런 곳이 있다고 한다면 그곳이 바로 천상일 것 같았다. 그 세상을 펼쳐 보이기 위해서는 가공의 인물과 장소를 만들어 그것을 이야기로 전개시키는 수밖에 없었다. 그러나 가보지 않은 천상을 표현한다는 것은 참으로 어려웠다. 이러하지는 않을까? 단편적이나마 이래야 되지 않을까? 하고 상상으로 쓸 수밖에 달리 방법이 없었다.

전혀 터무니없는 글이라고 폄하될 수도 있고, 웃음밖에 나오지 않은 글일 수도 있지만, 불현듯 생겨난 이생이 우연은 아니라고 믿는다면, 그리고 지푸라기 넘어지듯 맞는 죽음이 끝은 아니라고 믿는다면, 짧은 유한한 세월을 살고 떠나는 우리가 다음 생이 있다고 믿는다면, 거기가 어딘지 한 번쯤은 상상해 보았으면 한다.

2012년 겨울
이 종 흥

목차

1. 태동

뼈를 저미는 극심한 통증 속에서 그는 죽음을 그려내고 있었다. 생의 끝을 확신하며, 그는 자신에게 닥친 이 죽음의 시간이 어떻게 전개될지 몰라 초조하고 두려웠다. 두려움은 이제 육신이 느끼는 고통이 아니라 저편, 죽음 뒤편이 더 두려운 것이다.

내가 이제 그리로 갈 텐데… 그곳엔 무엇이 있을까?

이미 돌이킬 수 없이 파괴되어버린 육신과, 암울하게 내리누르는 죽음의 그림자에 자신의 혼이 처절하게 떨고 있는 것을 느낀다.

어찌됐던 그는 어서 이 인식하는 상황에서 멀어지고 싶었다. 진정 아무것도 느끼지 못하는 존재, 사라진 존재, 무無란 존재가 되고 싶었다.

복된 죽음을 맞이하기 위해 누구는 일생을 구도하고, 누구는 삶을 즐기기 위해 환락을 좇아 전 생을 다녔다지만, 그의 삶은 그 무엇도 아니었고 오로지 죽음을 찾아다니다 죽음을 맞은 참으로 기막힌 인생을 살다가 가는 것이었다. 어느 한 순간 행복이라고 겨워해보지도 못했고, 죽음을 경건하게 맞을 준비도 하지 못한 채, 헐벗은 몸으로 죽음 앞에 서 있는 것이다.

어서 숨이 끊어져야… 그리고 의식이 사라져야….

이제는 오로지 그것만을 간곡히 바랄 뿐이다. 의식이 자신에게서 떠나기 전까지의 고통은 극심했다. 양 눈에 깊이 박힌 화살이 삶을 저버리기 싫어 절규하는 육신을 찍어 누르며 숨통을 압박했다. 세상의 모든 두려움이 넋을 감싸 심장은 미친 듯이 뛰었고 오한에 걸린 듯 몸은 사시나무처럼 떨렸다.

'곧 끝이 나리라. 그러면 모든 고통에서 벗어나리라. 한 번도 가보지 못한 끝. 그 끝을 지금 내가 가리라. 그곳은 분명 아름다우리라. 그리고 참으로 편안하리라. 내 그것을 믿어 의심치 않으니….'

그러나 자신의 바람과는 달리 뼛속을 후벼 파는 고통만 계속될 뿐, 의식은 좀체 떠날 줄 몰랐다. 죽음을 맞기 전까지의 그 짧은 시간이, 자신이 일생을 살아온 날들보다 더욱 길게 느껴졌다. 고통의 시간은 그토록 길고 지루했다. 지금 이 순간의 고통과 외로움은 누가 옆에 있다한들 의지가 되지 못하고, 어떤 말로도 위로가 될 수 없으며 누구도 대신할 수 없다. 무서운 고독만이 자신을 옥죌 뿐이다.

빙글, 몸이 허공에서 한 바퀴 돌아 거꾸로 선 느낌이다. 시커먼 땅속 저 깊은 곳으로 자신의 몸이 끝없이 빨려 들어가는 것 같다.

지금까지 의식 속에 질서정연하게 자리 잡고 있던 이성과 감성이라는 것이 순간에 흩어지고, 지금까지 한 번도 알지 못했던 어떤 것들과 뒤섞여 버린다.

어디에서 불어오는지 바람 한줄기가 벌판을 쓸고 지나간다.

'시원하다.'

두려움과 고통으로 진땀이 밴 그가 바람결의 어루만짐에 가슴을 주욱 편다. 그 순간 바로 그렇게 느낀 순간, 고통이 바람결을 따라 갔는지 육신이 편안해지며 솜털처럼 가볍다는 느낌을 받았다.

탁.

아주 작은 무엇인가 자신의 이마에 부딪친 것 같은데….

그런데, 아무런 느낌이 없다. 귀에 들린 그 소리도 내 몸 가까이에서 난 것이 아니라 먼 곳, 아득한 곳에서 난 것 같다. 그런데 분명한 것은 무엇인가 이마 한가운데 부딪혔다는 것이다.

지푸라기처럼 허수롭게 무엇인가 말 위에서 허물어진다. 그 자신이 말에서 떨어지는 것인데도 아무것도 느껴지지 않은, 그것은 이제 자신이 아니었다.

양 진영의 군사들이 이 처참한 광경을 숨죽인 채 지켜보았다.

한여름 두엄자리를 와글와글 어지럽게 맴돌던 하루살이처럼, 그동안 생의 시간에서 자신을 지배하던 수많은 의식들이 북풍한설에 하릴없이 쓸리어 가는 낙엽같이, 의식은 자신의 존재로부터 어디론가 사라졌다.

그동안 자신이라고 굳게 믿었던 육신은 이제 보니 자신의 것이 아니었다. 그것은 잠시 의식을 담고 있던 항아리에 불과했다. 좀 더 구체적으로 말한다면, 의식이 느끼고 싶은 온갖 것들을 대신 느끼는 감각의 덩어리에 불과했다. 그 덩어리는 세월이 만들어 키우고 세월이 내던져버리는 유한한 것이었다. 그러나 그 덩어리는 나름대로 의식과 조화를 이루어 살아가는 동안 정情을 만들어내고, 느낌을 만들어내어, 의식이 육신 없이는 존재할 수 없다는 인식을 갖게 함으로써 스스로 번뇌하고 집착 하도록 만들었다. 그러나 어찌됐던 그 항아리는 의식의 보조물이라, 의식이 떠나버리면 개천에 내버린 헌옷에 불과했다.

너무나 편안하다고 느낀 때, 자신의 존재가 작아지고 또 작아져 더 이상 작아질 수 없는 지경에 이르렀다고 느낀 때.

존재는 밝은 빛 속으로 빠르게 어디론가 날아갔다. 아득한 허공만 끝없이 펼쳐져 있어 참으로 멀고도 먼 곳을 갔으나 얼마쯤을 갔는지는 자신도 알 수 없었다.

둥그스름한 공간속에 또 다른 공간 하나가 나타났다. 그 공간은 나름의 형체를 구성하고 있었으며 빛이 비치지 않아 어두컴컴하였다. 그러나 어두운 만큼 포근하고 은은하게 느껴지기도 하는 곳이었다. 그 공간으로 스미어 든 순간, 갑자기 모든 것이 매우 희미해졌고 무엇을 느낄 수도 없었다. 아무것도 보이지 않고 아무 소리도 들리지 않았으며, 아무런 느낌도 아무런 생각도 들지 않았다.

그렇다고 완전히 사라진 것은 아니다. 존재는 있되 그 존재는 지금 모든 것으로부터 탈피되어 저 혼자 있는 존재이다.

철저하리만큼 무無도 유有도 아닌 곳에서, 그는 아무것도 깨닫지 못하는 존재로, 그래서 얼마의 시간이 흘렀는지조차 알지 못한 채 오랜 시간을 그곳에서 보내게 되었다.

2. 조우遭遇

어느 순간, 망망하게 홀로 떠 있던 그곳에 언제나 어스름하고 은은하던 그곳에, 서서히 밝음을 더하며 빛이 스며들고 있었다. 빛이 깨어나는 만큼이나 그동안 하나로 융합되지 못하고 서로 떨어져 있던 인식체와 감각이 하나로 서서히 뭉쳐지기 시작했다. 그러면서

팔딱팔딱.

무엇인가 움직이고 그 소리가 귀에 들리기 시작했다. 자신의 존재조차 제대로 인식하지 못하던 의식이 고요함에서 벗어나 자신이라는 형체 안으로 빨려들 듯 깃들었다.

그는 천천히 눈을 떴다. 부신 햇살이 망막을 헤집고 파고든다. 그는 빛을 피하여 도로 눈을 감은 채 고개를 비스듬히 내리 눌렀다.

존재는 있었으나 형체는 없었는데 불식간에 한 형체가 생겨나 우뚝 서 있었다. 형체를 통하자 비로소 그동안 보이지 않았던 사물들이 하나둘씩 눈언저리에 윤곽이 잡히고, 의식이 또렷해지면서 무엇인가를 인식할 수 있게 되었다. 의식은 이제 형체 안에서 머물

며 그동안 느끼지 못했던 감각이 되살아나고, 느낌을 인지하게 되었다. 이제 그는 자신의 형체를 가지고, 자신이 아닌 다른 사물은 낯섦으로 인식되는 상대적인 상태로 변하게 된 것이다. 보는 것과, 느낌과 생각이 인식을 변화시키는 상태. 이제 또 다시 의식의 작용에 따라 움직이는 불완전하고 불안정한 상태로 변한 것이다.

세상은 고요하여 소리 한 점 없고, 안개 속처럼 뿌옇게 보였다. 그는 미동도 않은 채 한참을 그 자리에 서 있었다. 얼마의 시간이 지나자 비로소 눈에 초점이 맞춰지고, 하나로 엉겨보이던 사물들이 제자리를 잡으면서 모든 물체가 선명하게 보이기 시작했다.

그는 선 자리에서 주위를 빙 둘러보았다.

천지에 아무것도 없다. 아니, 아무것도 없는 것이 아니라 움직이는 생명이 하나도 보이지 않는다.

고요와 정적이 깊은 숨을 끌어들여 참고 있는 듯하다.

허허롭다는 생각이 가슴 한 귀퉁이에서 불쑥 고개를 내민다.

시리다.

마음이 시리다. 너무 조용한 곳에 혼자 서 있는 허전함으로 인해 금방이라도 눈물이 괴어오를 것 같다.

허전함이 형체를 끌고 어디론가 가 보자고 재촉한다.

"그래, 가 보자."

그는 허전함이 손을 끄는 대로 따라간다. 약간씩 비틀거리는 걸음걸이가 아직 온전하지 못하다. 그건 방금 이 낯선 곳에 갑자기 놓였기 때문이다. 벌판은 온통 안개꽃으로 자욱하다.

꽃들을 헤치며 그는 둔덕 위로 올랐다.

무심결에 꽃잎 하나를 따서 입으로 가져가 깨문다. 은은한 향기가 입안에 가득 번지며 멍했던 머리가 산뜻해온다.

멈칫.

발을 땅에 끌며 걷던 걸음이 자신도 모르게 붙박이며 섰다.

보인다.

무엇인가가, 자신의 허전함이 내뿜는 거친 숨결을 어디선가 듣기라도 한 듯, 저만큼에 크고 장엄하게 서 있는 하얀 나무 아래에 한 무리의 사람들이 나란히 서 있다. 거기도 온통 안개꽃으로 자욱하다. 서 있는 사람들의 다리 부분은 꽃 속에 파묻혀 보이지 않는다.

낯선 곳에서 낯선 생물을 보는데도 전혀 이상하지 않다.

그는 천천히 발걸음을 옮겨 사람들이 서 있는 곳으로 이끌리듯 걸어갔다.

발걸음을 옮길 때마다 꽃들이 가랑이 사이를 스치며 물결처럼 흔들린다.

온천지에 햇살이, 하늘에서 대지로 촘촘히 발을 걸어놓은 듯 찬연하게 쏟아지고, 명주실처럼 가는 햇살은 은빛으로 반짝인다. 강렬한 햇살이 무섭도록 내리치는데도 덥지도 않고 온화하게만 느껴졌다. 세상 모든 구석에 햇살이 파고들어 그늘이라고는 보이지 않는다. 마치 세상만물이 빛에 떠받들려 있는 것 같다. 걸어가는 자신도 빛의 파고로 인해 둥실 떠서 걸어가고 있다는 착각이 들

정도였다.

사람들의 얼굴을 판별할 수 있는 거리까지 가까이 왔다.

자신이 어떻게 생겼는지 전혀 알지 못하므로, 형상을 하고 있는 사람들의 모습이 무척이나 신비하고 경이롭게 보인다.

깎아놓은 듯 반듯한 이마 밑에는 진하지도 성하지도 않는 까만 줄처럼 생긴 눈썹이 있고, 그 바로 밑에 둥그런 것이 두 개 있는데 그것을 옆으로 살짝 굴리기도 하고, 내리깔고 치뜨고 깜빡이기도 하며 들어서는 자신을 바라보는 것으로 보아 그것이 사물을 보고 판별하는 모양이다. 투명한 듯 그윽한 눈동자는 사람을 빨아들일 듯 깊고도 강렬했다.

얼굴 가운데 산맥처럼 오뚝 솟아 오른 콧날은, 햇살을 받아 광채를 머금어 도드라졌는데 그것이 얼굴 이쪽과 저쪽을 나누었다. 하얀 얼굴색과는 달리 코 아랫부분엔 빗살무늬로 가는 세로 줄이 그어져 있는 도톰한 꽃잎 같은 것이 있는데 그것은 유독 빨갛고 농염하게 생겼다는 생각이 든다. 그것은 아래위로 둘이 꼭 다물어져 있다. 붉은 색과 하얀 색이 서로 조화를 이룬 모습이 빠져들 듯 아름답다.

그들의 형체가 참으로 존귀하다는 생각이 들었으며, 그들이 지닌 아름다움은 보는 이로 하여금 가슴을 들뜨게 만들었다. 그들의 모습은 세상 무엇으로도 흉내 낼 수 없이 고혹적이어서, 움직이는 자태 하나하나가 고상하고도 양연하여 보는 이로 하여금 황홀경에 빠지게 했다.

모두가 판박인 듯 똑같은 용모가 아니라, 제각기 조금씩 다르게 생겼는데도 그 틀린 개성이 또한 너무나 뚜렷하여 경탄스러울 정도이다.

그는 눈을 거두어 자신의 형체를 둘러보았다. 그들과 자신을 비교해보는 것이다. 그는 자신의 얼굴은 볼 수 없지만 다른 여러 부분이 저들과 똑같이 생긴 것으로 보아 얼굴도 그들과 비슷하게 생기지 않았을까 추측해 보았다.

다섯 사람이 일렬로 나란히 서 있고, 그들 앞에는 몸매가 호리하면서 무척이나 이지적으로 생긴 사람 하나가 그들과 마주보고 서 있었다.

모여 있는 사람들의 얼굴은 다소 긴장을 한 것 같기도 하고, 어떻게 보면 아무런 생각 없이 무심히 서 있는 것 같기도 하다. 그가 자신이 걸어가던 방향에서 가장 가까운 곳에 서 있는 사람 옆에 서려니, 앞쪽에서 지켜보고 서 있던 이가 그를 보고 살짝 미소를 지어 보였다. 그리곤 조용히 팔을 들어 반대편 끝을 가리켰다. 그리로 가서 서라는 표시였다. 그는 사람들 뒤를 돌아 그가 가리키는 위치에 가서 섰다. 그런 그의 행동에 서 있는 다섯 사람들 모두는 눈길을 돌리지도 않았고 궁금해 하지도 않았다. 누가 왔는지, 그리고 그가 어떤 존재인지 별로 관심이 없어 보였다.

적막이 흐르는 잠깐의 시간이 흘렀다. 앞에 서 있던 이가 빨갛게 다물어져 있던 입을 벌렸다.

"이제 다 모였나 봅니다."

꽃잎처럼 다물어져 있던 그것이 벌어지며 그 사이로 소리가 배어나왔다. 말을 할 때마다 입안에서 가지런하고 하얀 것이 드러났는데 그것은 얼굴보다 더 희고 투명한 것이 신비스럽게 보인다.

공손하게 말하는 음성은 얇고 가늘었다. 한없이 부드러울 것 같은 용모를 하고 있는데도 그러나 어딘지 모르게 범접할 수 없는 위엄도 함께 지니고 있었다.

작고 아담한 모습은 처다볼수록 흠잡을 데 없이 반듯했다.

"여러분은 이 천상계를 방문하는, 숫자상으로는2만 3,662번째. 그리고 2만 3,663번째… 2만 3,667번째 사람입니다."

그는 자신을 마주보고 서 있는 한 사람 한 사람을 손으로 일일이 가리키며 숫자를 말해 주었다. 자신은 2만 3,667번째 천상을 밟는 사람이라고 했다.

약한 체구만큼이나 뽀얀 손가락이 가늘고 길었다. 뒤이어 그는 오른손을 가슴에다 붙이고

"저를 소개하겠습니다."

자신이 누군지를 말하려고 했다.

"저는 이 천상에서, 천상으로 오는 분들을 맞이하고, 천상에서 이루어지는 일들을 알려주는 사람입니다. 이름은 도선이라 합니다."

자신의 소개를 마친 그가 고개를 숙여 보였다. 목둘레를 삼각으로 감싸고 있던 도포 속에 목덜미가 하얗게 드러났는데 마치 백옥을 깎아 세운 것 같다. 어느 한 곳 치장이라고는 하지 않은

용색임에도 불구하고, 고고하게 빛나는 기품 있는 모습은 마주한 사람들의 숨소리조차 멈추게 할 정도로 단려했다.

모여 있던 사람들 모두가 고개를 숙여 답례를 했다.

시간이 지날수록 그의 말과 행동은 사람들에게 편안함을 느끼게 해 주었다.

"천상에 오신 여러분을 진심으로 환영합니다. 여러분들이 어떤 과정으로 여기에 오는지는 저 자신도 잘 모릅니다. 저는 단지 여기로 온 분들에게 이 천상의 일을 이해시키고 도와주는 역할만 할 뿐입니다."

옥반에 진주 구르듯 청아하고 아름다운 목소리이다. 말을 하면서 그는 한 사람 한 사람 모두에게 눈길을 맞추어주었다. 따스하면서도 다정한 눈빛이었다. 가녀린 몸매와 대조된 단호한 어조는, 사람들의 눈길과 정신을 빨아들이듯 몰입시켰다. 어쩌면 모든 것의 처음, 신비의 세계에서 펼쳐지는 첫 상면이어서 그랬는지도 몰랐다.

"이제 여러분 각 자 소개를 하도록 하겠습니다. 여기에서 이렇게 만난 것은 하늘이 여러분에게만 내린 커다란 축복이고 크나큰 인연입니다."

도선의 말로 자신들이 다른 어떤 곳에선가 존재했다가 이곳으로 오게 되었다는 것을 깨닫게 되었다.

모든 것이 물밑처럼 고요하고 한없이 평화롭다. 백지처럼 하얗고 투명한 마음, 아무것도 없는 그곳에 도선이 하는 말들이 차곡

차곡 새겨진다.

도선이 가장 왼편에 서 있는 사람 쪽으로 몸을 돌렸다.

도선보다도 키가 크고 부리부리한 눈매에 꾹 다문 입술이 진홍색 붉은 사람이었다.

"제가 이름을 이야기하면 본인이 한 번 더 자신의 이름을, 다른 사람 모두가 들을 수 있도록 크게 이야기하십시오."

오른팔을 들어 앞으로 내밀자 겹쳐져 있던 소맷자락이 늘어지며 펄럭였다. 알알이 햇살이 박힌 은빛으로 빛나는 옷은 부드러우면서도 매끄럽다.

"이분은 현유입니다."

소개를 받은 이가 무뚝뚝하게 보이던 얼굴의 긴장을 풀고, 순간 미소를 지으며 자신의 이름을 복창했다.

"현유라고 합니다."

옆 사람들을 향해 엇비스듬히 서서 살짝 허리를 수그리며 인사를 했다. 생김새가 헌칠하고 걸걸한 목소리에 호방하게 생긴 사람이었다. 현유는 옆에 선 사람들을 정면으로 바라보지 않았으며, 다른 사람들 역시 그를 쳐다보지 않고 정면만을 응시한 채 살짝 고개를 숙여 목례로만 그의 인사에 화답했다.

"이 분은 미진이라고 합니다."

도선이 현유 오른편에 서 옆에 있는 사람을 가리켰다.

"미… 진… 입니다."

느린 목소리로 천천히 한자씩 끊어가며 말을 이었다. 부끄러웠는지 아니면 당황했는지 음성이 약간 떨렸고, 말을 마치고도 입을 약간 헤 벌린 채 있었다. 도선이 다음 사람으로 넘어가지 않고 계속 바라보고 서 있자, 그는 그제야 인사를 하지 않은 것을 깨닫고 얼른 고개를 숙여 보였다.

"이 분은 사무연입니다."

"사무연라고 합니다."

다른 사람들보다 큰 눈과 입이 시원시원하게 보인다. 목소리조차 씩씩하여 어찌 들으면 말끝이 매몰차 보이기도 했다. 그러나 얼굴 하나하나를 뜯어보면 무척 아름다운 용모이다. 한 올 빠짐 없이 머리를 모두 틀어 정수리에서 묶어놓은 묶은 머리가 그렇지 않아도 뚜렷한 이목구비를 더욱 도드라지게 드러냈다. 말끝에 급히 다물어 버린 입이 고혹하게 보였다.

"이 분은 소책입니다."

도선이 사무연 옆에 서 있는 사람을 소개했다.

그는 그렇게 표가 나는 것은 아닌데, 어깨가 약간 앞으로 굽어 있고 부드러운 눈길과 다른 사람보다는 두툼한 입술이, 심성 하나는 무던해 보이는 사람이었다. 앞의 사람들이 약간은 들뜬 모습이었는데 반해 그는 이 상황이 전혀 아무렇지 않은지 표정이 매우 무덤덤해 보였다.

"소책입니다."

그는 길에다 무얼 빠뜨린 사람처럼 땅바닥을 쳐다보며 어정쩡한 자세로 인사를 했다. 어찌 보면 제대로 된 올바른 인사를 한 번도 해보지 않은 사람 같아 보인다.

그의 그런 모습을 보고 도선과 옆에 선 사무연이 소리 없이 잔잔한 웃음을 지어 보였다. 하는 행동이 매우 어설펐다.

"이 분은 단애입니다."

도선이 몇 걸음 옆으로 다가와 소책 옆에 서 있는 사람을 소개했다.

가볍고도 전아하게 허리를 다소곳하게 숙여, 누가 보더라도 그 인사에는 감복을 받을만하게, 다른 사람을 공경하는 마음이 온몸에서 우러나도록 공손하게 인사를 하였다. 다만,

"단애입니다."

하는 그 음성은 떨림을 감추기 위해서였는지 너무나 작아서 옆에 선 수운조차 귀를 쫑긋 세워도 제대로 들리지 않을 정도로 소리가 작았다.

입속말을 하여 무슨 말을 하였는지, 알아듣지 못한 사람들이 눈을 치뜨며 의아해하자, 절을 마치고 일어선 그의 얼굴이 발갛게 진홍색으로 물들며 난처한 표정을 지었다. 도선이 잠시 망설이는 기색을 보였다. 남들이 제대로 알아들을 수 있도록 한 번 더 시키려다 마음을 바꾸었는지 그만 둔다. 도선이 다시 옆으로 걸음을 옮겨 간다.

"마지막에 오신 이분은 수운입니다."

고개가 절도 있고 빠르게 앞으로 숙여지더니, 숙인 그 자세에서

"수운입니다."

그는 모든 사람들의 귀청이 우렁우렁하게 울리도록 커다란 소리로 자신을 소개했다. 마치 전장을 나서는 장수처럼 인사를 결연하게 하였다. 인사말이 끝났는데도 고개를 쳐들고 앉고 그대로 있는 그의 행동을 사람들이 놀라 곁눈으로 힐끗 쳐다보았다. 도선만이 그런 수운의 태도를 잔잔하게 웃으며 바라봤다.

"이 이름은 천상에서 살아가는 동안 불리어질 여러분들의 이름입니다. 천상에서 생활하는 동안은 이 이름이 여러분의 상징입니다."

목소리가 다시 조용조용해졌다. 그는 두 손을 앞으로 맞잡고 자신의 발끝을 내려다보며 잠시 생각에 잠겼다. 그러다가 고개를 들고 다시 말을 이어갔다.

"지금은 다소 어리둥절하겠지만 시간이 지날수록 점차 인식이 발달하여 여러 가지 의문도 생길 것입니다. 그러나 이 천상에 온 이상 의문은 가급적 떨치시고 지금 살아가는 생활에만 몰입하여야 합니다. 이곳에서의 모든 생활은 그때그때 닥치는 대로 즐기며 살아가십시오. 과거는 더 이상 자신의 것이 아닙니다. 지나간 것에 대해서는 알려고 하지 말아야 합니다. 미래 또한 아직 오지 않은 시간에 불과합니다. 어떤 것일까 궁금해 하지 마십시오."

모든 것이 분명 처음인데도, 둘러보면 어디선가 본 듯하여 익숙하고, 주위 사물들도 그다지 낯설어 보이지 않았다. 심지어 방금 불현듯 생긴 자신조차도 전혀 이상하게 느껴지지 않았다. 모든 것이 오래전부터 있었던 당연한 것처럼 여겨졌다.

자신의 이름조차 알지 못해 도선이 대신 이야기를 해주었는데도, 그것을 듣는 순간 마치 자신이 갖고 있던 이름을 도선이 한 번 더 불러준 것 같은 느낌이었다.

도선이 하얀 나무 둥치 쪽으로 자박자박 걸음을 옮겼다. 둥치도, 가지도, 잎도 모두 새하얀 나무이다.

"모두 이곳으로 오십시오."

하얀 나무에서 발하는 흰빛이 사람들을 광채에 쌓인 듯 보이게 했다.

"이 나무는 순수의 상징입니다. 오직 천상에만 있는 나무이지요. 여러분들 또한 먼저 존재하던 곳에서 이 나무처럼 순수한 사람들이었습니다. 자, 이제 모두 둥글게 서십시오."

도선이 팔을 벌려 안는 자세를 해 보였다. 그의 말에 따라 일렬로 서 있던 사람들이 커다란 원을 그리며 둥글게 섰다.

"고개를 들고 서로 얼굴을 마주보십시오. 이렇게 몇 명 되지는 않지만, 천상에서 천년을 함께 여행할 동반자를 맞추는데 이번에는 무려 사백오십 년이 걸렸습니다. 그런 만큼 오늘 여기에서 만난 여러분은 서로에게 매우 소중한 존재들입니다."

바라보라고는 했지만 누구는 설핏 고개를 들다가 중간에서 그치고, 누구는 그대로 고개를 숙인 채로 있었다. 나무 주위를 아우르는 하얀빛에 사람들의 모습이 눈사람처럼 희게 보였는데 심지어 사람들의 까만 머리카락도 그 나무 밑에서는 모두 하얗게 보였다. 팽팽하게 빛나는 그들의 얼굴은 모두가 20대 초반으로 보이는 용모를 하고 있었다. 얼굴의 피부는 이제 갓 돌이 됨직한 아기들만큼 여리고, 너무나 앳돼 보이는 뽀얀 얼굴은 잡티 하나 찾아볼 수 없이 매끈하였다. 키가 다소 작은 세 명은 얼굴이 갸름하며 어깨가 좁고 몸이 호리호리하였다. 반면 자신을 포함한 두 사람은 키가 그 세 사람에 비해 반 뼘 정도 컸으며 체구 또한 세 사람에 비해 컸다.

세 명의 옷은 상의부터 하의까지가 하나로 이어진 하얀 단벌옷을 입었는데, 그위에 무릎의 반 정도까지 내려오는 짧은치마를 허리에 하나 더 살포시 걸쳐 입었다. 흰옷에 연분홍치마가 깔끔하면서도 묘한 색채 대비를 이룬다. 상의 쪽은 하늘하늘한 얇은 천으로 만들어져 있고 양팔과 몸통부분은 다소 여유가 있게 풍성한 대신 손목부분은 주름이 잡혀 좁게 만들어져 있었으며, 목의 절반을 가린 목깃 역시 주름이 잡혀 조여졌고 가슴까지 세 개의 단추가 세로로 트여진 앞섶을 여미어주고 있었다. 허리에도 주름이 잡혀 조여졌고, 하의 부분은 바지로 되어 있는데 초롬하게 밑으로 내려갈수록 통이 좁아지고 역시 발목 부분에 주름이 잡혀있었다.

나머지 세 사람이 입은 옷도 역시 단벌옷인데, 옷의 형태는 똑같으나 색깔이 남색이고, 위에 겉옷으로 엉덩이까지 내려오는 얇은 상의를 하나 덧입고 있었다.

도선이 말을 이어갔다.

"위에 상의를 하나 더 입고 있는 사람을 여기서는 '양의'라고 부릅니다. 그리고 밑에 치마를 하나 더 입고 있는 분들이 '들애'입니다. 그 차이를 아시겠습니까?"

그러고 보니 세 사람이 양의이고 세 사람이 들애였다. 인간계의 남과 여처럼 천상도 그렇게 사람의 유형이 나누어져 있었다.

서로 바라본 얼굴이 약간씩 다르기는 했으나 매우 닮은 데가 많아 조금만 떨어진 곳에서 본다면 잘 구별하기 어려울 것도 같았다.

조금씩 다른 그 모습 또한 매우 개성적이어서 어느 누가 두드러지거나 기울어져 보이지 않는다. 서로는 비교되지 않은 아름다움을 각자 지니고 있었다.

"여러분은 오늘부터 시작하여 일 년 동안은 혼자서 천상여행을 할 것입니다. 일 년이 지난 시점에, 자신이 가던 방향의 길에 처음으로 삼거리가 나타나고, 지금 여기에 있는 어느 한 명을 거기에서 만날 것입니다. 만난 시점에서 열흘 동안은 둘이 함께 여행을 해야 합니다. 그 사람과 함께 천상여행을 할 것인지 아니면 열흘 뒤 헤어져 또다시 혼자여행을 할 것인지, 그건 여러분의 마음에 달렸습니다. 같이 가게 된다면 그 사람이 천년동안 여행을 함께 할 동반자가 됩니다. 만일 각자 여행을 하기로 결정한다면, 오랜 세월, 천년이 다하도록 혼자 여행을 해야 합니다. 인연은 어느 세상에서나 중요합니다. 인연으로 맺어질만한 사람이 오지 않아 생명으로 탄생하지 못하고, 의식조차 없는 상태에서 기다린 것이 길게는 몇 백 년 된 사람도 있고, 그리고 방금 여기고 바로 오신 분도 계십니다. 천년의 여행이 끝나는 곳은 아무것도 없는 천지가 온통 하얀 곳입니다. 거기가 이 여행을 마치는 종착지입니다.

지금 여러분이 바라보는 이 모습은 천년 동안 변하지 않습니다. 그리고 지금 여러분이 느끼는 감정 또한 천년 동안 변하지 않을 것입니다."

말을 끊고 도선이 잠시 숨을 골랐다.

"천상에서는 규율만 어기지 않는다면, 여러분은 앞으로 이 천상에서 천년을 살 것입니다. 오늘부터 시작하여 천상계를 여행하게 되는데 이 천상계를 한 바퀴 도는 데는 정확히 천년이 걸립니다. 이 천상계가 오늘부터 여러분이 누리는 세상입니다. 여러분이 생활하게 되는 터전이 되는 것이지요. 이 천상계에서 정해진 시간 동안 계속 존재하느냐, 그렇지 못하느냐는 전적으로 여러분의 의지에 달려 있습니다."

모두가 숨죽인 채 도선이 하는 말에 귀를 기울였다.

"여기서의 하루는 새벽이 오고, 해가 뜨고 날이 밝으면 하루를 시작합니다. 하루의 일이란 여행을 하는 것입니다. 통상적인 날씨는 선선합니다. 그러나 이곳은 지역에 따라 기온이 변화무쌍한 곳이기도 합니다. 해가 지면 낮의 밝음은 사라집니다. 해가 지고 날이 어두워지면 별과 달이 떠오르는 밤이 됩니다. 밤에는 쉬어야 합니다. 거기가 어디이건 침안을 내려놓고 자리에 들어야 합니다. 이것이 하루의 일과입니다. 여러분들의 의식은 이런 단순함을 벗어나면 그땐 온몸이 긴장이 되고 몸과 마음이 지치게 됩니다. 이 천상은 여러분이 오직 기쁘고 행복하도록 하는 것에 모든 것이 맞추어져 있습니다. 어렵게 생각하거나 염려하거나 의문을 갖지 마십시오. 이 천상은 여러분을 위해 존재합니다."

빠르지도 느리지도 않게 또박또박, 도선은 자신이 해야 할 말을 전해주고 있었다.

"여기서도 물론 먹어야만 살 수 있습니다. 여기에서 여러분이 먹을 수 있는 것은 나무나 풀에 매달린 과일이나 열매입니다. 여러분이 가는 여행길 곳곳엔 꽃잎을 달고 있는 과일이나 열매가 있을 것입니다. 그것이 여러분이 천상에 있는 동안 먹을 수 있는 음식, 향기가 나는 천상음식. 곧, '향천음'입니다. 향천음은 꽃잎이 한 장 또는 두 장, 때로는 여러 장이 함께 모여 온전한 꽃송이로도 붙어 있습니다. 꽃잎 없이 달려있는 것은 눈으로 보기만 하는 열매나 과일입니다. 이것은 천상을 아름답게 꾸미기 위해 존재하는 것이므로 먹으면 안 됩니다. 꽃잎이 달린 것은 따보면 안에 액체로 된 과즙이 들어있고, 단지 운치와 조경을 위해 달린 것은 안이 모두 과육으로 채워져 있습니다. 여러분의 체질은 과육으로 된 열매나 과일을 먹으면 소화를 시킬 수 없습니다. 향천음은 갈증이 날 때도 먹고, 배가 고파도 먹는 것입니다. 그리고 향천음은 수많은 종류로 되어있고 거의 모든 지역에, 어딜 가나 있으니 걱정하지 마십시오. 열매 속에 액체 상태로 고여 있는 것, 그것이 천상음식이라는 것을 알아두시기 바랍니다. 음식을 먹는다고 해서 몸에서 배출되는 것은 없습니다. 음식은 자체가 영양소여서 활동을 하면 몸에서 모두 소모되어 없어집니다. 먼저 먹은 음식이 아직

몸속에 남아 있으면, 배가 고프지 않을 것이므로 굳이 음식을 먹을 필요가 없습니다. 음식은 배가 고플 때 먹으면 매우 맛있고 감칠맛이 나지만, 그렇지 않은 상태에서 먹게 되면 맛이 무척 쓰고 매울 것입니다. 통상적인 활동을 하면 하루에 한 번, 활동을 적극적으로 하면 하루에 두세 번도 섭취해야 할 것입니다. 굳이 몇 번이다, 라고 따지지 말고 속이 허전하고 시장기를 느낀다 싶으면 그때 음식을 섭취하면 됩니다.

음식이 되는 향천음은 어디서건 딸 수 있고, 필요하면 얼마는 가지고 다닐 수 있습니다. 향천음을 제외한 다른 것들은 부득이한 경우가 아니면 손을 대지 말고 그대로 두십시오."

설명은 길게 이어졌다. 도선으로서는 자신이 전해주어야 할 말을 축소할 수도 건너 뛸 수도 없는 것이어서 최대한 자세히 전해주려고 노력했고, 듣는 이들은 어느 것 하나 빠뜨림 없이 잘 기억하고 명심해야 할 것들이었다.

"여러분이 입고 있는 옷은 천 년 동안 입는 '천의'입니다. 그 옷은 더러워지거나 헤지더라도, 자정능력을 갖고 있어 언제나 새 옷처럼 깨끗하고 정결하게 유지될 것입니다. 따라서 천년 동안 벗거나 빨 필요가 없습니다. 그리고 그 옷은 모든 기능을 다 가지고 있어 여러분이 어디를 가더라도 적소에 맞게 스스로 바뀔 것입니다. 그러므로 어떤 지역으로 가든지 얼마의 세월이 흐르든지 옷에 대한 염려는 할 필요가 없습니다. 천의는 그 어떤 날씨에도 여러분을 항상 포근하고 안락하게 해 줄 것입니다. 한 가지 꼭 명심해야 할 것은, 천상을 여행하는 동안 어떠한 경우에도 지금 입고 있는 옷을 벗어서는 안 됩니다. 장난으로 남의 옷을 들추거나 헤쳐서도 안 됩니다."

들애들이 입고 있는 옷, 상의 쪽은, 매우 얇고 하늘하늘하여 들여다보면 속이 훤히 비칠 것 같은데도 쳐다보면 이상하게 아무것도 보이지 않았다.

"여기는 또한 번식이 되지 않는 곳이므로, 같이 있더라도 욕망은 일어나지 않습니다. 그렇다고 욕망 자체가 완전히 근본에서 사라진 것은 아니므로 항상 경계하고 조심해야 합니다. 동반자와 손을 잡거나 가볍게 얼굴 정도는 대볼 수 있지만, 그 이상은 허락되지 않습니다. 마음에서 욕망이 일어나면 지체 없이 부정한 것이라고 생각하고 지우도록 하십시오. 혼자 노력하는 것도 중요하지만 동반자에게 협조를 구하는 것도 좋은 방법입니다."

"욕망?"

다른 말들은 마치 오래전부터 알고 있었던 것처럼 쉽게 이해가 되었으나, 욕망이라는 말만큼은 무엇을 뜻하는 것인지 알지 못해 모두가 고개를 갸웃하였다.

"여기에서 여행은 걸어서 다니는 것을 원칙으로 합니다. 가장 가까이에서, 가장 친밀하게, 가장 황홀하게 들여다 볼 수 있는 방법은 걸으면서 구경을 하는 것이 가장 좋습니다."

말을 마친 도선이 아까부터 흰 나무 옆에 혼자 덩그러니 놓여있는 궤가 있는 곳으로 발걸음을 옮겼다. 만들어진지가 오래되었는지 세월의 흔적이 묻어나는 결이 고풍스러웠다. 길이가 석자 반, 높이가 자반정도 되는 크기이고 뚜껑에는 금박으로 테두리가 둘려 있었다. 그가 궤의 뚜껑을 열었다. 선명하게 고운 붉은색 비단 천이 상자 내면을 부드럽게 감싸 안고 있다. 그 붉음이 이목을 빨아들이며 팽팽한 긴장을 연출해 낸다.

무엇이 들었을까?

궁금한 눈빛들이 궤 속을 응시했다. 그러나 서 있는 여기서는 아무것도 보이지 않는다. 도선이 궤 속에서 노란 바탕에 흰 백합 꽃이 수놓아진 보 한 장을 꺼내더니 바닥에 펼쳐 깔았다. 그리고 궤 속에서 손아귀에 쏙 들어오는 하얀 솜뭉치 같은 것을 하나 꺼내어 사람들을 향해 들어보였다.

"이것은 밤에 잠을 잘 때 쓰는 이불과도 같은 것입니다. '침안'이라 부릅니다."

손바닥 위에 얹어 놓은 것을 보니 흰 눈을 주먹만 하게 뭉쳐 놓은 것 같다. 쳐다보던 모두가 의아해했다.

불끈 쥐면 한주먹에 쏙 들어올 저것으로 어떻게 깔고 덮고 잔단 말인가. 발 하나도 제대로 싸지 못하고 그저 엄지발가락에나 끼우고 자면 딱 맞을 것을….

이해할 수 없는 의구심이 가득했지만, 모두는 숨죽인 채 도선의 다음 말을 기다렸다.

"이 침안은 집인 동시에 이불로서 잠을 자는 데 최적의 조건을 만들어 줄 것입니다."

'집도 된다고? 저렇게 작은 것이.'

사무연은 하마터면 웃음이 튀어나올 뻔한 것을, 입을 옥 물어 가까스로 참았다.

모두는 그저 믿을 수 없다는 눈초리로 도선의 손바닥 위에 놓인 침안을 바라볼 뿐이다.

사람들의 그런 마음을 읽기라도 한 듯, 도선이 고개를 한 번 가볍게 끄덕였다.

그는 작고 하얀 그것을 왼손바닥 위에 올려놓고, 오른손을 펴 모은 다섯 손가락 끝으로 톡톡 겉면을 도닥였다.

그런데 어쩌면 놀랍게도, 생명의 기가 그 침안에 전해진 것 같이 차곡차곡 포개어져 있던 가는 결들이 생동감 있게 부풀어 오르는데, 도선이 손가락 동작을 멈추지 않자 계속 커져갔다

"와."

누군가의 입에서 소리죽인 탄성이 터져 나왔다.

한 올 한 올 살아 움직이며 피어나던 솜털은, 도선이 두드리던 손동작을 멈추자 함께 멈추었다.

둥그렇고 기다랗게 사람 키만큼이나 커진 솜털이 왼손바닥 위에 그대로 얹혀 있었다. 그것은 손바닥 위에서 아무런 무게감도 없이 저 혼자 공중에 둥실 떠 있는 것 같아 보인다. 쳐다보는 사람들의 눈도 따라서 커져 모두가 휘둥그레진 눈으로 쳐다보는데, 도선은 그것을 바닥에다 사뿐히 내려놓았다.

"이렇게 손으로 헤집으며 안으로 들어가면 원하는 만큼 공간이

생기게 됩니다. 안에 들어가서 손으로 결을 잡고 밀거나 당기면 얼마든지 원하는 크기로 만들 수 있습니다. 그리고 모양을 자유자재로 바꿀 수도 있는데 이렇게 바닥에 설치할 수도 있지만 밑에 다리를 만들어 공중에 띄울 수도 있고, 때로는 나무 위로 가져가 나무 가지에 매달아서 새집처럼 만들어 그 안에서 잘 수도 있습니다."

그는 부풀은 솜뭉치 한쪽 면에 서서 손으로 잡아당기어 네 개의 다리를 만들고는, 바닥으로 눕혀 침대 같은 모양의 침안을 만들어 보였는데, 아무 힘도 없어 풀썩 쓰러질 것 같은 하얀 다리는 기우와는 달리 매우 튼실하여 도선이 그 위에 걸터앉았는데도 주저앉지 않았다.

"이 침안 안에 들어가서 잠을 잘 때 밖이 보이게 할 수도 있고, 원하지 않으면 보이지 않게도 할 수 있습니다. 천정 쪽을 손바닥 두께만큼 두텁게 만들면 밖이 보이고 않고, 그보다 얇게 만들면 밖을 볼 수 있습니다. 얇게 하면 할수록 더욱 선명하게 밖이 보일 것입니다. 침안 안의 온도는 어느 때고 항상 일정하게 수면온도에 맞추어져 있으므로 언제나 쾌적합니다."

도선은 부풀어진 침안을 손바닥으로 위에서 내리눌렀다. 결속에 올올이 박혀있던 공기가 빠지며 침안이 바닥에 납작하게 깔렸다. 가로 접고 공기를 빼고, 다시 세로 접어 공기빼기를 몇 번에 걸쳐 하자 침안은 다시 손바닥 안에 들어올 정도로 작아졌다. 도선은 그 침안을 모두에게 하나씩 나누어 주었다.

받은 것을 손에 들고 신기해하며 모두가 치켜들어 보고 있자

"일단 앞에 내려놓으십시오. 그것 말고도 여러분에게 지급되는 것이 몇 가지가 더 있습니다."

도선이 바닥에 내려놓으라는 시늉을 했다.

그리곤 다시 궤가 있는 쪽으로 걸어가더니 이번에는 궤 안에서 투명한 팔면체 기다란 통 하나를 끄집어냈다. 굵기가 한 움큼 되어 보이고 높이는 한 자 정도 되었다. 안에는 잎이 달린 작은 나무 한 그루가 들어있었다.

가지는 없고 곧게 뻗은 외줄기 위에 떡잎 네 장이 서로 마주보고 붙어 있는데, 가운데는 새끼손톱만 한 순이 앙증스럽게 돋아나 있다. 작고 평범하게 생긴 나무였다. 밑동에 뿌리는 없고 받침대로 만들어진 뭉텅한 바닥이 줄기와 연결되어 있었는데 나무 전체는 푸른색인데 반해, 뿌리 부분이 되는 바닥은 갈색이었다. 자양분이 될 만한 것이나 토양이 보이지 않는데도 그리고 무엇보다 뿌리조차 없는데도 잎은 윤기를 발하며 싱싱하게 살아있어 신기했다.

도선이 그 통을 들어보였다.

"날짜를 알 수 있는 시계나무입니다. 이 나무는 스스로 생명을 유지하며, 백년에 한 번씩 장타원형 황금빛 꽃을 피우고 그 꽃이 한 달을 갈 것입니다. 물론 그 꽃은 보시다시피 이렇게 작은 나무 꼭지에서 피므로 손가락 한마디만 합니다. 이제 시작하는 단계라 지금은 한 마디밖에 없지만 지금부터 백년이 지나면 떡잎 가운데 꽃이 피고, 그 꽃이 지고나면 꽃이 피었던 자리에 줄기가 하나 생

겨 자라게 될 것입니다. 그것은 또 다른 백년의 시작을 이야기합니다. 새로운 마디에서 새잎이 돋고, 또 다시 백년의 시간이 흐르면 잎 사이에서 또 다시 꽃이 피고… 그렇게 아홉 마디가 위로 더 생겨날 것입니다. 지금은 이 나무가 통속의 바닥에 붙은 듯이 작지만 마지막 천 년에는 이 통 안의 천장 바로 밑까지 자랄 것입니다."

도선이 손가락으로 나뭇잎을 가리켰다.

"이 네 잎 중에 하나는 매일 잎 색깔을 달리하여 오늘이 며칠인지를 알게 합니다. 오늘은 여러분이 천상에 온 첫날입니다. 이 빨간 잎이 보이십니까? 빨강색은 매달의 첫날을 나타냅니다. 이달의 마지막 날에는 잎이 검은색으로 변할 것입니다. 이 잎 바로 옆에 붙는 나뭇잎은 다달이 잎 색을 바꾸어 몇 월인지를 알게 하고, 그 옆 다른 잎은 년마다 색깔이 바뀔 것이며, 마지막 잎은 십년마다 색깔을 달리할 것입니다. 그리고 가운데 도도록하게 솟은 순이 12간지로 현재의 시간을 나타냅니다. 오늘이 천상에 온지 얼마나 되는 날인지 알려면 시계나무를 보십시오. 그러면 오늘이 천상여행을 시작한 날로부터 얼마쯤 지난 때인지 알 것입니다."

시계나무를 모두 나누어 준 도선이 이번에는 궤짝 안에서 어깨걸이가 달려 등에 짊어지고 다닐 수 있는 배낭 하나를 꺼내었다. 배낭은 크지도 작지도 않은 동그마니 등허리를 감쌀 정도의 아담한 것으로 들애의 배낭은 연두색, 양의 것은 남청색이었다.

"여기에서 나누어 준 것을 모두 이 배낭에 넣고 다니십시오. 여행을 하다보면 필요한 것들이 하나 둘 늘어날 것인데 그러면 이 배낭이 긴요하게 쓰일 것입니다."

　새롭고도 한편으로는 벙벙하기도 하여 제대로 무엇을 깨닫지 못하는 사이에, 시간이 상당히 흘러 해가 벌써 중천을 넘어 기울어간다.

　도선이 자신의 품안으로 손을 넣어 뒤지더니 무엇인가를 끄집어냈다. 모양이 똑같이 생긴 반지 여섯 개였다. 둥근 머리 부근에 기하학적인 문양이 섬세하게 투각된 칠보반지인데 도선의 손안에서 영롱한 빛으로 반짝인다.

　"이 반지는 천상의 징표입니다. 천상에 오는 사람만이 낄 수 있는 반지입니다."

　영광에 영화를 더한 반지, 귀하고 보배로운 반지는 도선의 손바닥 위에서 찬란한 빛을 발하며 바라보는 이들의 가슴을 뭉클하고 뜨겁게 만들었다.

　반지는 천상의 모든 것을 함축하는 것이었다. 천 년 동안, 천상에서 생활할 수 있는 권한과, 천상의 모든 것을 이용할 수 있는 권리와, 천상의 모든 것을 누릴 수 있는 복록을 내려 받는다는 징표였다. 그러니 비록 손가락에 끼는 작은 반지 하나에 지나지 않는다고 하지만, 그것이 지닌 의미를 되새기면 예사롭다 할 수 없었다.

　도선은 반지를 각각 모두에게, 일일이 자신의 손으로 정성을 들여 여행자들의 오른손 중지에다 끼워주었다.

　반지가 끼워질 때 느껴지는 서늘한 느낌, 그 느낌은 가슴이 활짝 열리면서 어쩐지 뿌듯하고, 한편으로는 뜨거운 환희가 차올라

온몸을 전율케 했다.

"오늘 지급받은 이 네 가지를 잘 간직하였다가 천 년의 여행이 끝나는 날, 그대로 가져와야 합니다."

입으로는 말을 하면서 도선은 앞에 서 있는 사람들의 면면을 유심히 살폈다. 그건 본인도 모르게 언젠가부터 그리되는 아주 자연스러운 일이기도 했다.

'전생의 특징을 한가지씩은 가져오느니⋯'

어느 누구도 눈치 채지 못하게 스쳐가는 눈빛인양 슬쩍 지나쳐 보는 것 같지만, 그러나 도선의 눈은 예리하게 여행자들의 신체 부위와 표정·행동들을 살핀다. 표식적인 그것에서 오늘 천상을 온 사람들의 전생이 어떠했는지가 대강은 보이기 때문이다. 한 사람 한 사람에게 눈길이 지나치면서 도선은 속으로 고개를 끄덕인다. 옆으로 죽 훑어가던 도선의 눈이 단애의 손에 머물렀다.

'하필 드러나서 예쁘게 보여야 할 곳에다 흔적을 가져 왔구나.'

그 눈길이 옆으로 지나가지 못하고 생각에 잠시 붙박였는데, 다소곳이 고개를 숙이고 있던 단애는 도선의 눈길이 자신의 손에 머문다는 느낌을 받고는 조심스럽게 손을 등 뒤로 슬그머니 숨겼다. 그 결에 도선이 놀라 얼른 눈을 뗐다. 그리고는 바닥에 놓여있는 여행자들에게 나누어준 물품으로 눈길을 돌린다. 모든 준비가 마쳐진 것을 확인하고 도선이 고개를 들었다.

"지급받은 것을 모두 배낭 안에 넣으십시오."

갸름한 얼굴에 비로소 작은 미소가 번졌다. 알려주고 나눠주는 별 일도 아닌 것 같은 그것이, 그에게는 참으로 조심스럽고 긴장이 되었던 모양이었다.

이 다음에 손에 익으면 그땐 아무것도 아니겠지만 지금은 건네받은 물건들이 너무 소중하고 조심스러워 그것들을 찬찬하게 다루느라 모두는 매우 신중하다.

"잠깐 여기를 보십시오."

도선이 부르는 말에 사람들이 하던 손을 멈추고 고개를 들었다. 도선이 하얀 나무 둥치를 가리킨다. 지천의 안개꽃 무리 속에 우뚝 그 힘찬 기상을 펼치며 의젓하고 장중하게 서 있는 나무. 가늘고 긴 새하얀 꽃잎이 멍울멍울 무리를 이루어 비연의 화사함을 가지마다 촘촘히 비집도록 끌어안은 나무, 가지도 둥치도 모두 새하얀 색이어서 한참 보면 눈이 어른거리는 나무이다.

"이 나무의 이름은 '설목'雪木입니다. 이 설목이 있는 곳은 여행자들이 갈 수 있는 곳입니다. 천상을 여행하는 동안, 지금 이 나무가 여행길 중간 중간에 서 있을 것입니다. 그리고 여행을 하다 보면 때로 길을 잃어 혼란을 겪을 수 있는데, 그때는 이 설목을 찾으십시오. 그러면 다시 올바른 길로 접어들 수 있으니 항상 이 나무를 염두에 두시기 바랍니다."

도선이 가볍게 한 발짝 뒤로 물러서며 시선을 다른 곳으로 두고 입을 다물었다. 그건 여행자에게 자신들의 일을 하라는 신호였다. 사람들은 떠날 준비를 서두른다. 허리를 숙이고 짐을 챙기는 그들을 도선이 묵묵히 지켜본다. 이윽고 모두가 일어서서 배낭을 어깨에 멨다.

그냥 옷만 입은 채 있을 때보다 배낭을 멘 그들의 모습은 매우 활동적이고 생동감 있게 보인다. 눈빛에 생명력이 펄떡인다.

도선이 흩어진 일행을 다시 한자리에 모이게 했다.

"여러분이 서 있는 여기에, 길이 이렇게 사방팔방으로 나누어져 있습니다. 오늘은 이 길 하나를 선택하여 일 년 동안 혼자 여행을 하게 됩니다. 앞으로 일 년 동안은 어느 한 곳에 여러 날 머물러 쉬지 마십시오. 매일 일고여덟 시간을 꾸준히 걸어야합니다. 그렇게 일 년을 가다보면 처음으로 길이 세 갈래로 나누어진 삼거리가 나올 겁니다. 그 삼거리 한 가운데 뒤에 보이는 저 설목이 있을 것인데 그곳에서 동반자를 만나십시오. 여기에 있는 어느 한 사람을 동반자로 만나게 될 것인데 누가 될지는 저도 알지 못합니다."

조금 전까지도 깨닫지 못했었는데 도선의 말을 듣고 바닥을 내려다보니, 자신들이 서 있는 곳에 여러 갈래의 길이 방사형으로 나 있었다. 그리고 적어도 이 지점에서만 본다면 어느 한 길을 선택해 걸어가면 서로는 점점 사이가 멀어지게 되어 있었다.

"이제 길을 선택하십시오."

도선의 말에 따라 정연하게 길을 선택했다. 한두 사람이 단번에 선택하지 못하고 두어 번 이쪽저쪽으로 자리를 옮겼다.

"어느 방향으로 가든 천상의 아름다움은 같습니다. 주변이 어떤 모습인가 하는 것보다는 내가 얼마나 열정적으로 느끼느냐에 따라 기쁨이 달라질 뿐입니다. 그리고 순서만 바뀌어 있을 뿐이지 내용은 모두 똑같습니다."

도선은 가벼운 걸음으로 이쪽과 저쪽을 오가며 말을 이어갔다. 말을 할 때마다 두 손을 밖으로 펼쳐 내보이며 말의 전달을 좀 더 명확하게 하려고 애를 썼다. 그건 너무나 진지해보이면서도 한편으로는 우아하게 보이는 몸짓이었다.

"아!"

도선이 갑자기 무엇인가 생각이 난 모양이다.

"여행을 하는 도중 여러분의 여행을 도와줄 어떤 것들이 때에 따라 나타날 것입니다. 어떤 것인지는 그때마다 모두 다르므로, 여기에서 '무엇이다.' 라고 굳이 말하지 않아도 그때그때 닥치면 알게 될 것입니다. 한 가지 유의할 점은 아무리 좋은 곳이 있더라도 9일 이상은 한 곳에서 머물지 마십시오. 다시 말하지만 이 천상은 아무나 올 수 없는, 선택받은 사람만이 올 수 있는 곳입니다. 여러분은 그런 선택을 받은 사람들입니다. 아름다운 천상에 오신 것을 진심으로 환영하며 즐거운 여행이 되시길 바랍니다."

수운은 고개를 들어 작은 언덕을 향해 나있는 길을 바라본다. 그 길은 한 사람이 겨우 걸어갈 수 있는 작고 좁은 소로다.

천 년 동안 멈추지 않을 길이 운명처럼 눈앞에 펼쳐져 있다. 천상에서 길은 시간이고 하나의 벗이고 또한 삶이다.

시작함도 이렇게 길에서 시작했고, 천 년의 시간이 끝나는 그 시점도 길에서 이루어질 것이다. 모든 즐거움을 길에서 찾고, 길에서 때론 고뇌도 하고 길에서 추억도 담을 것이다. 어느 세상에서는 주어진 길을 벗어나지 못하고 숙명처럼 따라가야 한다 해서 삶을 인생길이라 했다.

닥치면 싫든 좋든 가야 하는 것이 길이다. 무엇엔가 길들여져서 사는 시간은 서글프고 거추장스럽고 존재 의미를 퇴색시키는 지루한 시간이다. 그래서 참다운 삶을 살지 못해 발버둥 치며 벗어나보려고 애쓴다. 똑같은 것을 매일 반복적으로 보고, 반복적으로 걸어가고, 반복적인 행위를 하는 것이 어찌 즐겁기만 하겠는가.

아무도, 어느 누구도, 그렇게 살고 싶지 않지만 그렇게 하지 않으면 생존할 수 없는 세상에서는, 지루한 시간을 꿈으로 채우고 다른 생각으로 메우며 살아가는 수밖에 없을 것이다.

시작과 끝이 홀맺음 되어있지 않은 천상 길은 그래서 길들여지지 않은 삶을 사는 세상이다. 한없이 자유롭고 홀가분하고 매순간이 기대에 차오르게 하는 곳이다. 천상의 길은 오로지 앞으로만 끝없이 펼쳐진 길이다. 돌아가지 않아도 되는 길이고 돌아가서도 안 되는 길이다. 고매한 인품을 지닌 선택받은 사람들은 자신들 앞에 놓인 길을 말없이 바라봤다.

"천년의 여행을 무사히 마치고 다시 만나기를 기원합니다. 이제 떠나십시오."

도선의 말에 따라, 사람들은 각자의 길로 들어서 발걸음을 떼기 시작했다.

그들이 막 길로 접어들어 출발하려고 할 즈음에, 홀연히 하늘 저쪽에서 체용이 공작새보다 서너 배 큼직한, 깃털은 연초록 꽃무

늬가 새겨지고 꽃무늬에는 찬연한 빛을 머금어 반짝이는 커다란 새가, 사공이 노를 젓듯 유유히 나래 짓하며 맞은편 언덕으로 넘어갔다. 도선도 고개를 들어 그 새를 보기는 했으나, 다만 바라보기만 할 뿐 그에 대해선 어떤 언급도 하지 않았다.

이제 흩어지면 오랫동안 만나지 못하는 아쉬운 순간인데도 너무 경황들이 없었는지, 옆 사람과 눈빛조차 서로 마주치지 못하고 서로는 자신들의 앞에 놓인 길에만 눈길을 놓은 채 뚜벅뚜벅 떠나갔다.

도선은 멀어져가는 사람들의 뒷모습을 감개어린 눈으로 바라본다. 여행자들이 느끼는 기쁨만큼이나 자신도 기쁘기 때문이었다. 이 천상을 오기까지 그들이 치른 각고刻苦는 처참하다 할 정도였으니 사사로운 인정이나 가식 따위는 애당초 가슴에서 떨쳐버린 이들이었다.

'욕망이 있어야 애틋하여 서로 끌리는 법인데, 본질적 욕구를 내던진 사람은 아무래도 정나미가 없어.'

서걱서걱 걸어가는 그들의 뒷모습에 대고 도선이 혼잣말로 중얼거린다.

처음이면서도 어느 한때 생각으로는 언뜻 그려보기도 했던 세상. 그러나 여행자들은 비록 낯설기는 하지만, 바라보이는 모든 것들이 참으로 신기하면서도. 모든 것에 금방 정감이 사무치게 젖어든다. 그건 마치 오랫동안 타향에서 방황하고 배회하며 간난신고하다가, 따스한 어머니 품속 같은 고향으로 돌아온 느낌이었다.

그 마음은 누구라도 그리하여서, 떠나는 모두는 가슴 한가득 넘치는 기쁨을 안고 발걸음도 가볍게 길을 떠났다.

자신의 등판만 외로이 끌고 혼자 가는 길.

그걸 옆에서 바라보면 눈물겹도록 슬프고 가슴 쓰라리게 처량하다 할 것 같지만, 이는 천상을 모르고 하는 소리라. 천상은 본질 가까이 다가선 사람만이 올 수 있는 세계이다. 형체의 눈으로 세상살이를 보면 하나는 늘 외롭다. 하나로는 모든 것을 절대로 채우지 못한다고 믿는다. 하지만 진리의 눈으로 구석구석 본질을 파헤쳐 본 사람들은 자신 안에 세상 모든 것이 담겨있음을 안다. 그들에게는 하나이든 둘이든 여럿이든 그건 아무것도 아니다. 도선이 혼자서 보내는 시간 일 년을 준 것은 원초의 본질적인 자신의 존재를 다시금 되새기게 하기 위함이었다.

가장 처음이면서도, 가장 높으면서도, 하나 이하도 아니고 하나 이상도 아닌, 엄숙하리만큼 철저하게 생명의 본질이 처음 움으로 돋아날 때, 모든 것은 하나인 것이다. 그 하나 안에 없는 것은 없으니 자신 안에서 얻지 못하고 이루지 못할 것은 없어 서럽고 아쉬울 것이라곤 하나 없는 것이다.

햇살이 빗발처럼 드리워진 대지에 청초한 모습을 말갛게 드러낸 천상생명들이 더 없이 정겹다. 비단결처럼 부드러운 바람이 뭉텅뭉텅 향기를 싣고 와 걸어가는 걸음걸음에 뿌려놓는다. 수운은 잠시 걸음을 멈추고 바람에 하늘거리는 키 작은 풀잎들을 내려다본다.

"경이롭다."

길섶에 자리한 풀 한 포기가 무슨 대수일까 마는, 입안에서 수운은 자신도 모르게 그 말이 외침처럼 굴러 나온다. 그 풀 하나가 좀 전에 만났던 사람들만큼 소중한 존재로 느껴진다. 작고 연약한 모습으로 말없는 무언으로 그 무엇에도 걸림이 없이 담담하게 삶을 살아가는 풀잎을 바라보니, 그 풀잎에 흐르는 생명의 기운이 잔잔하게 가슴으로 배어들어 자신도 모르게 몸이 편안해지며 물아일체를 이루는 환상에 젖어드는 것이다. 그는 잎을 쓰다듬고 길가의 나무들을 일일이 안아본다. 그건 진심에서 우러나는 것이어서 마치 정다운 사람을 만나 포옹을 나누는 것 같아 보인다.

자신이 아닌 다른 생명체와는 감정을 느끼지 못하도록 자신 안에 벽이 굳세게 세워져 있는 세상이 있다.

삶이 절실한 곳, 한순간이라도 생존하는 것을 방심하면 언제 자신의 존재가 연기처럼 흩어질지 모르는 세상에서는 이 감정의 벽이 굳건하다. 본능이 자신의 형체를 지키기 위해 오로지 자신만을 생각하고 느끼도록 강요하는 세상에서는 모든 것을 본능이 보고 느끼는 것에 자신이 끌려가며 살아야 한다. 그런 세상에서는 자신을 제외한 다른 생명에게 흐르는 느낌을 자신 안으로 끌어들이지 못한다. 본능이 완강하게 반대하기 때문이다. 그러나 천상은 다른 생명들의 느낌과 서로 소통하고 함께 나누는 감정이 있다. 그만큼 천상인의 마음은 순수하다.

수운이 처음 보는 생명체들과 그렇게 정겨움을 나누고 있을 때,

또 다른 길을 가고 있던 현유는 산 전체가 온통 각양의 색깔, 빨강·노랑·주황·녹색의 열매가 탐스럽게 주렁주렁 달린 거대한 과일밭, 그 사이로 난 길로 접어들었다. 갑자기 너무 뜻밖의 광경에 현유는 정신을 차리지 못하고, 어느 한 곳만 오롯이 바라보지도 못하여 선 자리에서 발이 묶인 채 맴을 돈다.

둥그렇게 가지가 휘어지도록 매달린 천상과일들을 현유는 올려다본다. 고명처럼 빨갛고 혹은 노란 꽃잎 하나씩을 달고 있는 향천음과, 반들반들 햇살이 부시도록 윤이 나는 관상용 과일이 한나무에 같이 붙어있기도 하고 나무별로 나누어져 있기도 하다. 향천음은 먹어보기도 전에 그 달콤함이 목젖으로 전해지며 입안에 침이 한가득 고이게 한다.

"아름답고 풍요롭다."

감명어린 눈으로 동산을 바라보던 그는 문득 향천음의 맛을 느껴보고 싶어졌다.

"맛을 한 번 볼까? 하루에 한두 개 정도면 된다고 했는데… 그럼 어느 것을 맛볼까, 노란 과일? 빨간 과일?"

이걸 잡으면 저것이 보이고 저것을 잡으면 또 다른 것이 더 커다랗게 눈에 띄어 잡았던 것을 놓고 또 다른 것을 잡으며 자꾸만 망설인다.

"아이고, 너무 많아서 뭐가 뭔지 모르겠다."

사방에 깔인 수많은 과일들이, 눈알이 팽팽 돌아가게 유혹하고 손짓하는 탓에 현유는 그냥 그 자리에 차라리 우뚝 멈춰 서 버린다. 아무것이나 따서 먹어보고 맛없다고 버리고 새로 따서 버리는, 그렇게 마구잡이로 할 수 없는 곳이라 여겨지기에 열매 하나를 선택하는 것도 그렇게 신중하고 망설여지는 것이다. 무엇보다 지금이 가장 처음이라는 사실이 더욱 함부로 대할 수 없게 만든다.

딸깍.

한참을 숙고하던 현유는 드디어 빨간 바탕에 노란 꽃잎이 하늘하게 붙어있는 열매 하나를 두 손으로 움켜쥐고 꼭지를 땄다. 말간 진물 한 방울이 떨어진 꼭지 정수리를 타고 배어 오른다.

동시에 그 진물에서 피어나는 향기가 주위를 꽃잎처럼 진하게 물들인다. 현유는 저도 모르게 가슴을 쑥 내밀어 커다란 숨을 향기와 함께 몰아쉬었다.

"청아하다."

눈으로만 세상이 펼쳐지는 줄 알았는데 향기로운 냄새로도 세상을 펼쳐 보일 수 있다는 사실을 현유는 문득 깨닫는다. 향기는 고결하면서도 티 없이 맑고 화사했다. 현유가 이번에는 꼭지를 잡고 비틀어 당긴다. 말랑말랑한 꼭지가 물크러지며 간단하게 떨어진다. 안에는 즙이 과육 가운데 일부분만 말갛게 고여 있다. 그는 손가락으로 즙을 찍어 맛을 보았다. 물처럼 묽은 것이 아니라 조금은 찰지고 끈적하다. 혀끝에 닿은 즙의 맛은 달착지근한 것이 사르륵 녹으면서 화하게 입안 가득 향기로 퍼져 나간다. 그 맛과 조화를 이루 말로 형언하기 어렵다. 현유가 입안의 혀를 굴리며 천상음식 향천음을 음미하고 있을 때,

현유의 옆길을 택해 걸어갔던 사무연은 작은 둔덕 밑에서 무엇인가를 만들고 있었다.

"이게 더 어울리나?"

바닥을 기어가는 줄기를 따라 자라난, 노르스름한 황금빛 동그란 나뭇잎을 이어 만든 머리띠를 쓰고, 물이 고여 있는 웅덩이로 부리나케 달려가 머리에 쓴 띠를 비쳐본다. 바닥에 고여 있는 물은 명경 같다. 얼굴을 이리저리 돌려가며 모양새를 살피던 사무연은

"아까 것이 나은 것 같기도 하고…."

비슷한 것을 벌써 몇 개째 만들고 있다. 길을 가다말고 갑자기 머리띠를 만드는 것에 혼이 팔린 사무연은 정신이 없다. 이번 것도 마음에 들지 않는지 머리에 쓴 것을 휙 내던지더니, 또 다시 줄기나무가 있는 곳으로 달려가서 잎을 딴다. 똑똑, 한주먹을 따서 손에 들고는 주위를 두리번거린다.

"마른 나뭇가지 구하기가 너무 힘들다."

사무연은 포옥 한숨을 쉰다. 어디를 봐도 조화롭고 삐뚠 것 하나 없는 천상에는 쓸모없는 것 하나 찾아내기가 하늘에 별 따기만큼 어려웠다. 사무연은 수풀 사이를 한참이나 헤맨 끝에 맞춤하게 가는 나뭇가지 하나를 발견했다.

"이쁘게 만들어야지."

철썩 바닥에 주저앉아 잎을 꿰매는 데 온 정성을 기울인다. 심각한 얼굴로 한참을 요리조리 모양을 내느라 시간이 가는 줄도 모른다. 머리띠 처음과 끝을 이어 붙여 완성을 하고 머리에 얹어

보고는 크기가 맞자, 또 다시 물웅덩이 쪽으로 쪼르르 뛰어간다.

"이만하면 됐어."

앞으로 기울인 상체를 두 팔로 떠받히고 한참이나 고개를 비틀며 머리를 비쳐보고는 비로소 흡족한 미소를 띤다. 곱게 만든 머리띠가 머리 위에 살포시 얹혀 황금빛으로 번쩍이며 자태를 더욱 빛나게 하는데, 문득 하늘을 올려다본 사무연은 해가 많이 기울어진 것을 깨닫고는 종종걸음을 치며 길을 재촉한다. 어스름 속으로 빠르게 걷던 걸음이 어느 순간 멈칫하더니 머리띠에 손을 대본다. 아마도 좀 전에 도선이 한 말이 그때서야 생각이 난 모양이다.

첫날의 어둠이 모두에게 내렸다.

밤이 되었는데 아직도 침안을 펴지 못한 미진은, 자신의 마음과는 달리 제대로 키워지지 않는 침안이 왜 그러는지, 영문을 알지 못해 고심에 빠져있다.

"이걸 어떻게 하더라."

도선이 보여줄 때는 아, 그렇구나. 싶던 침안을 펼치는 일이 생각보다 쉽지 않다. 앞에서 시범을 보일 때는 손바닥으로 톡톡 표면을 두드리기만 하면 쓱쓱 잘도 늘어나더니, 어찌된 영문인지 두드려도 전혀 반응이 없다. 한 번 꿈틀하며 씨알만큼 부풀었다가 거기서 멈추고는 좀체 진척이 없는 것이다. 미진은 답답한 마음에 결을 잡고 당겨서 늘여보았다. 그러자 보기에는 안개처럼 연약하게 생긴 그것은 질긴 동아줄처럼 움쩍도 하지 않는다.

"이상하네, 커질 생각을 않으니 어떻게 된 일이야?"

심각하여 입은 더욱 크게 벌어지고

"방법이 틀렸나?"

톡톡톡, 이번에는 손바닥 전체로 두들겨본다. 그래도 역시 아무런 반응이 없다. 한참을 씨름하고 났더니 허탈해져, 들고 있던 침안을 한쪽으로 밀쳐놓고 물끄러미 바라본다.

"바닥에서 그냥 자야 되려나."

주변을 분간할 수 없을 정도로 컴컴하던 사위가 달이 떠오르는지 희미하게 다시 밝아진다. 침안은 차돌같이 뭉쳐진 채 치마폭 위에 나 보란 듯 나자빠져 있다. 그건 지독히도 말을 안 듣는 쌤통처럼 보인다. 아쉬움에 바닥에 놓았던 것을 도로 손바닥 위에 올려놓는다. 오른손 주먹을 힘주어 꼭 쥐었다가 풀고 이번에는 손가락 끝마디를 살짝 안으로 굽혀 끝으로 탁탁 두들겨본다.

사르락, 소리가 나는 것 같이 뭉쳐있던 침안이 목화 꽃이 벙글 듯 탁탁 하얀 결이 터지며 신기하게도 훌쩍훌쩍 커진다.

"아, 이렇게 하는 것이었구나. 다행이야."

미진은 곡절 끝에 뜻을 이루어 안도의 가슴을 쓸어내렸다. 오늘 되지 않는다면 내일이라고 될 리 없는데 누구에게 물어볼 수도, 누구에게 해달라고 부탁도 할 수 없던 처지여서 은근 걱정이 되던 참이었다. 회색으로 어둡던 밤하늘에 언제인지 둥그런 달이 동산처럼 떠올랐다. 달빛의 광명에, 찬란하게 모습을 드러내던 별들이 아스라이 스러지며 뒷모습을 하늘 끝으로 감추어버린다. 달빛이 그늘을 드리운 나무 밑에 있던 미진은 침안을 들고 달빛 쏟아지는 트인 공간으로 나왔다.

달빛이 물결처럼 흐르는 대지가 촉촉하게 가슴을 적신다.

침안 한쪽에 입구를 만들고 손으로 헤쳐 가며 안으로 들어가니 보기보다 널찍한 공간이 만들어졌다. 솜털의 감촉은 너무나 보드랍고 아늑하여 간드러질 지경이다. 두툼한 천정의 결을 손바닥으로 옆으로 밀쳐내니 얇아진 결을 통하여 은백색 하늘이 마치 밖에서 보는 것과 다름없이 말끔하게 보인다.

미진은 배낭을 한쪽 구석에 놓고 자리에 누웠다. 연기만큼이나 성하게 보이고 너무나 보드라운 바닥은 몸이 금방 밑으로 쑥 꺼질 것 같은데, 이상하게도 말짱하게 몸을 공중에 다소곳이 떠받힌다. 미진은 자신이 마치 허공에 누워있는 것 같은 착각에 빠졌다.

"어머, 내 옷. 어쩌면… 신기해라."

자리에 누운 자신의 옷이 어느새 아주 얇은 잠옷으로 변해 있다. 미진은 놀라고 신기하여 얼른 한손으로 맞은편 팔을 만져본다. 온몸에 착 감기게 부드러운 촉감이 매끄럽게 손가락 끝으로 흘러간다. 그건 참으로 포근한 느낌이다. 낮에 입고 있던 옷이 활동에 편하고 체형을 우아하고 품위 있게 지켜주기 위해 각과 맵시 있는 곡선이 적절히 조합된 옷이었다면, 지금 자신을 감싸고 있는 이 옷은 입은 것 같지도 않게 가볍게 착 달라붙어 폭 안아주는 느낌이다.

"너무 새롭다. 어쩌면 이런 일이 일어날까?"

미진은 갑자기 자신 앞에 불쑥불쑥 나타나 펼쳐지는 이 기묘한
정경에 그저 얼떨떨하기만 하다.

3. 재회再會

아무리 무심하려고 해도 옆에 누군가 있다면, 동질의 기가 당기는 기류가 있어 마음을 전혀 쓰지 않을 수 없고, 그리하면 마음은 분산되고 산란하여 올바르게 무엇엔가 집중할 수가 없을 것이다.

혼자서 보고 느끼고 생각하여야 천상이 어떤 곳인지 가장 정확하고 명확하게 이해할 수 있기에, 도선은 모두에게 홀로 생활하는 시간 일 년을 주었었다. 천년을 살아갈 천상에 대한 인식을 정립하고, 마음에 초석을 다지는 것도 하나의 공부다. 천상인 모두가 주어진 그 시간에, 혼자서 더없는 안락과 평안의 시간을 누리었다고 하나, 더없이 행복하고 자만自滿하며 살아갈 수 있다고 하나, 그러나 대개는 저도 모르게 일 년 후에 만나게 될 동반자와의 만남을 모두는 항상 기억으로 되새기고 있었다. 굳이 애달프게 손까지 꼽아가며 기다리지는 않았지만, 그건 잊어버리면 안 되는 일처럼, 잊으면 큰 일이 나는 것처럼 마음 한구석에 고이 간직되고 있었던 것이다. 무엇을 더 바랄 것도 없고 바라는 것이 허물처럼 생각되는 세상에서, 처음에는 혼자서도 천 년이고 만 년이고 살 수 있을 것 같더니, 한 달이 가고 두 달이 지나면서 이상하게 사람이 그리워지는 것이었다.

"외롭고 심심해서 혼자서는 못살겠다."

사무연은 재미없는 표정으로 걸으며 혼자 중얼거렸다.

"사람이 옆에 있어야 서로 도란도란 이야기도 하고, 그리고 그런 개울을 건널 때 도와주기도 했을 것을…."

징검다리를 밟고 개울을 건너다 헛발에 미끄러져 벌렁 물속으로 쳐 박혔던 때를 떠올리며, 그네는 아직 정해진 날짜가 열흘이나 남았는데도 벌써 삼거리에 도착하여 동반자를 기다리고 있었다.

"아직 열흘이나 남았어? 내가 너무 서둘러서 왔나. 그나저나 동반자로 나타날 사람은 누굴까. 수운?"

누굴 더 생각할 것도 없이 그네는 수운만은 떠올린다.

도선이 모두를 소개할 때, 고개를 수그리고 다소곳하니 서 있는 것 같이 보였겠지만, 사실 사무연은 재빠른 곁눈질로 그 자리에 모인 사람들의 면면을 세세히 살폈었다.

"수운입니다."

획 바람소리 나게 허리를 숙이며 급하게 인사하던 수운의 모습이 바로 좀 전에 있었던 일처럼 선연하게 떠오른다. 하는 양이 어찌 보면 장난기가 섞인 것 같이 보이기도 했고 또 어떻게 보면 결연한 모습으로 비치기도 하든 그 모습이 떠오르자, 사무연은 자신도 모르게 파안대소하고 만다.

"하하하하."

고개를 뒤로 벌렁 젖히고 웃던 사무연은, 자기 웃음소리에 지레 놀라 황급히 입을 다물고 주위를 두리번거렸다.

"누가 본 사람은 없겠지?"

염려는 기우였다. 그렇게 서둘러 일찍 올 사람은 사무연 자신밖에 없었고 주위는 바람소리 하나 없이 고요하다.

"침착해야 해, 이렇게 경망스럽게 굴면 안 되는데."

고개를 좌우로 까닥이며, 사무연은 마치 수운이 바로 앞에 나타나 자신을 쳐다보기라도 하는 것 같이 고개를 숙이고 살며시 웃음을 지어 보인다.

달콤한 기다림은 그만큼 지루하기도 한 것이라, 굼벵이 기어가듯 느리게 가는 해를 쳐다보고 또 쳐다보아 해가 닳아 없어질 지경인데, 그렇게 굼뜬 시간을 온몸으로 밀고 또 민 덕택에, 드디어 동반자를 만나기로 정해진 약속 날짜는 하루가 남았다. 이제 오늘만 가면 학수고대하던 만남의 날이 오는 것이다. 달덩이 같이 환한 사람 모습 보기를 그동안 얼마나 갈망했던가. 사무연은 내일 아침 일찍 일어나기 위해 아직 해도 지기 전인데 잠자리에 든다. 그동안 얼마나 그렇게 기다렸는지 어른어른 해보다 더 빛나는 사람 형체가 눈앞에 금방이라도 보이는 것 같은데 몇 날 며칠이나 고갯길을 쳐다보고 또 쳐다보아 고개가 한 뼘이나 빠진 것 같다. 사무연이 그렇게 단꿈을 꾸며 잠속으로 빠져들 때, 느직하게 배낭을 맨 한 사람이 아직 삼거리에서 한참 떨어진 곳에서 뚜벅거리며 걸어가고 있다. 그의 눈에 아직 이정표가 되는 설목 삼거리는 눈에 띄지 않는다.

"내가 너무 지체했나? 늦으면 기다리겠지…."

그는 별일도 아닌 것처럼 여기며 굳이 길을 서두르지도 않는다. 오늘도 해는 하릴없이 기울어 가는데 시야가 훤하게 트인 여기서 벌판을 내려다보아도, 설목과 삼거리는 보이지 않는 것으로 보아, 내일까지도 약속장소에는 도착하지 못할 것 같다.

"아이고, 모르겠다. 여기서 밤새고 내일에나 떠나자."

동반자를 만나는 일이 참으로 가슴이 뛰고 흥분이 됐다면, 혼자서 여행하는 일이 불편하기라도 했다면, 그도 아니고 외롭고 허전한 마음이 한순간이라도 든 적이 있었다면, 그도 동반자 만나는 것을 염원했을지도 모른다. 그러나 그에게 천상은 혼자서도 충분히 행복에 겨운 곳이었다. 무엇 하나 부족한 것이 없고 평온하지 않은 순간이 없는데 동반자 만나는 시간이 안타깝도록 기다려질 리는 없었다. 그러나 그것도 사람에 따라서는 조금 다를 수 있는 것인가.

사뭇 설레는 마음으로 기다리던 사무연은 새벽 일찍 잠을 깼다. 방금 전까지 확인한 시계나무를 또 다시 쳐다보며 오늘이 그날이라는 것을 분명하게 확인한다.

그리고 머리를 쓰다듬고 옷매무새를 다듬는다. 언제나 입고 다니는 옷이 매만져봐야 무엇이 더 좋아질까 마는 마음이 그런 것이 아닌 탓이라, 자꾸 신경이 쓰이는 것이다. 사무연은 몇 번이나

면경 같은 고인 물에 자신의 모습을 비추어본다. 애써 무심하려고 해도 자꾸만 설레어 가만히 있을 수가 없다.

"도대체 누군데 아직까지 안 오는 거야?"

해가 중천까지 치달아 오르자 조바심이 더하여 마음을 진정시키지 못하는 사무연은, 언덕 위를 두 번이나 올라가 능선 길을 내려다봤다. 안달이 나서 한자리에 가만 서있지 못하고 하염없이 서성인다. 어제까지만 해도 그저 무덤덤하던 마음이 막상 당일이 되자 걷잡을 수 없이 초조해졌다. 기대가 설렘으로 바뀌어 가슴을 진정시키지 못하는 것이다.

"약속 날짜 하나를 못 맞추는 걸 보니 시간관념은 없는 사람이네."

사람이 팔짝 뛰도록 애간장을 태우고, 그는 다음날에도 나타나지 않았다. 약속 날짜가 이틀이나 지나쳐버리자 안절부절 못하던 마음이 이젠 포기가 되어, 언제 오나 그저 지켜보자는 심사로 바뀌었다. 빨갛게 달아올랐던 마음의 열기가 서늘하게 식어버린 탓이다.

서로가 날짜에 맞추어 오다 설목이 있는 곳에서 더도 덜도 없이 딱 마주쳐,

"누구 아니십니까."

"누구시네요."

하면, 어느 쪽이 밑질 것도 없고 그것만큼 이상적일 것이 없겠으나, 자신이 열흘이나 앞서 오는 바람에 그렇게까지는 될 수 없다

하더라도 적어도 그날 아침에는 당도하여

"먼저 와 계셨군요."

하든지 그도 아니면 적어도 그날 해떨어지기 전까지는 와서

"늦어서 죄송합니다."

하는 것이 맞는 이치인데, 어떻게 된 사람이 삼일이나 늦었는데도 아직 코빼기조차 보이지 않는 것이다.

기분마저 지지부진해져 사무연은 나무 위로 올라가 가지에 걸터앉은 채 그가 걸어올 길 쪽을 바라본다.

늘어지게 선하품을 하고 밀려드는 잠을 쫓아가며 눈이 빠지게 기다리기를 삼일 째 오후가 되어서야, 끄덕끄덕 저 언덕 밑에서 이쪽으로 기어 올라오고 있는 형체가 하나 보인다. 분명 두 발로 걸어오고 있는 것이 틀림없을 테지만 불붙은 쌍심지 눈에 그는 배를 땅에 깔고 기어오는 것처럼 보인다.

"삼일이나 늦고도 저 태평스러운 걸음걸이라니."

아직 누군지 분별은 되지 않으나, 며칠이나 늦고도 서두르는 기색도 없고, 흐느적거리며 오는 사람이 누군가 하고 나뭇가지 사이로 얼굴을 디밀어 알아보려고 애를 쓴다.

오고 있는 이가 수운이 아님은 분명했다.

인사하는 자세로 보아 행동 하나하나가 철두철미하고, 한 치도 어긋남 없이 부러지게 정확할 것 같은 수운이 이렇게 늦을 리 없다. 내가 만날 사람이 수운은 아니다.

미리 짐작은 하였다.

"안녕하십니까?"

삼거리를 조금 지난 지점에서, 길 옆 나뭇가지 위에 앉아 있던 사무연이 다가오는 그를 보고도 빤히 쳐다만 보자니, 계면쩍어진 그가 씩 웃으며 먼저 인사를 했다. 소책이었다. 표정 어느 구석에도 미안한 기색은 없고, 꼭 옆집 사람 아침에 만난 것처럼 인사를 했다. 예의상 얼른 밑으로 내려와 답례를 해야 하는 사무연이지만, 그냥 나무 위에 걸터앉은 채 내려올 생각조차 않고 늘어뜨린 한쪽다리를 흔들거리며 말끔히 바라보았다.

"그렇게 안녕하지는 않는데요."

치켜 올라간 사무연의 눈꼬리가 편치 않은 심기를 그대로 드러냈다.

"오늘이 며칠인지는 아시죠?"

싱글싱글 웃으며 구렁이 담 넘어가듯 하는 그의 행동을 짚고는 넘어가야겠다 싶어 사무연이 소책에게 물었다.

"물론 알지요. 일 년에서 삼일이 더 지난날 아닙니까."

소책이 구김살 없이 털털하게 대답하였다.

"그렇게 날짜를 정확하게 잘 아시는 분이 도착은 어이 이리 늦게 하셨습니까?"

사무연의 눈빛이 새파랗게 변해갔다.

사람의 심정을 이해하지 못하면, 이해하려는 노력조차 보이지 않으면, 상대방은 아쉽고 서운한 것이 인지상정이라 그 점은 천상도 어쩔 수 없는 곳이었다.

미진은 아침공기가 퍼렇게 새벽을 밀어내자 침안을 정리하여 서둘러 길을 떠났다. 오늘이 천상에 온 날로부터 정확히 일 년이 되는 날이다. 더불어 도선이 말한 동반자를 만나는 날이기도 하다. 어느 한곳에서 크게 지체를 하지는 않았는데 오늘이 약속 날짜임에도 아직 삼거리가 눈에 띄지 않아 마음이 조급하다.

누군지 모르지만 걸음을 재촉했다면, 그는 벌써 도착하여 자신을 기다리고 있을 것이다. 숨이 턱에 차도록 걸음에 재게 놀려, 미진은 주위에 신경 쓸 겨를도 틈도 없이 반은 뛰다시피 하며 간다. 중천에 떠오른 해가 열기를 더해갔다. 미진이 바쁜 걸음을 내디디고 있을 때, 맞은편 언덕 너머에서는 또 한 사람이 부지런히 삼거리를 향하여 걸어가고 있다.

"세 갈래 길이라?"

현유는 모롱이를 돌아 탁 트인 분지가 나타난 야트막한 능선 자드락길로 접어든다. 분지보다는 그래도 이쪽이 높아서 멀리까지 내려다 볼 수 있는데 그의 눈에도 설목은 아직 보이지 않는다. 거리상으로 보아 앞에 보이는 분지를 벗어나려면 오늘 오후 늦게는 되어야 될 것 같다.

"내가 걸음이 더디었나?"

평지로 내려서자 땅꼬마같이 바닥에 붙어 피어난 싸라기처럼 작은 주황색 꽃들이 물결을 이루며 남실대고 있다. 한결같이 키가 쪽 골라서 마치 분홍 천을 바닥에 깔아놓은 것 같다. 그 연약한 꽃들이 바람결에 소소하게 떨리며 낭창거린다. 정적과 초연함만이 가득한 대자연 안에서 짙은 향내를 품기며 꽃들은 세상을 제 마음껏 채색했다. 멀리 넓고 아득하게.

"서두르자."

어찌됐건 이 벌판을 벗어나기까진 뛰어야 할 것 같다. 배낭끈을 움켜쥐고 거멓게 보이는 맞은편 언덕을 향하여 현유는 날쌔게 뛰어간다.

'저 언덕만 넘어가면 약속장소가 나올지 모른다.'

뛰어가는 그의 발걸음이 무척이나 경쾌해 보인다. 첫날 만났던 사람들의 면면이 빠르게 머릿속에 스쳐 지났다. 애써 태연하려고 해도 마음이 몸을 재촉하여 서두르게 한다.

"기다리다 가버렸나?"

오늘이 당일 날인데 그럴 리는 천만 없지만, 약속장소에 아무도 보이지 않자 현유는 불쑥 그런 생각이 든다. 벌판에서부터 이어져 온 키 작은 분홍 꽃들이 여기까지 펼쳐져 있다. 들꽃이 수놓은 삼거리는 오고가는 바람만이 안겨올 뿐, 둘러보아도 사람은 그림자도 보이지 않고, 설목만이 삼거리 한 가운데 허연 천을 뒤집어쓰고 있는 듯 보인다. 현유는 다른 고개 쪽으로 나 있는 길을 따라 저만치 가 본다. 그리고 금방이라도 누군가 그쪽에서 모습을 드러낼 것 같아 아득한 길 끝으로 눈길을 더듬어 간다. 만나야 할 누군가에게로 온통 마음이 쏠려있어 주변의 어떤 것도 지금은 눈에 들어오지 않는다. 초조한 시간이 바삐 지나고, 해가 이울 무렵에, 사광에 긴 그림자를 이끌고 길을 따라 이쪽으로 걸어오고 있는 형체가 있다.

"미진?"

상대방이 들릴 듯 말 듯 하게 현유가 불렀다. 해를 등진 얼굴이 시커멓게 보여 누군지 제대로 분간하기 어려운데, 현유는 미진이란 이름을 자신도 모르게 불렀다. 상대가 그 아니라면 곤란한 심사를 겪을 수도 있을 것을, 자신도 모르게 그 말이 불쑥 튀어나오고 만 것이다. 제대로 확인조차 않고 그렇게 부르게 된 것은 다른 사람은 몰라도 미진의 모습만은 현유가 또렷하게 기억하고 있기 때문이다. 비록 어스름이 끼여 확연하게 구분할 수 없다고는 하지만 전체적인 모습이 미진과 매우 흡사하기 때문이었다. 그리고 어찌 보면 현유 자신이 일 년 내내 미진만을 생각한 마음이 은연중에 나왔는지도 몰랐다.

"그런… 데요."

바로 자신의 이름을 부르는 것에 놀라 주춤 걸음을 멈추며, 고개를 옆으로 갸웃 숙여 이쪽을 쳐다보는 미진은 그러나 현유의 얼굴을 제대로 아는 눈치가 아니었다.

"현유입니다."

무어라고 해야 할지를 몰라 미적거리고 있는 미진에게, 현유가 자신의 이름을 대었다.

"아, 네. 언제… 도착하셨어요?"

이름을 듣고서야 기억이 나는지 입가에 엷은 웃음을 물고 알은 체를 했다. 말을 중간에 자주 끊으며 느리게 말하는 투가 첫날 만

낲을 때와 조금도 변함이 없다.

"도착한지 얼마 되지 않았습니다."

어둑한 그림자를 끌고 미진이 좀 더 가까이 다가왔다.

'그래, 저 얼굴.'

첫날 미진의 모습이 기억에 떠오른다. 꼭 어제 보고 오늘 다시 보는 것 같아서 일 년이라는 시간의 공백이 있었다는 사실이 믿기지 않는다. 현유의 얼굴에 웃음이 번져났다. 그 웃음은 하나도 변하지 않은 미진의 모습 때문이기도 했지만 자신이 만나고자 했던 사람을 만난 행복한 웃음이기도 했다.

약간 혜 벌리고 있는 입 때문에 바보스러워도 보이고, 또 어떻게 보면 한참 어설퍼 보이기도 하는, 악의라고는 전혀 찾아볼 수 없는 얼굴. 재치 있고 총기 있어 보이는 얼굴하고는 거리가 멀어 보이는 사람이 미진의 모습이다. 그런데 왜 그런 모습에 현유는 자신이 강하게 끌렸는지 알 수 없었다.

저마다 마음으로 느끼는 감정은 다르고도 오묘한 것이어서, 남들이 보면 재미도 없고 좀 모자란다고 느낄 수도 있는 모습이지만, 현유에게는 그런 미진의 모습이 때 묻지 않은 풋풋한 모습으로 비치었다. 콩깍지 씌어놓은 눈에 안경까지 덧씌워놓은 격이라 할까.

현유가 자신을 보며 이유 없이 실실한 웃음을 짓고 있는데, 다른 사람 같았으면 왜 웃느냐고 한 번 물어볼 만도 한데, 미진은 그러지도 않는다. 현유가 웃는 것을 물끄러미 한 번 쳐다보고는 바닥에 주저앉았더니 바삐 오느라 흐트러진 머리를 매만졌다.

"서둘러 오느라 피곤하시지요."

"괜찮… 아요."

얼굴에는 힘든 기색을 걸어놓고도 말은 괜찮다고 했다. 열 번을 물어도 같은 대답을 할 사람이다. 그런 미진을 현유가 위에서 멀건이 내려다본다. 누군가 자신을 가만히 보고 있으면 어딘지 어색해지는 것이 당연할 것인데도 미진은 그것조차 아무렇지 않은 모양이다.

"좀 쉬었다가 어둡기 전에 저 위로 올라가요."

현유가 손으로 가리키는 언덕을 미진이 눈길을 들어 쳐다본다.

"거긴 왜요?"

"그런 게 있어요."

더도 묻지 않고 그 말에 미진은 고개만 끄덕끄덕했다.

볼수록 묘한 백치미를 풍기는 사람이었다.

어디 한 곳 튀어나온 구석이라고는 없이 무심한 것 같으면서도, 무감각한 표정이 오히려 현유의 마음을 편안하게 한다. 반지르르하고 까탈스러운 사람을 그는 싫어했다.

다음에 만날 사람이 미진이었으면….

했는데, 마음으로 그리던 일이 실제로 꿈같이 이루어지고보니 현유는 지금 세상이 달라 보인다. 동반자가 주는 뿌듯한 기쁨은 그동안 자신이 생각했던 것 이상이다. 문득 지난 일 년 동안 쓸쓸하게 혼자 어떻게 지냈었나 싶은 생각이 든다.

'잘 데리고 다녀야지.'

갑자기 불쑥 그 생각이 들며 미진이 꼭 어린 동생 같이 느껴지고, 자신이 보살펴주지 않으면 안 되는 사람으로 여겨진다.

"갑시다."

바로 좀 전에 만났는데, 그리고 무어라고 아직 서로 제대로 마음을 터놓은 사이도 아닌데 현유는 앉아있는 미진의 손목을 덥석 잡고 일으켜 세웠다. 그런 그의 행동에 미진은 조금도 놀라지 않고 손목을 뿌리치지도 않은 채 아무렇지도 않게 현유를 따라 일어섰다.

"보이는 저 언덕을 넘어가서 쉬어요."

뭔가 보아놓은 것이 있는 모양이었다. 깔딱하고 해가 산을 넘어갔다. 산봉우리를 집어 삼킨 어둠이 슬금슬금 산허리로 쏠려 내려오기 시작한다. 어둠 한가운데 장중하게 버티고 선 설목만이 하얗게 형체를 거머쥐고 있다. 지금은 오월이다. 한 달 내내 밤하늘에 달이 떠있는 달이다. 천상에서는 오월 한 달 내도록 달이 뜨고, 나머지는 달 없는 하늘에 별이, 손끝만 닿아도 와르르 무너질 듯 총총히 매달려 있다. 햇볕 뜨거운 여름 한 날 마당에 흩뿌린 사기가루처럼 밤하늘에 별은 그렇게 빛이 났다.

풍만하도록 둥그런 몸매에 한 올 가림도 없이, 깨끗이 씻은 모습으로, 해가 넘어간 자리 바로 그 서녘하늘로 달이 떠오른다. 이제부터 이 천상은 달이 나직이 자리하며 밝지도 어둡지도 않게, 뜨겁고 차갑지도 않게 오직 포근한 살을 풀어 가지나 풀잎 하나 나뭇잎 하나까지 어머니의 손끝같이 섬세하고도 부드럽게 만물을 어루만져 줄 것이다.

낮에 뜨는 태양 해와는 반대로, 서쪽에서 떠서 동쪽으로 지는 밤에 뜨는 달, 그 달은 매일 해만큼이나 정확하게 뜨고 졌다. 달은 해가 지고 어둠이 대지를 내리누르면 옅고도 둥그런 서광을 서쪽 하늘에 밝히며 두둥실 그 모습을 나타내어 밤사이 동쪽으로 이동 해 해가 뜨기 한 시간 전에 동녘으로 진다. 그 달은 한 달 내내 언제나 보름달처럼 둥글게 떴다. 교교한 달빛에 젖은 세상은 어쩐지 마음을 부풀게 하여 쉬 잠을 이루지 못하게 했고, 여행자들을 이리저리 방황하게 만들곤 했다.

달이 어딘들 비추지 않을까마는 현유는 어쩐지 이 동산 너머로 가야만 더욱 진하고 아름다운 달을 맞을 것 같다. 그만한 자리를 낮에 보아 놓았다. 그리고 휘황한 달을 이왕이면 좀 더 높은 곳, 사방이 트여 달의 기운을 조금이라도 더 느낄 수 있는 곳에서 만나고 싶은 것이다.

동반자를 만난 기쁨은 그를 들뜨게 했고, 그는 자신의 느낌대로 살아가기를 좋아하는 사람이다. 밤에 달은 항상 동무처럼 따라다닌다. 어디를 가서 보더라도 달은 항상 언제 따라왔는지도 모르게 머리 위 항상 그 자리에 와 서 있곤 했다. 한참을 걸어 동산을 넘어왔는데도 달은 아까처럼 어깨 옆에 다소곳이 떠 있다. 허여멀건 한 둥근 달이 팔을 크게 늘이면 안을 수 있을 만큼 가깝게 보인다.

산정수리에 선 현유는 언덕 아래 푸른 숲속에 저 혼자 머리를 뚫고 우뚝 솟아오른 커다란 바위로 눈길을 던진다. 위가 편평한 너럭바위는 마치 커다란 평상처럼 생겨 두 사람이 밤을 지내기에는 더없이 좋을 장소로 보였다. 꼭 이 밤을 위해 마련되어 있는 절묘한 장소라는 생각도 든다. 낮에 미진을 기다리며 올라와 봤을 때부터 그는 저곳에서 오늘 밤을 보내리라 마음먹고 있었다.

바위로 가는 길은 고목 숲을 지나야 한다. 짙은 녹음 때문에 다른 수종이 발붙이지 못한 나무 밑은 노란 갈비가 바닥에 푹신하게 깔려있고, 공간엔 아름드리 둥치들이 우뚝우뚝 솟아있는데 마치 벽 없이 지어진 고대궁전을 지나는 것 같다. 쭉 뻗은 나무둥치가 튼실한 기둥을 연상케 하고 하늘을 덮고 있는 가지와 잎이 거대한 궁전 지붕을 연상케 한다. 어스름이 낀 고목 밑은 짙은 음영이 드리워 컴컴하다.

"바위까지가 이렇게 멀었어요?"

위에서 내려다 볼 때는 금방일 것 같더니 자꾸만 가는 현유를 보고 미진이 물었다.

"조금만 더 가면 될 겁니다. 밤에는 뭐든 가까이 보이니까 보기보단 시간이 조금 더 걸리죠."

어둠에 익숙해진 눈은 이제 그늘 밑에서도 사물이 분별될 정도로 밝아졌다.

영겁을 몸에 두른 나무들은 태고의 신비를 가지마다 간직한 채고요하면서도 푸르고 웅혼한 자태를 드러내 보인다. 매끈한 나무

껍질에는 오랜 세월 나무와 함께 깊은 세월을 함께 해온, 이름을 알 수 없는 이끼가 둥치와 가지 곳곳에 하늘색 꽃송이같이 아름다운 문양을 그림처럼 수놓으며 자생하고 있다.

"올라갈 수 있겠어요?"

나무 사이를 뚫고 치솟아 오른 바위는 막상 밑에 서 보니, 거대하기도 하거니와 올라갈 수 있을 만한 곳이 한 곳도 보이지 않는다.

"물론 있죠. 배낭을 먼저 나한테 줘요."

현유는 배낭 두 개를 등에다 짊어지고 바위는 버려둔 채 옆 나무를 타고 오른다. 가지에서 가지로 사다리 타듯 오르더니, 바위 정수리 위로 향한 가지를 밟고 가뿐하게 바위 위에 내려선다. 그 모양새가 신출귀몰할 정도로 재바르다. 배낭을 바위에 내려놓은 현유는 다시 나무를 타고 내려왔다.

"같이 올라가요."

"어떻게… 올라가요?"

말을 끝내고도 다물어지지 않은 입은 난감하다는 표시인지 아니면 말을 더 하려는지 알 수 없다.

"내가 올라가는 거 봤죠?"

"보긴 했지만… 난 그렇게 못 올라가는 걸요."

"걱정 말아요. 내가 도와줄 테니. 일단 첫 번째 가지 오를 때까진 내가 밑에서 올려줄게요. 나무 둥치를 팔로 안아요."

현유는 미진을 목마 태워 일어서서 두 팔로 미진의 발을 잡고 밀어 올린다. 아슬아슬하게 미진의 손이 가지에 닿는다.

"가지를 잡고 올라가요."

미진이 조심스럽게 나뭇가지를 움켜잡자 현유가 밑에서 한 번
더 힘을 주어 밀어 올린다. 밑에서 받쳐주는 현유 덕분에 한 번도
나무를 타보지 않았는데도 쉽게 바위 위로 올라왔다.

"어렵지 않죠?"

곡예를 하다시피 하여 올라온 바위 위, 촘촘한 바늘잎들이 달빛
에 잠긴 광경은 이곳이 숲이라는 느낌보다 바람을 타고 일렁이는
검푸른 해면 같아 보인다.

"바다 한가운데 있는 것 같아요."

정취에 취한 미진이 아이처럼 좋아한다.

"이 바위는 배 같고?"

"그러네요."

그런 생각이 들어서인지 이제는 바위가 정말로 배가 되어 저 혼
자 둥실둥실 밤바다에 떠가는 착각마저 든다.

"여기는 어떻게 알았어요?"

"내가 낮에 저 언덕 위까지 와 봤죠, 이 바위가 거기에서 보이기
에 오늘 밤은 여기서 묵겠다고 생각을 했어요. 난 잠을 자는 곳도
기왕이면 멋진 장소에서 자고 싶거든요. 그러면 더 한층 운치가
있죠. 천상에서는 그런 사소한 것까지도 다 누릴 수 있어야 한다
고 봐요."

"저녁때가 되면 늘 잠 잘 자리를 찾아다니시나 봐요?"

낯이 익고 부담감을 덜었는지 미진의 목소리가 좀 전보다는 속

도가 붙었다.

"그렇다고 볼 수 있죠. 아, 어떤 때는 아주 좋은 곳을 만나면 그 날은 하루가 아직 저물지 않았더라도 그냥 그 자리에 눌러앉아 있다가 밤을 맞기도 하죠. 마음에 쏙 드는 장소를 만나기가 그렇게 쉬운 일은 아니잖아요."

그렇게 말하는 현유를 미진이 웃음 띤 선선한 눈으로 바라본다. 시원시원하고 뭔가 독특한 데가 있는 사람 같다.

"오늘은 내가 침안을 펴 줄 테니 그냥 앉아 있어요."

옆에 앉아 말을 마치기가 무섭게 미진의 배낭에서 침안을 꺼내어 무릎 위에 얹어놓고 손수 만들어준다. 만난 지 채 몇 시간 지나지 않았는데도 현유가 다정다감해서인지 미진은 그가 전혀 어색하지 않다. 그는 사람을 편안하게 해주었고 남이 전혀 거리낌 없이 대하도록 배려해 주었다.

"그렇지만…."

아무리 그렇지만 한나절도 안 돼서 내 일을 남의 손에 맡겨놓고 손 재워놓기가 미안해서 미진이 도로 가져오려고 하자 현유가,

"부담 갖지 말아요. 앞으로 내가 종종 해줄게요."

하고는 미진이 내민 손을 도로 밀었다. 미진은 옆에서 가만히 앉아 구경을 하고 현유는 자신의 것도 꺼내어 펼쳐 만든 다음, 침안 두 개를 나란히 붙여놓고 옆의 결을 이용하여 둘을 하나로 묶었다.

"이래야 안전해요. 하나하나 분리시켜놓으면 잘못하면 밑으로 떨어질 수 있어요."

현유는 모든 일에 세밀하고 꼼꼼하다. 어떻게 그런 것까지 알까 싶어진다. 그런 그에게 미진은 어쩐지 기대어보고 싶은 마음이 오롯이 들었다.

사방이 트인 바위 위는 거칠 것 없는 밤바람이 제 맘껏 허공을 쓸며 다닌다. 그 바람결에 고목의 나무 향기가 은은하게 실려 온다.

미진은 숨을 깊이 들이마시며 향기의 숨결을 맛본다. 강렬하지도 않고 진하지도 않으면서 온몸에 녹아드는 향기, 지금 이 나무들의 향기는 묵직하면서도 그윽한 깊이가 있는 향기이다.

천상은 곳곳마다 모양과 형태를 달리하는 수많은 자연들이 존재하고, 그 개체가 가지는 고유의 향이 있는데, 현상계에서 향은 후대로 생명을 이어갈 역할을 맡은 꽃이 강하고, 다른 생명 줄기들의 향기는 미미하지만, 천상에서는 그 구분이 없이 모든 부분에서 골고루 향기를 피워 올린다. 그래서 천상은 향기의 공간이라 할 만큼 가는 곳마다 그들이 내뿜는 독특한 향기가 공기 중에 어우러져 있다.

감미로운 향기의 세계, 천상!

향기는 여행자들의 마음을 깨끗이 정제하고 눈을 밝게 하여, 천상의 모든 것을 너무나 선명하게 보게 한다. 무엇을 제대로 오롯이 볼 수 있는 것은 일체의 잡념이 없을 때만 가능하다.

그 무엇도 머릿속에 머물지 못하게 하는 것, 그리 될 수 있는 것은 아마도 천상향기 때문인지도 몰랐다. 향기는 매순간을 새롭게 하고 보고 느끼는 것을 즐겁고 기쁘게 해 주었다. 향기가 없는 세상의 삶을 천상인들은 상상하기 어렵다. 만약에 천상에서 향기가 사라진다고 한다면 그동안 까맣게 잊혔던 또 다른 감정들, 슬프거나 우울하거나 분노하고 침울하거나 하는 온갖 감정들이 갑자기 그들 곁으로 다가올지도 모를 일이었다.

"내가 방금 무슨 생각했는지 알아요?"

무릎을 가지런히 옆으로 눕히고 앉아 달을 바라보고 있는 미진에게, 침안 두 개를 바위 가운데다 갖다놓고 돌아온 현유가 물었다.

"… 무슨 생각 하시는데요?"

"이 천상에서 억만년의 역사를 피워 올린 거룩한 생명도, 지금 고고한 자태를 온 천하에 드러낸 저 달도, 자신의 아름다움이 최고라고 뽐내는 수많은 꽃송이들도, 내가 만난 한 사람에 비하면 그저 일천한 돌 하나에 지나지 않는구나, 그렇게 생각하고 있습니다."

"무슨… 말인데요?"

눈을 깜빡이며 미진이 의아한 얼굴로 물었다. 금방 뜻을 알아차리고 반색을 하며 좋아라, 할 줄 알았는데 태연한 것이다.

"내가 한 말을 제대로 알아듣기는 했습니까?"

"무엇을… 말이에요?"

갑자기 말문이 막힌 현유가 미진의 얼굴을 망연하게 바라봤다. 그 눈 속에 밤바람에 식어 한기를 머금은 달빛이 고여 반짝인다.

그렇게 식어버린 달이 아직 이울기도 전에 서둘러 길을 떠나는 사람이 있다.

수운은 달빛 흥건하게 젖은 길을 발부리로 헤치며 바쁘게 걸음을 재촉한다. 발을 내디딜 때마다 빛 웅덩이 속에 풍덩풍덩 빠지는 것 같이 느껴진다. 밤이 지나면 어김없이 오는 새벽이지만 오늘 아침은 다른 어떤 날보다 산뜻하고 더 정겹게 다가온다.

누구면 어떠랴.

이토록 아름다운 천상을 함께 할 동반자를 만난다는 것은 그 자체가 수운에게는 가슴 설레는 일인 것이다.

밤사이 내린, 풀잎에 맺힌 차가운 아침 이슬이 걸음을 옮길 때마다 발목을 시원하게 적신다. 고개를 넘고 실개천을 지나 앞으로 끝없이 이어진 하얀 길을 정신없이 걷다보니, 언제 떴는지도 모르게 아침 해가 능선 위로 둥실 얼굴을 내밀었다. 햇살이 와자하게 쏟아지는 대지는 푸른 기운을 토해내며 땅속 깊은 곳에서 생명력을 끌어올린다. 걸음을 재촉한 그가 삼거리 갈림목이 눈에 보이는 지형에 들어선 것은 정오가 채 되지 않은 무렵이었다.

"저기로군."

골짜기를 빠져나온 도랑이 분지기슭을 빙 돌아가며 원을 이루어 흐르는 그 한 가운데 탁 트인 배경으로 삼거리가 있는 것이다. 주위는 온통 억새풀이 활짝 꽃을 피워 설원을 연상케 한다. 소담스러운 함박눈이 쌓인 것처럼 보이는 분지는 바람이라도 불면 허연 눈발이 흩날릴 것처럼도 보였다. 저 멀리 양옆으로는 둑처럼 야트막한 둔덕이 있고 그곳에는 푸른 나무들이 울창하게 수림을 이룬다. 그리고 뒤쪽으로 높게 솟아오른 커다란 산줄기, 그곳에는 중허리까지 옆 둔덕의 나무숲이 그대로 이어져 띠를 형성하여 시퍼렇고, 중턱 위로는 키 작은 나무와 잡초들만 있어 민둥산처럼 보이는 지역이다.

허리높이까지 자란 억새풀이 몸의 반을 완전히 덮어버린다. 갈림목이 가까워질수록 가볍던 발걸음에 기대와 긴장이 동시에 일면서 자신도 모르게 걸음이 늦추어진다.

지금까지 혼자서 걸어왔던 길, 그 길은 지금처럼 한갓졌고, 수림이 바람과 함께 소소히 속삭이는 소리, 다만 운치를 더해주기 위해 드문드문 무리지어 있는 마른 잎들의 서걱거리는 소리, 몸 부딪히며 돌돌돌 흘러가는 시냇물소리. 허공을 제 마음대로 낙하하며 내지르는 바람소리, 오직 그런 소리만이 걸어오던 길에 벗 삼아 지내왔던 소리들이고, 이름을 알 수 없는 수많은 야생화와 누군가 정원을 꾸며놓은 것 같이 정돈되고 조화로운 조경수, 어딜 가나 지천에 흩어져 끝없는 풍요로움을 안겨주는 천상 열매, 그것이 보이던 것의 전부였다.

천상에 있는 생명들, 나무·풀·꽃. 이런 단순생명들과의 교감만으로도 천상은 충분히 기쁘고 위안을 얻을 수 있어서 혼자 살아가기에 부족함이 없는 곳이라고는 하지만, 어딘가 빈 것 같은 자신의 존재를 완벽하게 채워주지는 못했으니, 천상인도 무주공산에 혼자서 천 년을 무던히 살 수 있는 그런 단계까지는 이르지 못한 존재들이다. 굳이 살라고 하면 허전한 옆구리 한 가닥을 움켜쥐고 허적허적 어떻게 살기야 하겠지만 바라는 것도 없다. 아쉬움도 없다. 하기에는 입이 쉬 떨어지지 않는 것은 사실이었다.

"언제쯤 오려는가?"

수운은 자신의 얼굴을 양 손바닥으로 쓰다듬어본다. 자신의 모습이 어떻게 비쳐질지 궁금한 까닭에 손이 저절로 양 볼을 향해 가는 것이다.

한참 후, 휙 하얀 옷이 굽은 둔덕길을 올라와 분지로 내려오는 것이 보인다. 짙푸른 나뭇잎 사이로 꼬불꼬불 이어진 길은 시야에서 군데군데 사라진다. 따라서 형체도 나타났다 또다시 시야에서 사라지기를 반복했다. 그러나 분명한 것은 지금 누군가 여기로 오고 있다는 사실이었다.

"가볼까?"

보고도 가만히 자리를 지키고 기다리기가 어쩐지 쑥스러웠다. 수운은 둔덕 쪽으로 향한 길을 걸어간다. 누군지 궁금하기도 하고 마중을 나가보고 싶은 탓도 있었다.

누구일까?

궁금증이 일자 갑자기 가슴이 저르르 떨려온다. 기대의 긴장치가 높아진 탓이다. 생각 저편에 단애의 모습이 떠오른다. 그래도 바로 곁에서 가장 또렷하게 친밀감 있게 본 사람은 단애였다. 처음 만났던 날, 잠깐 옆자리에 서 있었던 것도 인연이라면 인연이고, 무엇보다 얼핏 훔쳐 본 단애의 옆모습, 어쩐지 우수에 젖어 보이던 얼굴에 수줍어서 그랬던지 아니면 긴장을 해서 그랬던지 떠는 듯 가늘게 밀어내던 목소리.

"단애입니다."

이상하게 그 모습과 목소리가 하나도 변함없이 눈앞에 선명하게 나타난다.

산기슭 언저리까지 간 수운은 걸음을 멈추어 섰다.

비스듬한 내리막길을 발끝만 쳐다보며 고개 숙인 채 내려오던 단애는, 억새밭으로 향한 길로 접어든 순간, 앞이 무언가로 막힌 느낌을 받고는 걸음을 멈춘 채 고개를 들었다. 누군가 길 한가운데를 딱 가로막고 서 있다. 억새풀 위로 우뚝 솟아올라 있어 더 크게 보였을 수도 있지만, 다른 사람이 아니라 수운이라는 것을 알아차리고는 흠칫 놀라며 한걸음 뒤로 주춤 물러섰다. 도선이 말한 설목 이정표가 있는 삼거리도 아니고, 낯선 곳에서 예상치 못하게 만난 수운에게 적이 놀란 눈치였다. 눈망울이 커지더니 얼른 시선을 빗기어 바닥으로 고개를 떨어뜨린다.

얼굴이 마주친 순간 살며시 미소라도 짓든지 아니면 고개 숙여 인사를 했더라면 그러지 않았을 텐데, 단애가 놀라며 얼른 고개를 떨어뜨리는 모습이 혹 자신이어서 실망을 하지는 않았나 하는 생각이 들면서, 수운은 지레 자괴감에 빠져 길에 선 채로 얼른 무어라 말문을 트지 못했다.

서로는 어떤 말도 하지 못하고 어색하게 잠시 마주하고 서 있었다. 길이 아직도 경사면에 위치하여 자신이 위에서 내려 보고 있는 형국이라는 것을 뒤늦게 깨닫고는 단애가 얼른 밑으로 내려왔다. 좁은 길에 마주 설 수가 없어 단애는 갈대 사이를 비집고 들어가 수운의 옆쪽으로 섰다.

"수운이오. 나도 조금 전에 도착했소이다."

하고, 멍한 중에 수운이 먼저 인사말을 건네었다. 단애는 고개를 숙인 채 달리 말이 없었다.

"삼거리는 바로 요 앞이요. 거기서 지금껏 기다리고 있었는데 바라보니 이쪽으로 오는 것이 보여서… 슬슬 온다는 것이 여기까지 마중 겸 온 것이니 너무 놀라지는 마시오."

수운이 말을 마치기를 기다려, 그저 가볍게 목례 정도만 해도 될 인사를, 단애는 두 손을 가지런히 앞으로 모아 쥐고 허리를 깊이 숙여 곱게 절을 하였다. 예의 바른 단정함이 몸에서 배어나는 절이라 수운의 고개가 저도 모르게 따라 내려가다 멈추었다. 절만 그렇게 했을 뿐, 단애는 달리 아무 말은 하지 않았다.

첫날 여럿이 있을 때는 몰랐는데 오늘 인사를 한다고 앞으로 내민 손을 보니 단애의 손이 자신 손에 버금간다 할 수야 없겠지만, 들애 손으로는 상당히 크고, 손마디가 거칠었다. 수많은 사람들이 밟고 지나는 길바닥에 드러난 옹이가 밴 나무뿌리처럼 울퉁불퉁하였다. 고통의 슬픔이 알알이 박혀, 무심하고도 분주한 발길에 찢어지고 갈라져도 살아야했던, 한이 서린 억센 생명력을 보여주는 손이었다.

"힘들게 일을 해야 할 무엇이라도 있었던 겁니까?"

눈길을, 다소곳이 모아 쥐고 있는 단애의 손에 머물며 물었다. 어쩌면 그 말은 단애가 말을 하지 않아 어색함을 풀어버리고자 던진 말일 수도 있었다.

그 말이 무엇을 의미하는지를 금방 눈치 챈 단애가 모아 쥔 손을 얼른 등 뒤로 감추었다.

"허허허, 난 그냥 보기 좋아 했을 뿐이오. 그렇게 부끄러워 할 일이 없는데…."

단애는 여전히 바닥만 내려다보고 있었고 깊은 숨을 들이쉬는지 어깨가 한 번 올라갔다 내려왔다. 그때 입술이 가늘게 한 번 벌어졌다 닫혔는데 그냥 옴지락거린 것인지 무엇을 말하려고 했던 것인지는 알 수 없었다.

장난삼아 한 말에 단애가 지나치게 예민하게 굴며 서먹해하자 수운은 속으로 아차, 싶어졌다. 사람을 가려가며 농을 해야 하는데 단애는 모든 말을 곧이곧대로 알아듣는 모양이었다. 혹시라도 마음에 상처를 받지는 않았는지 은근히 후회가 되었다.

둘이서 길 한가운데 우두커니 마주 서 있는 것도 이상한 일이어서

"갑시다."

수운이 팔을 들어 안개기둥처럼 허옇게 서 있는 설목을 가리키고는 자신이 먼저 몸을 돌렸다. 이번엔 단애 눈썹이 약간 위로 치켜들다가 천천히 내려온다.

단애는 갑자기 가슴이 꽉 막히며 숨을 들이마시지도 내뱉을 수도 없는 지경이 되었다. 가슴이 쿵쾅거리고 두근거리는데 막힌 숨은 가슴 안에서만 맴돌아 현기증이 나게 답답하였다. 숨을 크게

한 번 내뱉었으면 속이 시원하겠는데 마신 숨은 안에서 굳어버렸는지 나오지를 않는다.

쉽게 근접할 수 없게 생긴 근엄한 얼굴, 딴에는 지금 무척 부드러운 인상을 짓고 있지만 단애는 그런 수운의 모습에서 왠지 모를 두려움을 느낀다.

단애의 내면을 알 리 없는 수운은,

'천성이 조용한 사람인지 모르지. 수줍음을 많이 타는 사람인지도 모르고…'

그렇게 생각했다. 겉으로 드러난 표정만으로 그의 심리상태를 짐작할 뿐, 내면까지 알 수야 없었다. 사람 속을 훤히 볼 수 있는 세상, 그래서 너나 무슨 생각을 하는지, 무슨 마음인지를 글 읽듯이 서로 알 수 있는 세상이 어딘가에는 있겠지만 적어도 천상조차 아직 그런 단계는 아닌 것이다.

수운이 앞장 서 걸어간다. 그가 도랑의 징검다리를 건너 굽어진 길로 돌아 모습이 보이지 않을 때에야 단애는 멀찍이 떨어진 채로 뒤를 따라갔다.

"여기가 바로 우리가 만나기로 한 장소요."

한참을 걸어 하얗게 순결처럼 드리운 설목이 고상한 자태를 드리운 삼거리에 닿았다.

멀리서보면 전체가 하얗게 색칠이 되어 있는 것처럼 보이는 나무, 설목.

그러나 가까이 가서 보면 층층이 뻗은 가지와, 가지에 붙은 무수한 꽃잎이 마치 눈처럼 보이는 나무.

모든 생명들이 파랗고, 검고, 붉고, 색색 서로 융합되어 아름다운 무늬 조합하여 화려하게 눈길을 잡아끄는 데 반해, 유독 허옇게 아무 색도 물들지 않은 나무 설목은 상서로운 나무임에는 틀림없었다.

그 나무는 천상을 여행하는 동안 한 달에 두어 번 정도는 꼭 만나게 되는 이정표와도 같은 나무이다. 큰 키 때문에 멀리서도 확연하게 눈에 띠는 그 나무는 흰 버드나무와도 같이 생겼는데 천상여행의 길라잡이 역할을 하는 나무로서, 이 나무만 유독 무리를 짓지 않고 혼자 길가에 자리를 잡고 서 있었다.

설목은 천상인에게 모태와도 신목神木과도 같은 존재이다. 그 나무는 품으로 태어나지 못한 천상인들을 태로 품어주고 쓰다듬어주고 보호해주는 존재와도 같고, 마을의 수호신이며 기원의 대상이었던 현상계의 당산나무와 그 역할이 비슷하다고 할 수도 있었다. 멀리서 보면 환하게 손짓하며 부르는 것 같기도 하고, 가까이 가서 보면 그 화려함이 어딘지 쓸쓸해 보이기도 하는 나무, 그건 늘 홀로 서 있어서 그렇게 느껴지는 것인지 몰랐다. 아름아름 구경꾼들이 찾아오는 것도 아니고 천 년에 한 두 사람, 길 따라 지나는 걸음에 잠시 한 번 둘러보고 지나가는 것이 전부인 것이 슬프다면 슬플 수도 있는 일이었다.

단애는 설목 주변을 찬찬히 살펴본다. 길을 오는 동안 여러 번 설목을 지나치긴 했지만 지금 이곳에 있는 설목은 전에 봤던 나무와는 사뭇 다른 것 같다. 우선 그 크기가 전에 보았던 나무들보다 훨씬 크고 옆으로 뻗은 가지가 더욱 우람 촘촘하다. 한낮의 햇살을 몸으로 흩뿌려 주변이 온통 밝은 빛으로 넘쳐난다.

빛과 그늘의 조화로운 세상이 아니라 그림자를 모두 흩어버려, 오직 빛만이 모든 공간을 차지한, 그래서 사물들은 있지만 원근의 조화가 사라져 모든 것이 한 덩어리로만 보이게 만들었다. 쳐다보기만 해도 모든 것을 깨끗이 씻어줄 것만 같은 나무, 순순하고 결백하고, 혹시 마음 한구석에 의혹이나 미혹이 있더라도 그 앞에 서기만 하면 모든 것이 설목의 흰 빛에 부딪쳐 연기처럼 사라질 것 같은 나무이다.

나무가 크고 빛에 부셔서인지 둥치는 회색으로 보인다. 하늘 높이 키가 삐쭉하니 솟아올라 그 기상이 가히 압도적인데 고목인 둥치는 고풍스럽고도 우람하여 신령스럽게까지 보인다. 설목은 언제 어디서 봐도 미려하다. 단애의 흰 옷이 설목이 발한 빛을 받아 사금처럼 반짝였다.

"그만 갑시다."

날이 이미 저물었다면 여기에서 머물 수도 있지만 아직 한나절이나 남고 보니 길을 좀 더 가야 한다. 수운이 산위 언덕으로 난 길을 향하여 걸음을 옮겼다.

길에 돌이 비죽비죽 튀어나온 돌길을 따라 한참을 걸어서 민둥산 고갯마루에 다다르자, 언덕의 모진 바람 횡행 때문에 마음껏 자랄 수 없었던 키 작은 나무들이 너럭바위 사이로 듬성듬성 자라있다. 안개바람에 밀리며 하늘하게 흔들리는 그것은 안쓰러우면서도 생명의 경이로움을 느끼게 한다. 완만하고도 둥그런 골짜기를 따라 내려다보이는 산줄기 아래에는 골짜기 물을 담아놓은 쪽빛 호수가 펼쳐져 있다. 한낮의 햇살을 담은 호면이 물결에 비늘을 일으키며 반짝인다.

"호수요, 조금 더 오면 보일 거요."

저만큼 앞서간 수운이 아직 마루에 올라서지 못한 단애에게, 고갯마루에서 소리를 지르듯 말한다.

'여긴 무엇 때문에 제대로 자란 나무라고는 한 그루 없는 민둥산이 된 것일까?' 잡초 같은 나무와 풀들만 산허리에서부터 산마루까지 자욱하게 덮고 있는 길을 따라가며 단애는 생각한다. 마루에 올라서니 훤하게 시야가 트인 허공저편에 수운이 고함치듯 알려준 호수가 눈에 들어온다. 호수는 주변의 녹음을 빨아들여 짙푸른데 가장자리로는 주변의 숲을 거울처럼 비추고 있었다.

"아름다운 호수요. 그렇지 않습니까?"

맞은편 골짜기로 내려와 호수 옆으로 난 산책로에 접어들자 수운이 몸을 돌려 단애를 쳐다보며 물었다. 수운은 어떤 식으로든 단애의 목소리를 한 번 들어보고 싶다.

"…"

첫 대화가 이유 없는 가슴 두근거림으로 막혀 버린 단애는 이제 수운이 자신에게 말을 걸어오는 것조차 숨통이 조이고 가슴이 답답하다.

'내가 왜 이럴까?'

내면의 갈등으로 인해 단애의 표정은 무척이나 곤혹스러워 보였다.

산마루로 해가 지고, 해가 떨어지기가 무섭게 골짜기 안은 어둠 속으로 파묻혀 갔다. 단애는 수운과는 제법 멀찍이 떨어진 곳에다 자리를 잡았다.

밤의 적막이 숨결까지 빨아들일 듯 고요하다. 하늘 높이 치솟은 주변의 키 높은 나무들 사이로 하늘은 쟁반모양으로 동그란 한부분만 오롯이 드러냈는데, 아직 달이 뜨지 않은 밤하늘은 회색으로 어둡다. 달이 뜨기 잠깐까지 하늘엔 점점한 별들이 그 사이를 못 참고 나타나 반짝인다. 잠깐 있다 사라질 별이 희미하게 수줍은 미소를 짓는 것 같다. 이윽고 잔별들이 풀어내는 향연의 빛이 침안 위로 채 내려서기도 전에 서녘하늘이 멀겋게 동이 트듯 밝아온다. 그 서광에 별들이 하나 둘 모습을 감추더니 달이 동산 위로 훌쩍 모습을 나타내자 가물가물 어디론가 숨어버린다.

그 달이 중천을 넘어 이 밤도 깊어 가는데, 단애는 자꾸만 정신이 말짱해진다. 차가워진 생각 속으로 천상에서 혼자 맞았던 첫날밤을 떠올린다. 그날도 오늘처럼 밤은 깊었으나 어쩐지 정신이 갈수록 맑아져 밤새 한숨도 붙이지 못하고 꼬박 뜬눈으로 밤을 새웠었다. 하얀 쟁반같이 희고 밝은 달이 세상 모든 만물들을 너무나 정감 있게 감싸 안아, 그 포근하고 정겨운 어루만짐에 잠은 저 멀리 달아나버렸다. 단애는 침안 밖으로 나와 달빛이 강물처럼 흐르는 세상을 상념에 잠겨 오랫동안 서성이며 걸었었다. 그토록 감미롭던 밤. 그 밤의 향취는 천상을 여행하는 동안 아마도 영원히 잊지 못할 것이었다. 누구라도 그러했으리라. 천상에 온 첫날에, 달빛마저 교교한 밤에, 누군들 무엇이 그다지도 고단하여 머리 박고 잠부터 잤겠는가. 새롭고 꿈만 같아서, 이것이 꿈은 아닌가하고, 혹시라도 자고나면 연기처럼 사라질까 들뜨고 흥분된 마음에 누웠다 일어나고 그러다 다시 눕기를 헤아릴 수도 없이 했을 것이다.

철썩철썩, 새벽바람이 부는지 한밤중에는 조용하던 호수가 소리 내어 물결친다. 단애는 한순간도 눈을 붙이지 못하고 꼬박 밤을 새웠다.

"아직 자는가?"

이른 아침 자리에서 일어난 수운은 기척 없이 조용한 단애의 침안을 지나쳐 호숫가 산책로로 접어들었다. 아직 어둠을 채 걷어내지 못한 호수는 검푸른 빛을 띤다.

"응?"

어슴푸레한 산책길을 걷던 수운이 사람 형체를 발견하고 걸음을 멈추었다. 아직 자고 있는 줄 알았던 단애가 어느 결에 일어나 길섶 바위 위에 앉아 망연하게 호수를 바라보고 있다. 푸른 새벽빛 사이로 단정한 단애의 옆얼굴이 비쳐졌다.

"저 사람 얼굴이 저렇게 생겼던가? … 어제의 그가 맞는가?"

머리를 곱게 빗어 머리 뒤쪽에서 묶은 것을 위로 틀어 올린 단애의 모습이 어제와는 무척이나 다르게 보인다. 어제 수운이 느꼈던 단애의 모습은 크게 두드러진 것이 없던 얼굴이었다. 물론 서로의 거리가 있었고, 마주보며 찬찬히 뜯어보지 못한 점도 있었고, 그리고 어제는 머리를 풀어헤친 상태여서 치렁치렁한 머리가 얼굴의 상당부분을 가리고 있어서 제대로 드러나지 못한 데가 있긴 했었다. 그렇다고 하더라도 이렇게까지 달라 보이는 것에는 놀라지 않을 수 없다.

미끄러질 듯 매끈한 피부에 고고한 콧날, 거기다 서글서글하니 큰 눈에 가늘고 하얀 긴 목이 빚어내는 우아함은 마치 오늘 처음 보는 듯 새삼스럽다. 수운은 저도 모르게 고개를 쑥 내밀고 앉아 있는 단애는 훔쳐보듯 쳐다보았다. 풀잎 스치는 소리와 기척이 들렸을 텐데도 단애는 미동조차 않은 채 다소곳이 앉아있다.

단애는 생김새가 차갑고 날카로워 어제는 수운을 대하기가 상당히 무섭고 어려웠는데 하루의 시간이 지나고나니 그래도 어제와는 다르게 조금 친숙한 느낌이 들기도 한다. 그러나 아직도 마주볼 용기는 나지 않는다.

가던 걸음을 내처 휭 가버렸으면 좋겠는데 계속해서 수운은 자리에 멈추어 서서 자신을 쳐다보고 있는 모양이다.

'저러다 지나가겠지.'

수운은 한참만에야 단애가 앉아있는 곳을 지나쳐 저만큼 거리를 띄운 곳에서 발길을 멈춰 섰다.

"산책 한 번 합시다."

아침 향기 가슴이 미어지게 풋풋한 곳을 혼자 걷는 것이 아쉬워 수운은 단애를 돌아보며 같이 가자고 했다. 동이 트는가 싶더니 어느 듯 햇살이 비치며 날이 밝아졌다.

"···."

단애는 대답하지 않았다. 수운의 마음이 그러해서일까. 티 없이 맑은 하늘 아래 몸을 싸고 돌아드는 쌀쌀한 기온이 조금은 춥고, 그래서 돋아난 허전함이 가슴을 서늘하게 적신다. 푸른 빙판 같은 판판한 호면이 차가움을 머금어 쪽빛으로 찰랑인다. 한 해의 시절이 저물어가는 것도 아닌데 벌써 이곳은 단풍든 나무들이 짙푸른 물결과 색 대비를 이루어 더욱 선연한 오색 빛을 뿜어낸다. 호면은 잔잔한 물결 여린 숨결로 떨고 햇살은 한가로이 호면 위를 노닌다.

산책로는 주변의 산줄기형상에 따라 오르고 내리고를 반복하며 길게 이어진다.

수운이 저만큼 갔을 때에야 단애도 자리에서 일어났다. 나란히 걸어가며 말이라도 주고받으면 더없이 좋으련만 단애는 저 뒤에 그림자처럼 따라오기기만 한다.

'낯이 설어 그렇지 벙어리는 아니리라.'

비록 아직까지는 다정하게 말 한마디 제대로 못 나누고 서로 떨어져 걷고는 있지만 수운은 그 어떤 때보다 기쁘고 흐뭇하다.

천상길이라는 것이 걸음이 무뎌질 만하면 쉴만한 자리가 나타나고, 보는 것이 눈에 익어 식상하다 싶으면 휘어지고 벌어진 경관이 펼쳐지고, 먹을 것이야 지천에 수도 없이 늘려있고, 모든 것이 여행자들을 위해 이토록 완벽하게 되어 있다는 것은 신비감, 오로지 그것이었다.

그런데도 이상하지.

혼자서 다닐 때는 그저 그렇게 밋밋하게 보이던 것들이 어제 단애를 만나고부터는 보이는 모든 것이 생명력이 넘쳐 춤을 추는 것 같고, 거기에 자신의 마음도 공중으로 높이 떠 둥실 떠다니는 것 같다. 이렇게도 좋은 천상에서, 천 년을 보아도 좋을 고운 사람과 함께 한다는 기쁨이 그만 하기는 할 것이었다.

자신 혼자서도 세상의 모든 기쁨을 다 가질 수 있다면 그는 초탈적 존재, 곧 신이다. 신이 아닌 존재들은 자신 안에 기쁨을 갖지 못하고 세상에 뿌려져 있는 기쁨, 그것을 하나하나 찾으며 만족을 느낀다. 신은 자신 안에 모든 것을 갖추어놓은 존재이다. 자신 안에 모든 것이 다 있는데 무엇을 바라고 찾으러 다닐 이유는 없는 것이다. 자신 혼자서는 완벽하지 않지만, 단 한사람만 더 있다면 완벽을 갖출 수 있는 존재가 신의 경지 바로 밑에 이른 사람이다. 지금 천상을 여행하는 사람들이 바로 그런 사람들인 것이다.

하느님이 처음 아담과 하와를 에덴동산에 데려다 놓았을 때, 그들에겐 죽음도, 죽을 것 같은 출산의 고통도, 이마에 구슬땀을 흘려야만 얻을 수 있는 곡식은 없어도 되었다. 적어도 인류의 처음 시작은 그러했다고 한다. 그러나 뱀은 하와에게 하느님과의 언약을 깨뜨리도록 부추겼다.

뱀이 에덴동산에 있었다는 것이 숫자상으로는 하나를 더하는 것에 불과할 수도 있으나, 그 하나가 인류에게 미친 영향은 참으로 지대하였으니, 인류가 영원한 죄인으로 살게 한 것이다.

'원죄.'

아담과 하와만 그 동산에 있었다면, 동산은 영원히 평화로웠을 것을. 또 다른 생명 하나가 더 있었음으로 해서 돌이킬 수없는 죄의 구렁텅이로 빠져들고 만 것이다. 그러므로 종류와 숫자가 많다는 것이 다양성이라는 위로와 기쁨만을 주는 것만은 아니다.

하나를 더하면 유혹이 하나 더 늘어나고,

하나를 더하면 갈등도 하나 더하여지는 것이다.

이처럼 세상 음양의 조화에 또 다른 생명이 있다는 것은, 물론 다양성과 다변화와 웅장함을 주기도 하지만 그와 아울러 사악함, 질투, 시기, 욕망, 잔혹함, 비이성적도 함께 늘어나는 것이었으니 반드시 여럿이어야 한다는 것이 좋은 것만은 아니다.

그 하나가 없었다면 인류는 아직도 이렇게 물을 것이다.

"죄가 무엇입니까? 무엇이 죄입니까?"

천상은 어쩌면 그러한 점 때문에 조화의 상징, 단 하나의 양과 단 하나의 음으로만 짝 지워 천년을 함께 하는 시간을 허락했는지 모른다.

하나가 아니라 둘이라는 것은.

하나로 전체를 만들면 늘어남과 줄음을 받아주지 못한다. 충격 완화가 되지 않아 조그만 충격에도 쉽게 부서져 쓸모없게 된다. 사람의 몸도 하나로 만들어진 것이 아니라 뼈와 살로 이루어져 있는 이유는 살로만 만들어 놓으면 지탱해주는 뼈대가 없어 서 있지 못할 것이고 뼈로만 만들어놓으면 딱딱하여 움직이지 못할 것이다.

우주는 끝없이 팽창하고 그것을 받아줄 공간이 있기에 팽창이 가능하다. 그렇지 않다면 벌써 우주는 스스로 폭발하고 말았다. 우주는 우주 하나로 이루어진 것이 아니다. 낮과 밤이 없다면 모든 생물들이 올바른 삶을 살지 못하고 음양이 없었다면 모든 생물은 오래전에 멸종했다.

이 세상에 자신과 닮았으나 자신에게 없는 것을 대신 가지고 있는 존재, 그것이 바로 본질적인 짝이다. 생물학적이고 물질적인 양과 음만 이야기하는 것이 아니라 그것은 사고까지도 포함된다. 생각에도 음양이 있고 그 둘이 조화를 이루어야 한다.

그러나 완전하게 독립된 서로 다른 개체가 조화를 이루는 것이 쉽지만은 않다. 더구나 느낌과 생각이 서로 다른 두 생명체가 조화를 이룬다는 것은 생각보다 훨씬 어려울 수도 있는 일이다.

잔디와 바위가 반반으로 이루어진 산마루에서 밤을 보낸 소책과 사무연은 이제 산을 내려간다. 이곳의 바닥은 흙도 돌도 아니다. 흙먼지 가는 입자, 먼지처럼 날리는 것도 없고 푸석푸석 덩이로 쌓여있는 것도 없다. 디디면 푹신한 느낌을 주는 바닥은 딱딱하지 않아 아무리 걸어도 발이 부르트거나 피로하지 않았고, 비가 억수같이 퍼붓던 날도, 반짝 날이 들기만 하면 용트림하며 흐르던 물이 금세 바닥으로 스며들어 길은 언제 비가 왔냐는 듯 보송보송했다. 갈색을 띤 길이 아래로 내려간다. 밑은 하늘이 보이지 않는 밀림지역이다. 커다란 넝쿨나무들이 어지럽게 자리한 구릉지대는 나무들이 서로 공중에서 얽히고설켜 하늘이 보이지 않게 거대한 지붕을 이루었다. 아무리 쳐다보아도 파란 하늘조각 한 점 보이지 않는다. 길은 그 나무 사이로 작고 아담하게 실뱀처럼 펼쳐져 있다.

소책이 길을 걸어다가 걸음을 멈추어 섰다. 그리고는 천장을 두리번거리며

"이상하군. 온통 녹음으로 가린 곳인데도 어둡지가 않고 밝으니."

한마디 하였다. 딱히 사무연을 향해 한 말도 아니고 그저 지나가는 말로, 지금 상태가 조금은 이상하여 큰소리도 아니고 혼잣말처럼 중얼거렸다. 그 말에 앞서 걸어가던 사무연이 힐끗 돌아보았다. 그 눈빛 속에는 비아냥 투의 어이없다는 표정이 단단히 배어있었다.

"어떤 이유가 있는 겁니까?"

감정이 박혀 쳐다보는 사무연의 눈길이 메스껍기는 하지만 돌아보기에, 애써 태연한 척 소책이 물었다. 외면하고 지나치려다 일부러 물은 것인데

"잎이 빛을 내고 있잖아요. 보면 몰라요. 눈은 괜히 달아났어요."

느닷없이 쨍하고 쏘아붙였다.

'참 별일도 다 있다. 사람이 아침부터…'

소책이 고개를 들어 자세히 살펴보니 과연 그러했다. 자연광으로 은은하게 내뿜고 있는 그 빛을, 만약 사무연이 말을 해주지 않았더라면 자신은 알 수 없었을 것이다.

눈에 문풍지를 발라놓은 것은 아닌데 소책은 자세한 관찰력이 부족하다보니, 한참을 죽어라 쳐다보든지 아니면 옆에서 누가 이야기를 해주어야 알지 그렇지 않으면 건성으로 보고 지나치는 경우가 많았다. 무엇을 자세히 보고 마음에 담아두는 일을 그는 잘하지 못하였다. 아마도 마음이 태평하거나, 주의를 제대로 기울이지 않는 습성 때문인 것 같았다.

'자세히 보는 것 같지도 않더니 언제 그걸 알았지.'

금방 알아차리는 관찰력은 칭찬을 해줄만하여 소책이 저 혼자 고개를 끄덕였다. 우거진 녹음 속에 환한 나뭇잎 배경은 또 다른 느낌을 준다. 그것은 무엇이랄까? 세상을 나지막한 지붕으로 덮어놓고 바닥에는 빛을 깔아놓고 그 위를 걷는 기분이랄까. 묘하고 짜릿한 기분이었다. 모르던 새로운 것을 알아서 좋긴 한데,

아침 첫 대화여서 그랬는지 사무연이 한 그 말투가 자꾸 귓바퀴를 맴돌았다. 며칠 늦은 것이 이토록 큰 수모를 당해야 할 정도는 아닌 것 같은데, 사무연이 오늘 아침까지는 일체 입도 벙긋 않는 침묵으로 사람을 답답하게 만들더니, 이제는 무슨 말만하면 토를 달아 면전에다 타박을 놓는 것이었다.

'감정이 있으면 곱게 이를 것이지, 쏘기는 왜 쏘아.'

말하는 기세가 여간 사나운 것이 아니어서 소책은 입을 봉하고 슬금슬금 사무연 뒤만 따라갔다. 날카로운 뿔이 머리에 솟아 반짝거리는 것이 보이는데 섣불리 무슨 말을 붙일 수는 없었다.

오후 서너 시가 지나서 수림을 이룬 구릉지를 벗어났고 조그만 경사지가 나타났다. 사무연이 앞장서 언덕을 올라간다. 언덕 위로 고개를 내밀자 갑자기 시야가 탁 트인다. 그리고 그곳에 눈길을 사로잡는 것, 그건 비취색 연푸른 바다, 바람을 타고 너울을 지며 출렁이는 물결이 살아 움직이는 망망대해가 한 눈에 들어왔다.

사무연은 묵직하게 가라앉았던 마음이 뻥 뚫리며 하늘을 차오르는 환희를 느낀다. 자신도 알 수 없는 갑갑함이 이제야 좀 벗겨지는 것 같다. 깎아놓은 듯 편편한 푸른빛 바다는 아기자기함도 없고 단색일 뿐인데도 사람의 심정을 어찌 그리 호사롭게 만들 수 있는지 궁금하다. 멀리 거칠 것 하나 없는 망망함이 속마음 다 풀어놓아도 되돌아와 쌓이지 않기에 이렇게 시원함을 느끼는 것이리라.

바다가 소매를 잡고 끌어당기기라도 하는 듯, 소책에게는 일언반구 물어볼 것도 없이, 사무연은 바다를 향해 혼자 뛰어갔다.

"아! 시원하다."

사무연은 드넓은 바다를 향해 두 팔을 치켜들고 가슴을 활짝 편다. 싱그런 바다 내음이 푸른 물결에 섞여 코끝을 적신다.

자신들이 가고 있는 길은 바다와 접한 경사지 절벽 위쪽에 있다. 그래서 바다는 아직 저 발밑에 펼쳐져 있는 것이다.

바닷물 한가운데로 도도록한 둔덕이 솟아나 길게 이어져 있고, 둔덕 가운데로 난 길이 파랗게 보이는데 그건 실핏줄처럼 가느다랗게 바다 저 멀리까지 뻗어있다. 꼬불꼬불한 길을 따라 해안으로 내려가자니, 길은 위에서 내려다보이던 둔덕으로 이어져 있었다.

사무연이 뒤를 돌아보니, 소책은 아직도 경사지 위에 걸음을 멈춰놓고 바다 쪽을 지그시 응시하고 있다. 대양의 저 깊고 넓은 곳, 그 멀리에 눈길을 던져놓고 시무룩하게 바라본다.

바다 가운데로 난 길로 들어서니, 병풍처럼 둘러진 해안의 절경과 웅장함이 한눈에 들어온다. 물결이 해안과 어우러져 장난을 치는 호젓한 광경을 바라보며 사무연이 더딘 발걸음을 뗀다.

'소책이 화가 난 건 아니겠지? 바다가 좋아서 저렇게 한없이 보는 걸까, 아니면 무슨 생각을 하느라 눈길만 던져놓은 것일까?'

기다림에 지친 지루함으로, 본의 아니게 싸늘하게 대한 것이 소책에게 상처를 주지는 않았는지 은근히 걱정이 된다. 사무연이 무슨 생각을 했는지 입을 쫑그려 물더니

"얼른 오세요."

돌아서서 팔을 들어 손짓하며 소책을 불렀다.

소책이 서있는 발밑 해안가엔 무심한 바닷물이

철썩, 철썩,

군상처럼 우뚝 선 바위에 몸 부딪히며 허옇게 부서지는 것이 보인다. 바위는 끝임 없이 응석부리며 달려드는 물결을 품으로 안아주지 못하고, 귀찮은 듯 등 돌리고 서있는 것 같아 보인다. 그 등

에 파도가 끊임없이 업어 달라 매달린다.

아이야, 그만 귀찮게 해라. 나 좀 가만히 있게 내버려둬라. 응.

바위는 파도에게 그렇게 어르는 것 같다.

수면의 물결 따라 모습이 들어났다 잠겼다 하는 해안가 옥돌들이

친구야, 어서 와. 소꿉놀이 하자.

저만치 밀려가는 파도를 돌들이 애타게 부르면, 돌아가던 파도
가 몸을 돌려 다시 돌아와 돌을 여울고 비비며 장난을 친다.

우리 없다.

돌들은 파도가 펼친 치마폭에 몸을 숨기고 물결 속에서 저들끼
리 깔깔 웃는다.

참말로 사라졌나?

물결이 장난스런 몸짓으로 저쪽으로 찾으러 가면, 자신들의 몸
이 오소소 들어난 돌들이 깜짝 놀란다.

해안의 오붓한 풍경에 사무연이 피식 웃음을 터뜨렸다.

"물결 노니는 것이 너무 재미있지 않아요?"

딱딱하게 굳은 말뚝걸음으로 둔덕길을 내려오는 소책에게 사무
연이 물었다. 기분이 상했는지 소책이 대답이 없다.

예상치 못한 바다가 나타나 마음속에 뭉쳐있던 응어리가 풀려
버린 사무연은 이제 화해를 해도 될 것 같은 생각이 든다. 그래서
미소까지 상큼하게 물고

"기분 상했어요?"

하고 물으려는데, 소책이 바로 그 순간 휙 바람소리가 나도록 몸

을 옆으로 돌려버리는 것이었다. 쌩, 찬바람 한줄기가 소책의 몸을 휘감고는 사라졌다. 사람이 그토록 재빨리 몸을 돌릴 수 있다는 사실을 사무연은 그날 처음 알았다. 어찌됐던 그의 기분이 단단히 틀어져 있음은 분명했다.

그러나 아무리 그러해도 낙숫물이 댓돌을 뚫고 바늘구멍이 둑을 무너뜨린다 하지 않았던가. 무엇이든 자꾸 부딪히고 퍼부으면 당해낼 재간이 없는 법이다. 자신이 보기에 소책은 참으로 단순한 사람, 그 이상도 그 이하도 아니었다. 사무연은 소책이 자기감정을 이기지 못하여 휙 돌아서는 순간 그 점을 번개같이 꿰뚫었다.

"기분이 너무 상쾌해요, 호호호."

웃지도 않을 상황이건만 웃음을 덤으로 퍼 던지며 환심을 사기 위해 본격 나섰다. 곪은 상처는 빨리 터뜨리는 게 중요하다. 어이없는 웃음이라도 한 번 실없이 웃고 나면 그 다음엔 저절로 얼굴도 펴지고 마음도 풀어지는 법인 것이다. 이제 서너 번만 더 하면 언제 그랬느냐는 듯이 돌아올 사람이었다. 사무연이 흘낏 곁눈질로 보니 아직까지는 바위로 빚어놓은 얼굴같이 단단하게 굳어있다. 말소리조차 듣기 싫은지 눈주름을 잡으며 찌푸린 상이 활화산을 재로 덮고 있는 형상이다.

"저 바다에 풍덩 빠져보고 싶다. 정말 그런 마음 들지 않아요?"

"바다가 왜 저리 푸를까요? 색이 바랬나. 그런 것 같죠?"

바짝 따라붙어 등 뒤에다 대고 밑도 끝도 없는 소리를 마구 쏟아 놓았다. 지나가는 말인 것 같이 해서는 안 되고 자꾸 동의를 구하는 말로 심경을 흔들어 놓아야 했다.

소책은, 사무연이 사람을 들었다 놓았다 던졌다 주웠다 하는 것에 넌덜머리가 났는지 아니면 듣다듣다 더 들어줄 수가 없었던지

"거 참 이상한 사람이오. 자신이 지금 무슨 말을 하고 있는지 알기는 아는 거요."

사무연을 향해 별안간 돌아서더니 버럭 침까지 튀기며 소리를 질렀다.

"사람이 꼭 뜻이 있어야 말을 하는가요?"

부드럽게 눈을 응시하며 또박또박 끊어가며 사무연이 말하였다.

그리고는 속으로 생각한다.

'옳지 말문을 텄으면 이제 된 거야. 그 다음은 분명 어이가 없어 선웃음을 지을 거야. 그리고는 너무 쉽게 무너지는 자기감정에 화가 날거야. 틀림없다니까. '

사무연이 소책의 기색을 찬찬히 살펴본다. 아니나 다를까.

"참, 나."

순간적으로 웃어버리더니 돌아서서 긴 한숨을 내쉰다. 그건 자신에게 어이가 없어서 나오는 한숨이다.

돌아선 소책의 등을 바라보며 사무연은 곰곰이 생각에 잠긴다.

'만일 며칠 후에 그가 같이 가고 싶지 않다고 한다면? 그래서 혼자 여행을 해야 한다면…. 난 그러면… 우울하게 될 지도 몰라.'

그 생각이 미치자 사무연은 덜컥 겁이 난다.

"같이 가요!"

생각에 잠긴 사이 뚜벅뚜벅 혼자 저만치 걸어간 소책을, 사무연이 부르며 뛰어간다.

"얼른 오시오."

돌아보지도 않고 걸어가며 퉁명스럽게 소책이 내뱉었다. 완전하게 마음이 풀린 것은 아니어서 소책은 사무연과 보조를 맞추며 걸어가기가 어쩐지 어색하다. 그래서인지 걸음을 걷는 데만 신경을 쓰다 보니 절로 발걸음이 빨라졌다.

"같이 좀 가주세요. 그렇게 정신없이 걸어가니 따라가기가 여간 힘든 게 아니네요."

"내 걸음이 원래 좀 빨라요. 천천히 걷는 것에는 익숙하지 않아서…."

그 말에 뒤에서 따라오던 사무연이 눈을 길게 흘겼다.

'뭐? 천천히 걷는 것에 익숙하지 않다고, 그래서 삼일이나 늦었어?'

"저는 그렇게 정신없이 걷는 것은 잘 못해서요. 천천히 걸으면서 옆을 보며 구경도 좀 하고 그렇게 걸어가는 걸 좋아하거든요."

곁으로 다가온 사무연이 생긋이 웃었다. 함박 피어나는 웃음이다. 그건 이제 마음을 풀고 서로 살갑게 대해보자는 뜻이기도 했다. 바다 한가운데로 끝없이 이어질 것 같았던 길은 그러나 다시 해안으로 자리를 틀고 육지로 돌아가게 되어 있다. 해가 서산에 한 뼘 밖에 남지 않았다.

"여기서 밤을 보낼 수야 없지 않습니까. 오늘 저기 보이는 언덕까지는 가야죠. 정신 팔고 있다가는 여기를 빠져 나가지 못할 것 같아요."

한결 풀어진 목소리다.

"굳이 거기까지 가야 할 이유라도 있나요? 난 이런 바다 가운데서 밤을 보내는 것도 좋을 것 같은데…"

"혼자 그렇게 하든지요. 까딱 잘못했다간 파도에 휩쓸려 어느 귀신이 잡아간 지도 모르게 사라질 텐데 난 이런 곳은 싫습니다."

"이런 곳도 많지는 않을 거예요. 얼마나 낭만이 있어요. 아름다운 바다가 있고 그 가운데 이런 아늑한 곳이 있다는 것이, 그렇지 않아요? 그리고 귀신이 어딨어요."

사무연이 소책을 빤히 올려다보았다.

"난 갑니다. 자고 내일 오든지 모레 오든지 그건 알아서 하십시오."

소책이 몸을 빗겨 가려고 하자 사무연이 길을 막아섰다.

"그렇다고 각자 떨어져 갈 수는 없어요. 어찌됐건 열흘 동안은 같이 있어야 할 의무가 있어요. 처음엔 잘 맞지 않겠지만 노력해야 한다고 생각해요."

말끝이 약간 흐려지기는 했지만 사무연은 자신이 생각하는 바를 모두 이야기했다. 합리적이고 정확한 면도 있었다. 소책은 얼렁뚱땅 대충 넘어가기를 좋아하는 자신의 성격과는 상당한 차이가 있다고 생각한다.

'꼬장꼬장하니 피곤한 사람이야.'

소책의 낯빛이 갈수록 어두워졌다. 한마디도 지지 않고, 참는 구석도 없고, 사리분별 각을 지워 조리 있게 대드는 것에는 당할 묘책이 없어 은근 겁이 난다. 그리고 무언가 불편하다는 느낌이 든다. 혼자서 여행을 할 때는 누구와 함께 이 좋은 천상을 함께 구경하는 것도 괜찮겠다는 생각이 들었는데 막상 사무연을 만나 같이 다녀보니 이것저것 신경이 쓰이는 것이 한두 가지가 아니다.

"우리 최대한 대화를 많이 해요. 그래야 서로 마음을 알 수 있잖아요."

생글거리며 소책 곁으로 다가온 사무연이 소책의 팔을 덥석 잡아 챌 듯 정답게 굴었다.

"무슨 대화를 하자는 겁니까?"

"무슨 말이든지 서로 많이 하다보면 자연 뜻이 통하고 공감이 될 거예요."

"공감? 사람마다 서로 생각과 느낌이 다른데, 깊고 깊은 곳에 꼭 꼭 숨어있는 사람의 마음을 어찌 헤아려 같이 느껴본단 말입니까. 때로는 내 마음을 나도 모르는 때가 있는데."

"물론 쉽지는 않겠죠. 그런데 어떻게 보면 또 아주 간단한 것일 수도 있거든요. 그건 상대방이 무엇을 원할까? 어떤 생각을 하고 있을까? 그걸 내가 한번 생각만 해도 공감은 이루어진다고 봐요."

청산유수였다. 말 한마디를 하려면 몇 번이나 생각해봐야 하는 자신하고는 차원이 다른 사람이었다. 순간적으로 멍하여 사무연을 바라보고 있는데 조용하던 바다에 한 줄기 바람이 흔들리며 덮쳐왔다. 세찬 바람에 사무연의 옷자락이 밀리며 팽팽한 몸의 곡선이 드러난다. 소책이 얼른 시선을 돌려버리자 사무연이 뭐라고 한마디 하려다 그만둔다.

사무연에게 붙잡혀 엉거주춤하는 사이 수평선으로 해가 넘어간다. 진홍빛 붉은 해가 바다를 선홍으로 물들이며 저물어간다. 저 맞은편 보이는 산은 벌써 시커먼 어둠에 먹혀 어디가 어디인지 구분조차 되지 않는데 바닷물에도 어둠이 풀어져 먹물처럼 시커멓다. 바다인지 길인지 구별도 어려워 더듬어가다가는 자칫 낭패를 볼 것 같아 이제 더는 가지 못하고

"아이고, 어쩔 수 없지."

소책이 쭈그려 앉으며 맥 빠진 소리를 하는데 지척 앞 어둠속에서 한 더듬는 소리가 들려온다.

"밤 되니까 여기도 별로다."

파도소리 때문에 도무지 잠을 제대로 이룰 수 없었던 두 사람은 이른 새벽에 길을 떠났다. 그리고 아침나절에 어제 바다에서 보이던 산마루를 넘었다.

오솔길로 이어져 오던 길이 거대한 돌산 앞에서 끊어진 채 사라지고 없다.

"길이 없어졌으니 어떻게 된 거죠?"

위압적으로 가로막고선 바위를 쳐다보며 사무연이 난감한 표정을 지었다.

"글쎄요."

첩첩산중이라더니, 빙 둘러봐도 험한 산세에 둘러싸인 우묵한 지형엔 길이 통해 있을 법한 어떤 곳도 보이지 않는다.

"하늘로 갑자기 솟구치지는 않을 것이고, 찾아보면 어디론가 나가는 곳이 있긴 있을 겁니다."

소책이 선 자리에서 주위를 두리번거렸다. 아직껏 이런 일은 없었는데 신기하게도 딱 그 자리에서 길이 사라져버린 것이다.

"저기 동굴이 있어요."

눈썰미가 있는 사무연이 절벽 한 곳에 자리한 동굴입구를 발견했다. 여기서는 귀퉁이 일부분만 조그맣게 보일 뿐이어서 생각 없이 눈길이 지나치면 그것이 동굴입구인지 짐작조차 할 수 없었다.

"동굴? 그런데 동굴이 이 산을 빠져나가는 데 도움을 줄 수 있겠습니까?"

"그렇긴 한데… 달리 어떤 것이 보이지 않아요. 일단 가 봐요."

동굴의 폭은 네댓 사람이 왕래를 할 수 있을 정도로 넓었고 안쪽으로 향해있었다. 입구와 갈라진 바위 틈 사이로 스며든 햇살이 동굴 안의 수증기와 섞여 뿌연 빛을 허공을 채우고 있다. 가운데로 한 폭쯤 되는 개천이 흐르고 있고, 그 내 옆을 따라 길이 나 있다.

"이게 길인 모양이죠?"

개천을 따라 실타래를 풀어놓은 것처럼 구불구불하게, 한사람이 겨우 지나갈 정도의 폭으로 난 길을 바라보며 사무연이 묻는다.

"그런 모양입니다. 안으로 나 있으니 어디론가 연결이 되어 있을 겁니다. 가보다가 안 되면 돌아 나오더라도 일단 들어가 보지요."

배수가 제대로 되지 않는 바닥은 발을 디딜 때마다 질척거리고, 고르지 못한 노면은 울퉁불퉁하여 앞서가던 소책이 돌부리에 걸려 몇 번이나 넘어질 듯 휘청거렸다.

안으로 들어갈수록 빛은 점차 줄어들고 엄습한데, 이끼가 자란 것인지 아니면 다른 수초인지 모르겠으나 바닥이 융단 같이 축축하게 밟힌다.

"어두우니까 조심해서 와요."

사무연은 소책 뒤에 바짝 붙어 한 손으로는 소책의 윗도리를 잡고 뒤를 따라가고 있다. 어둠이 짙어져 길인지 개천인지 제대로 분간하기 어려웠다.

"잘 따라가고 있으니 걱정하지 말아요. 말 너무 많이 해서 허기지는 것 아닌지 몰라요? 여긴 마땅하게 먹을 것도 없을 것 같은데."

"배 좀 고프면 어때요, 넘어져 코 깨는 것보다야 낫지."

"무슨 양의가 그렇게 말이 많아요, 난 말없고 의젓한 사람이 좋던데."

잘 가다가 삼천포라더니 기껏 신경을 써주고 있는데 엉뚱한 소리를 들은 소책은 기분이 틀어진다.

"좋아했던 사람이 따로 있었던 거야. 그러니까 우린 짝을 잘못

만났어, 아무리 생각해도 잘못 만났다고."

말은 농담처럼 하였으나, 지금 그 말은 소책 자신의 진심에서 우러나는 말일 수도 있었다. 사무연이 옷을 쥔 손에 힘을 주어 앞으로 확 밀치며 어서 가라고 완력으로 대꾸를 대신 한다. 지척도 구분하기 힘들어 이제는 발바닥을 끌며 길을 찾아야 할 형편이다. 맞은편 입구로 빛이 비치고 있어 조금만 더 가면 무사히 벗어날 것 같은데, 동틀 무렵이 가장 어둡다는 말대로 이곳이야말로 온통 암흑천지이다.

게걸음 걷듯 몸을 옆으로 비틀어 조심스럽게 가고 있는데

풍덩.

무게가 상당한 어떤 것이 물에 빠지는 소리가 난다 싶더니, 앞서가던 소책 몸이 바닥으로 쑥 꺼져 들어갔다. 발을 헛디뎌 개천 웅덩이로 빠지며 소책은 엉겁결에 돌아서 한손으로 사무연의 전신을 훑으며 떨어졌다. 손에 잡히기라도 했다면 아무 곳에나 덥석 잡았을 것인데 미처 잡지 못했다.

하마터면 같이 물귀신이 될 뻔 했던 사무연은 등골이 오싹하여졌다.

"어쩌려고 이래요, 혼자 빠지기가 원통해서 그래요?"

그러나 대답은 없고 소책은 물이라도 먹는지 깜깜한 밑바닥에서 어푸 거리며 숨넘어가는 소리가 들린다. 사지를 버둥거리며 첨벙첨벙 물살을 내리치는 통에 물장구가 일어 튕겨오는 물이 사무연의 온몸을 쫄딱 젖게 만들었다.

소책은 찰랑찰랑 목까지 차오른 물이 목울대를 꽉 졸라매는 것 같고 시커먼 수면의 물결이 거대한 구렁이가 되어 자신을 휘감아 당장이라도 물밑으로 끌고 갈 것만 같은 두려움에 몸을 사시처럼 떨었다. 그는 있는 힘을 다해 가라앉지 않기 위해 발버둥을 치며 버티는 중이다.

"괜찮아요?"

사람도 물도 구분이 되지 않는 어두운 밑을 내려다보며 사무연이 물었다.

"모, 모르겠소. 어, 어두워서 보이지도 않고… 자, 잡을 것이 마땅찮아서…."

물이 차가워서 떨리는 것이 아니라 긴장으로 인해 심하게 목청을 떠는 것으로 보아 소책은 지금 극도의 공포에 잡혀 있는 것이 분명했다.

엎드려 어둠속을 내려다보니 물살에 떠밀리어 저쪽에서 버둥거리며 물장구를 치는 형체 하나가 희끄무레하게 보인다. 당장 사무연은 물로 뛰어들었다.

내가 구해주지 않으면 누가 구해주랴.

앞뒤 잴 것도 없고 그냥 뛰어든 것이다. 물살을 헤치며 앞으로 나아가는데, 그런데 느낌이 좀 미묘했다. 이상하게도 자신의 몸이 물밑으로 주저앉지는 않는 것이었다. 목 언저리까지 물이 차고 더 이상은 내려가지 않았다. 물론 이것이 색다른 사실이라는 것을 사무연도 이때까지는 알지 못했다. 지금은 오직 소책을 구해야 한다는 일념만이 머릿속에 가득할 뿐이다.

소책에게 다가간 사무연이 팔을 뻗어 소책의 뒷덜미를 낚아챘다.

"내가 잡았으니 안심해요."

퉁탕거리며 심하게 몸부림을 치던 소책은 사무연이 다가와 속 삭이는 말을 듣고 나서야, 두 팔로 사무연의 어깨에 매달리다시피 하여 겨우 진정을 하였다.

'나약한 사람.'

속으로 사무연은 그렇게 생각한다.

'바람에 날리는 보자기처럼 심장이 떨리고 있으리라. 그나마 어 두워서 흙빛 같이 변한 얼굴이 들키지 않아 다행이라 생각하고 있으리라. 그냥 떨어져 망정이지 허리라도 잡혔으면 지금쯤 창자 가 견뎌냈을까. 어찌 이리 무서움을 많이 탈꼬.'

사무연에게 매달려 한참의 시간이 지난 다음에야 소책은 정신 을 가다듬었는데, 근데 뭐가 좀 이상하다. 자신의 몸이 물속에 동 동 뜨며 더 이상 가라앉지 않는 것이다. 미친 듯이 저어대던 발장 구를 멈추었다.

"옷 놔 봐요."

몸이 가라앉지 않는다는 것을 깨닫자 소책은 혼자 일을 처리해 야겠다는 생각이 든다. 체면과 자존심이 달린 문제였다.

"진작 놓았습니다."

사무연은 잡았던 소책의 몸에서 아무런 무게감이 느껴지지 않 자 잡았던 손을 아까부터 놓고 있던 상태였다. 가라앉기는커녕 잡은 자기의 손이 자꾸 위로 올라오려는 반동을 느꼈기 때문이었다.

"아, 그래요. 미처 몰랐군요. 안심해요. 몸은 물에 떠 있는 상태이고 더 이상 가라앉지 않아요."

"다행이군요."

"… 그러니 안심해요."

그건 자신에게 하는 말이었다.

"안심하고 있어요. 나 역시도 이렇게 몸이 저절로 떠 있는데 소책인들 가라앉겠어요. 똑같은 사람인데."

"…"

지금 소책의 얼굴은 오월 푸른 하늘 아래 활짝 핀 장미보다 더 붉을 것이다. 운수 사납게 물에 빠지는 바람에 나약한 모습을 보여주게 된 소책은 기분이 몹시 개운치 않았다. 오늘 이 일은 분명 사무연이 생각날 때마다 두고두고 우려먹을 것이 자명했다.

뒤따라 갈 걸. 하필이면 그때 앞장을 선다고….

신고 있던 짚신을 팔아서 남 좋은 일 시킨 꼴이 됐으니 자신의 처지가 그저 한탄스러울 뿐이다.

'그때 개골창에 빠졌을 때… 내가 구하러 들어가지 않았더라면 지레 겁을 먹고… 심장이 굳어져서… 지금쯤은 염라대왕 앞에서 머리를 조아리고….'

소책이 숙여진 고개를 절래절래 흔들었다. 힘이 빠져 늘어진 소책을 사무연이 길로 끄집어 올렸다.

"걸을 수 있겠어요?"

"다친 데는 없어서 괜찮아요. 걸어갈 수 있어요."

동굴이 시작되던 쪽에서는 나뭇잎이 무성하고 울창했었다. 날씨 또한 온화하고 따뜻하여 생동감 넘치는 늦봄에 가까운 날씨였었다. 그런데 거리가 그다지 길었다고 할 수 없는 동굴을 빠져 나오자 전혀 다른 상황이 펼쳐졌다.

나무는 잎이 모두 떨어진 채 앙상했고, 바닥은 발목이 우묵 빠지도록 소담스런 눈이 하얗게 쌓여 있다. 그뿐만 아니라 나무와 풀, 바위 어느 것 하나 할 것 없이 모두 하얀 서리를 뒤집어쓰고 있는데, 세상 모든 사물이 온통 하얗게 색칠되어 있는 것 같이 보인다. 도무지 희지 않은 부분은 눈을 씻고도 찾아볼 수 없다.

동굴을 빠져나온 잠깐의 시간에 이토록 전혀 다른 세상과 마주친 소책은 어안이 벙벙하였다. 무아지경으로 잠시 황홀경에 빠져 있는데

"어머나, 세상에. 아니, 이럴 수가!"

소책 뒤를 따라오던 사무연이 그제야 이 광경을 본 모양이다.

무엇에 반한다는 것이 어울리지 않을 사람이 기쁨을 주체하지 못하고 팔짝팔짝 뛰며 호들갑을 떠는 통에, 소책이 정신이 돌아와 뜨악한 눈으로 사무연을 바라봤다.

눈밭에 개 뛰듯이 한참을 제정신도 아니게 날뛰고 돌아다니더니 숨이 턱에 차서 돌아왔다.

"왜 그런 눈으로 봐요?"

"아닙니다. 참 이상한 일도 다 있다싶어 내가 좀 놀라서…."

하고는 소책이 말을 얼버무렸다. 보나 안 보나 무슨 말인지를 알아차린 사무연이

"어머나, 나는 낭만도 모르는 사람으로 아셨나 봐요. 신이 들애(천상에서 여성을 일컫는 말)를 만들 때는 양의 (천상에서 남성을 일컫는 말)보다는 예쁘고 예민하고 더 분위기를 잘 타도록 만들었다는 사실을 잘 모르시나 보죠. 소책이 들애 같은 기질이 있어서 혹시 모르는 것은 아닐까요?"

끝을 꼬아버린 사무연의 말에 소책의 입귀가 돌아간다.

"거, 말을 해도 꼭…."

속이 비칠 듯 하늘하늘한 사무연의 옷이 이런 날씨속이라면 뼛속까지 시려야 할 것임에도 사무연은 아무런 추위가 느껴지지 않았다. 그리고 두 사람 모두 좀 전 물에 빠져 흠뻑 젖은 옷이었는데 지금 옷에는 물 한 방울도 남아있지 않다. 도선이 말한 천의의 위력을 극명하게 나타내는 것이었으나, 소책과 사무연은 그것에 대해 전혀 깨닫지 못하고 있었다. 아니, 그런 의문 자체도 들지 않았고 모든 것이 그저 물 흘러가듯 자연스러울 뿐이다. 두 사람은 그것이 본래부터 그런 것으로 당연하게 받아들이는 것이다.

"소책."

"말해요."

앞서 걸으며 소책은 사무연의 부름에 별 뜻 없이 대답한다.

"오늘이 우리 만난 지가 9일째라는 건 아시죠?"

"그래서요."

"그동안 어땠어요?"

"뭐가요?"

"같이 있어 보니까 어떠냐고 묻는 거예요."

"그저 그렇고 좋은 점은 발견 못 하겠어요. 난 혼자 이 천상여행을 하는 것도 괜찮다는 생각이 들어요."

거짓말이라고 입에서 빨갛게 색칠이 되어 나오는 것도 아닌데 까짓 거 어떠랴. 그동안 당한 것을 생각하면 이깟 거짓말 정도는 아무것도 아니었다.

"난 같이 있으니까 좋은데…."

참으로 묘한 사람이었다. 들애면 좀 숨기고 당기는 맛이 있어야 하는데 사무연은 전혀 그런 구석이 없었다. 훤하게 그러내놓고 보고 싶은 대로 실컷 봐라, 하는 꼴이었다. 단 며칠이었지만 동반자로 정해준 사무연을 만나서 별 것 아닌 일로 몇 번 상충을 하고나자, 소책은 어쩌면 혼자서 여행을 하는 것이 훨씬 편하지 않을까 하는 생각이 잠깐 들긴 했었다. 그래서 내일 마지막 날, 갈래말래 일부러 물어볼 필요는 없고 사무연이 좋다고 하고 따라오면 같이 가고, 그렇지 않으면 혼자 갈 생각을 진작 한 참이었다.

한편 사무연은, 많으면 많을수록 좋겠는데 딱 하나 동반자로 정해준 것을, 그 나마도 같이 있는 것이 신통치 않다고 하고 저 혼자 가버릴 수도 있다니, 자신 입장에서 그건 안 될 말이었다.

'꼭 붙들어야지, 놓치면 큰 일 나지.'

4. 동행

현유와 미진은 아직 채 어둠도 풀리지 않은 이른 새벽에 길을 걸어가고 있다.

"그렇게도 잠이 안 왔어요?"

"어쩐 일인지 모르겠어요. 누우면 잠이 들락 말락 하다가 잠속으로 쏙 빠지지 못하고 잠 언덕을 거의 다 올라가서 거기서 죽 미끄러져 내려와요. 그러면 머리는 떵하고 정신은 혼란하고… 그래서 차라리 길을 떠나는 게 낫다는 생각을 했어요. 나 때문에 괜히… 미안해요."

"뭐가 미안해요. 나라도 그랬으면 미진을 깨웠을 겁니다. 이렇게 걸으니까 차라리 기분이 상쾌하죠?"

"그래요, 아까보다 훨씬 기분이 좋아졌어요. 가다가 졸리면 그땐 어디서 잠깐 눈 붙이고 자요."

잘 자고 있던 현유를 깨워서 길을 재촉하는 것이 못내 마음에 걸리는 미진이다. 컴컴하던 길이 이제 조금씩 열어지며 동이 트기 시작한다. 그동안 조용했는데 어디선가 운무가 바람에 휩싸여 거대한 소용돌이를 일으키며 두 사람이 걸어가는 길 쪽으로 불어온다. 금방 지천이 안개 속에 잠겨버려 어딘지 구분조차 할 수 없다.

"좀 있다가는 것이 좋겠어요. 안개가 너무 짙어요."

주위가 하얀 어둠속처럼 변했다. 지나가는 안개의 눈 싸라기 같은 물방울이 두 사람의 옷이며 머리에 소복하게 얹히어 마치 설인처럼 보이게 한다. 현유가 붕어마냥 입을 딱 벌렸다가는 닫고 벌렸다가 닫는다.

"뭐해요?"

"안개 맛이 어떤가 보고 있어요."

신기한 얼굴로 미진이 현유를 쳐다본다.

"맛이 어때요?"

"별론데요."

현유의 장난을 보며 시간을 보내고 있자니, 무리를 지어 날아들던 안개가 점차 수그러졌다. 아마도 아침 해가 떠오르는 모양이다. 안개는 어느 덧 골짜기 안으로 모습을 감추고 주위로 말갛게 씻은 사물들이 싱그럽게 모습을 나타낸다. 안개가 사라진 곳은 깊고도 깊은 골짜기이다. 여기는 모든 산 정상들이 바로 눈앞에 보이는 참으로 높은 지대이다. 자신들이 서 있는 이곳과는 달리 골짜기 안은 온통 험한 암벽들로 이루어져 있고 직하로 깎여진 모습은 보기에도 험난하다.

"지형이 뭔가 이상해요."

현유가 미진을 돌아보았다.

"왜요? 올 때는 잘 모르겠던데… 컴컴해서 우리가 뭘 못 봤나 보죠?"

미진은 아직 주위를 제대로 둘러보지 못한 것 같았다.

"그런 게 아니라…."

"그럼?"

"지금까지 우리가 걸어오던 길이 정상적인 지표면 평지 길이었어요. 그런데 지금 앞쪽은 지면이 밑으로 수도 없이 꺼져 들어간 지형이에요. 어떻게 말하면 지하세계가 나타난 곳이라고도 할 수 있어요."

"희한도 하여라. 어떻게 그렇게 됐어요?"

"처음에는 여기처럼 평지였던 곳이 어느 날인가 용식작용으로 군데군데가 땅속으로 침몰해 들어갔어요. 와서 봐 봐요."

미진이 현유를 돌아 나오다 갑자기 앞에 낭떠러지가 나타나자 급히 발걸음을 멈췄다. 급작하게 멈추는 걸음에 돌멩이 하나가 발에 채여 도독, 굴러 아래로 떨어진다. 무심결에 둘은 귀를 기울인다. 한참이 지나서야 터- 엉, 하고 골짜기 저 밑에서 장송곡처럼 돌에 부딪친 소리가 울려온다.

"큰일 날 뻔 했어요."

미진이 현유 쪽으로 다가붙으며 가슴을 쓸어내린다.

"안개 속을 그냥 무작정 갔더라면 변을 당할 뻔 했습니다. 그나저나 어디로 가야 할지 길을 찾아야 할 모양입니다."

"설목은 안 보이나요?"

현유는 앞에 있는 암반에 몸을 붙이고 골짜기 안을 살펴봤다. 골짜기 밑바닥은 안개로 덮여 있고 어디에도 방향을 잡아 줄 설목은 눈에 띄지 않는다. 바라보이는 밑은 허허로움 그 자체이다.

"그런데 저건 뭔가요?"

미진이 손으로 골짜기 중앙을 가리켰다. 그네가 가리킨 것은 골짜기 중앙 허공에, 의자같이 생긴 것인데 넓은 골짜기를 내려다보며 창공에 편주처럼 떠 있다.

"저런 의자가 왜 공중에 혼자 떠 있지?"

"어쩜, 저 혼자 떠 있을까요?"

"그러게 말입니다."

신기하게 여기며 둘은 마주보며 중얼거렸다.

두 사람이 엉덩이를 걸치고 앉을만한 의자는 양옆에 오색으로 매듭이 지어진 기다란 술이 초롬하게 달려 있는 것으로 보아 인공적으로 만들어진 사람의 손길이 닿은 의자였다. 이상한 물체라는 생각만 하고 눈길을 거둔 현유가

"한 번 둘러보고 올 테니 여기서 기다려요."

현유가 혼자 길을 찾아 나섰다. 미진의 얼굴에는 근심이 가득하다. 그네는 한 치의 오차도 없이 순조롭게 일이 이어지지 않으면 마음이 불안한 것이다. 탐험이라든가, 모험이라는 것이 미진에게는 맞지 않았다. 그리고 그런 것을 좋아하지도 않았다. 예측하지 못한 상황이 닥치면 미진은 가슴이 떨리고 마음이 초조해졌다. 더구나 순탄한 지형이 아닌 이런 곳에서 길조차 보이지 않으니 더

욱 조바심이 날 것이었다.

"걱정하지 말아요."

미진의 어깨를 다독이며 현유가 안심을 시킨다. 그리고는 혼자서 커다란 전나무가 간간이 자리한 바위 숲 쪽으로 들어간다. 현유가 혼자서 근처 바위틈 사이를 한참이나 헤매어 단서가 될 만한 것을 찾은 것은 누마루였다.

다락처럼 높이 들리고 가장자리로는 허리까지 오는 계자난간이 둘러쳐있으며 바닥은 긴 널을 죽죽 깔아놓은 장마루이다. 맞은편 산 능선 쪽으로 향한 마루의 면은 난간이 없이 트여 있고, 누마루 밑은 깎아지른 절벽으로 이루어진 천애고도였다.

"여기에 누마루가 있는 것이 분명 이유가 있지?"

느낌이 정답의 대부분을 차지하는 천상, 현유는 자신의 배낭을 마루 위에 벗어놓고 미진을 데리러 갔다.

"저쪽으로 가요."

"왜요? 뭐가 있어요?"

"있긴 있어요. 무엇 때문인지는 모르지만."

말을 하면 항상 그런가보다 하고 별 생각을 않는 미진이다. 현유 뒤를 고분고분 따라간다.

누마루에서 무슨 일이 생길까?

걱정 반 기대 반인 심정으로 미진을 데리고 현유가 누마루로 올랐을 때였다.

"의자가 움직여요."

먼저 본 미진이 소리쳤고 현유가 돌아봤을 때, 허공에 매달렸던 그네가 양옆에 달린 술을 한없이 꺾으며 두 사람을 향해 거침없이 날아오고 있었다. 그동안 마치 이쪽을 지켜보기라도 한 듯, 그네는 저 혼자 움직여 신비스런 모습을 드러내며 다가오더니 트여진 마루 끝에 사뿐히 걸치었다.

의자가 마루 끝에 얹혀 움직이지 않자 현유가 그네 곁으로 다가가 보았다.

"이게 그네인가 봅니다. 끈이 매달려 있어요."

의자 양 옆면을 손으로 만져보며 현유가 눈을 공중으로 들어올린다. 가까이 다가가 손으로 만져봐야 겨우 알 수 있는 가늘고도 투명한 줄이 공중을 향하여 곧게 뻗어 올라갔다. 하늘 저 어디엔가 매달려 있으려니 짐작만 들 뿐, 아무리 밑에서 고개를 갸웃거리며 봐도 그 끝이 어딘지는 알 수가 없다.

"위에 어딘가 고정돼 있기에 줄이 위로 달려 있는 거겠죠?"

다가온 미진이 물었다. 현유가 대답대신 고개를 끄덕인다.

의자는 양옆에 팔걸이가 달려있었으며 등이 닿은 부분은 수를 놓은 비단천이 덮여있고, 발을 얹을 수 있는 발판도 따로 의자 밑에 작게 딸려 있었다.

"아마도 이 그네를 타고 협곡을 건너라는 건가 봅니다."

그건 현유의 생각이었다.

"그게 확실하다면 힘 안들이고 쉽게 갈 수 있어 좋기는 하겠지만, 무사히 잘 건너갈 수 있을지 모르겠네요."

미진이 근심 띤 얼굴로 말하였다.

"그런 것은 걱정하지 않아도 될 겁니다. 여기는 천상입니다. 나쁜 일은 일어나지 않아요. 도선이 말하지 않았어요. 여행 중에 도와 줄 여러 것이 나타날 것이라고."

"그렇긴 하지만 타보지 않고 그렇게 확신할 순 없어요. 이 협곡만도 저토록 깊고 맞은편까지의 거리가 저렇게 먼데 어떻게 걱정이 안 될 수 있겠어요?"

"길이 끊어진 지점에 의자가 저절로 하늘을 날아서 왔다는 자체가 의혹을 무너뜨리기에 충분한 것 아닙니까?"

현유는 별 망설임 없이 배낭을 벗어 가슴에 안고 의자로 올라가 앉았다. 미진은 그런 현유를 보며

"어머나, 타시게요?"

하며 놀라는 기색을 감추지 못한다.

"우리 태우러 온 그네입니다. 걱정 말고 타요."

현유가 옆자리 바닥을 두드리며 어서 와서 앉으라는 손시늉을 했다.

"잘 하는 짓인지 모르겠네요."

현유의 성화에 마지못해 주섬거리며 의자로 다가와 앉으면서도 미진은 불안한 표정을 지우지 못한다. 이상하게도 다른 세상에서라면 눈으로 뻔히 보고도 의심이 들어 골백번도 더 생각할 일을, 천상에서는 이렇게 아무렇지 않게 그저 담담하게 받아들이는 것이 본인들이 생각해도 신기할 뿐이었다. 거기에는 어떤 확신이 있

었다. 어떠한 경우에도 참변은 당하지 않는다는 확신. 선택받은 사람이기에 주위에서 끊임없이 도와주는 것이 저절로 생긴다는 확신, 그래서 무엇을 단행하는 것에 주저하는 일은 없었다.

"배낭이 떨어지지 않도록 단단히 잡아요."

"배낭을 왜요?"

"그 안에 침안이 있는데… 그걸 잃어버리면 천년동안 노숙을 해야 할 판인데 그래도 괜찮아요?"

"왜 노숙을 해요? 난 노숙할 생각 없는데요."

"그럼, 마땅한 어떤 방법이라도 있어요?"

"현유 침안 안에 들어가 같이 잘 건데요. 왜, 그럼 안 되나요?"

"내 침안은 나 혼자 들어가 자기에도 벅찰 정도로 작아요."

타기만 하면 저절로 가는 것인지 무슨 주문을 외워야만 되는 것인지, 어쩐지도 모르면서 둘은 무작정 그네에 올라탔다.

미진과 현유가 의자에 앉고 발을 발판 위에 올려놓고 잠시 시간이 지났다. 스르륵 움직이는 느낌이 들면서 누가 뒤에서 밀기라도 한 듯 그네가 계곡 쪽으로 흘려 내려갔다. 처음은 천천히, 그러다 점점 탄력이 붙기 시작하더니 속도가 빨라지고 바람을 가르는 소리가 사정없이 귀청을 때리며 계곡 안으로 그네가 내동이 치듯 떨어졌다.

"엄마- 야!"

가슴에 커다란 구멍이 하나 뚫리고, 바람이 그 뚫린 속을 훑고 지나가는 것 같은 간지러우면서도 아찔한 느낌이 파고들자 미진은 놀라 배낭을 잡았던 손을 놓아버리고 재빨리 현유의 허리를 덥석 감아 안았다. 이대로 끝없이 떨어져 계곡 안에 걸레짝처럼 내던져 질 것 같은 곤두박질이었다.

'이게 아닌가 보다. 뭔가 착각을 했는가 보다.'

현유마저 얼핏 그 생각이 들었다. 그러나 천만다행으로 나락으로 아득히 떨어지던 그네는 어느 순간부터 계곡을 박차고 비상하듯 위로 날아올라가기 시작했다.

방향이 바뀌자 식겁했던 기분은 멎었으나 미진은 현유의 허리를 꼭 껴안은 채 가만히 있었다.

이제는 제대로 가나보다.

안심을 하고, 눈을 살포시 뜨고 계곡을 내려다보자니 눈앞에 와 닿은 산자수명한 계곡과 천해고도의 절벽 바위들이 눈앞에서 마치 그림첩을 넘기듯 지나가고 있었다.

"세상에, 아름답기도 해라."

손에 잡힐 듯한 계곡이 점차 시야에서 멀어지는가 싶더니 그네가 맞은편 산 능선 또 다른 누마루로 건너와 마루 끝에 걸터앉았다.

움직임이 멎자 현유가 그네에서 뛰어내렸다. 그리곤 그네를 잡고 미진이 내리길 기다린다. 바람에 흩날린 머리를 매만지며 놀랍고 쑥스러운 표정으로 미진이 그네에서 내려왔다.

미진이 다 내리기를 기다려 현유가 잡고 있던 줄을 놓았다. 그러자 저절로 다가와 협곡을 건네주었던 그네는, 다시 돌아가야 한다는 듯 계곡 안으로 저 혼자 빠르게 활강하며 내려간다. 시위를 떠난 살과도 같이 계곡 안으로 날아간 그네는 본래의 자리에 처음처럼 둥실 떠 있었다.

내린 이곳의 누마루는 양옆이 트여있다. 한쪽은 방금 돌아간 그네가 닿은 곳이고, 맞은편에 트여진 곳은 건너편 골짜기 중앙에 또 다시 번듯하게 보이는 그네가 와서 닿을자리인가 보았다.

누마루는 산 능선 높은 곳에 위치하고 있어, 협곡 이쪽과 저쪽이 모두 한눈에 펼쳐 보여 경관의 장엄함에 감탄이 절로 난다. 지금의 이 풍경은 미진이 보기에도 입이 함박 벌어질 정도이다. 미진이 그러하다면 현유야 말해 무엇 할까. 현유는 이 아름다운 정경을 오랫동안 가슴에 담아놓고 싶은지 찬찬하게 구석구석을 눈으로 쓸어 담으며 머릿속에 그려 넣고 있다.

층층이 둘러싸인 기암절벽에 싸느락 가을이 깊어 오색단풍 너울거리는 곳이라면 그런대로 '아, 좋구나.' 할 수 있다지만, 이건 지나가다 집채만 한 돌무더기 서너 개만 있어도 좋아라, 해대니 미진의 눈에 저 사람 눈에는 돌만 보이는가 싶었다. 전생에 돌을 쪼아 먹고산 팔자였는지 돌이라면 사족을 못 쓰는 현유가 이 광경을 보고서 그냥 지난다는 것은 참새가 방앗간을 그냥 지나가는 꼴이다.

아, 아!

자리 맴을 돌며 신음처럼 쏟아내는 감탄소리가 벌써 징조를 나타내고 있었다.

"오늘은 여기서 머물까요?"

현유는 건성으로 물으며 오늘 일은 이쯤에서 접을 태세다.

"너무 이르지 않아요. 아직 한낮인걸요."

현유의 의도를 눈치 챈 미진이, 이곳을 지나가 다른 곳에서 머물렀으면 하여 채근은 하지 못하고 간접적으로 우회의 말을 던졌다. 미진이 보기에 여긴 삐죽한 바위들만 무질서하게 늘어서 있을 뿐이다. 한 번 봤으면 됐지 머물 정도는 아닌 것이다.

"빠를 거야 없지요. 얼추 해 저물 때도 되었고 달리 정처가 있는 것도 아닌데 서둘러 간다고 누가 상을 주지도 않습니다. 어디서 쉬어간들 무슨 상관이겠습니까. 내 좋으면 머물고, 가고 싶으면 가고 그러는 거지요."

아직도 중천인 해를, 짝 다리 삐딱하게 짚고 서서 해는 곧 빠질 것이라고 했다. 이미 마음은 정한 것이다.

'이런 바위만 있는 데가 뭐가 좋다고, 난 꽃이 핀 들판이나 호수 근처가 좋은데…'

현유는 미진의 마음에는 아랑곳없이

"보십시오. 이 수려한 경관을, 이런 바위들이 빚어내는 웅장함과 비경은 그 무엇도 따를 것이 없지요. 물론 호수와 아름다운 화단도 나름대로 다 아름답고 멋이 있지만 난 바위가 지어내는 자연의 멋진 풍광이 가장 아름다운 것 같아요."

못마땅한 미진이 고개를 돌리고 딴 곳만 쳐다보고 있는데

"바위는 무생물이 아니라 우리 가슴을 울리는 유정물이에요."

남이야 뭐라고 하든 상관없이 바위 칭송에 여념이 없다. 허가

닳아 없어질 지경이다.

'그렇게 좋으면 돌하고 살지.'

"온통 바위뿐인걸요. 지금부터 놀자면 먹을거리라도 있어야 할 텐데 그럴 만한 것도 없을 것 같은데…."

이 핑계 저 핑계를 대어서라도 갔으면 싶은데

"내가 찾아오지요. 무슨 걱정입니까. 여기서 잠깐만 쉬고 있어요."

하늘만 한 바위가 땅에 떨어져 이곳저곳에 금이 쩍쩍 간 것 같은 바위, 그 깨진 틈을 비집고 들어가 생명을 싹 틔우고 살아가는 자줏빛 나무들, 바위가 골을 이루고 산맥을 이루고 천차만별 서고 엎어진 바위들이, 어떤 것은 기묘한 형상을 하고 있고 어떤 것은 병풍그림 조각해 놓은 것 같기도 하고 물결무늬 둥그렇게 우람하여 숨조차 멈추게 하는 것도 있다. 바위나 나무들의 색이 얼마나 선명한지 마치 물에 깨끗이 빨아서 늘어놓은 것 같다.

"좋기는 좋구나."

언뜻 봐서는 잘 모르겠더니 눈길로 세세히 짚어가며 보니 참으로 현유가 한 말이 빈말은 아닌 것 같았다. 미진의 눈동자가 저도 모르게 이골 저골 건너뛰며 가슴 벅차게 심취하여 정신이 없는데

"미진! 미진!"

골짜기를 메아리치며 들려오는 비명에 가까운 소리에, 자리에 앉아 쉬고 있던 미진이 벌떡 일어났다. 목청이 갈라지는 소리가 화급함을 말해준다.

"이 바위 위로 올라와요."

소리가 나는 쪽으로 급히 가보니 현유가 바위에 대롱대롱 매달려 있었다.

"거기를 왜 올라갔어요?"

"여기 안 올라오면 누가 먹을 것을 그저 준답디까. 그렇게 서 있지만 말고 얼른 밑에 와서 서 봐요."

"서면 어떡하게요?"

"머리 밟고 내려가게요. 보다시피 이렇게 다리가 짧아서 바닥에 안 닿잖아요."

"머리를 밟아요?"

"사람머리가 여기서는 제일 높은데 그것 밟아야지 다른 뭐가 있어요?"

배가 불룩한 것을 보니 겉 상의 안에 향천음을 따서 넣고 내려오던 길이었던 모양이다. 올라갈 때는 정신없이 어찌어찌 올라가 놓고는 내려오지를 못하는 것이다.

"그러기에 뭐 하러 여기서 머문다고 그래요, 넓은 데로 갔으면 이런 일이 없잖아요."

미진이 현유가 매달린 바위 밑에 서 보니 현유의 발끝이 정말 미진의 머리 정수리에 간당간당하게 닿았다.

어떻게 할라고?

미진이 어쩔 줄 몰라 눈길을 위로 치켜뜨고 불안하게 쳐다보는데, 현유는 한발로 미진의 정수리를 밟고 한 발로는 어깨를 밟더니 껑충 뛰어 앞에 보이는 바위 위로 뛰어내렸다.

이곳은 지형 상 특징이 그래서인지 나무들이 모두 키가 매우 작고 따라서 열매도 작았다. 열매는 색이 모두 까만색이고 위에서 무성한 수풀을 헤쳐야만 속에 숨어있는 것이 보였다. 얼마나 단단한지 꼭지가 떨어지지 않아 현유가 돌로 찢어 열매를 빠개야 겨우 먹을 수 있었는데, 그런데도 그 맛과 향은 참으로 어디에 견줄 수 없을 만큼 그윽하면서도 깊었다. 아직 어디에서도 먹어보지 못한 맛이기에 현유가 기분이 좋아져서 생색도 낼 겸하여

"대단한 맛이잖아요, 만약 여길 그냥 지나쳤으면 영영 맛보지 못 했을 수도 있어요."

하고는 미진이 어떻게 감복을 하나 살펴보는데

"머리 안 벗겨졌나 몰라."

향천음을 먹는 내내 미진은 맛에 대해서는 일언반구도 없고, 현유가 밟은 머리정수리를 매만지며 한 말 또 하고, 아까한 말 또 하며 현유의 심장을 긁어댔다.

'이것이 들애의 한계여 한계. 어쩔 수 없는 일이지. 같이 다니자면.'

현유가 속으로 혀를 끌끌 찼다.

현유는 어떻든지 신경을 써서 미진을 아끼고 보살피는데 온갖 정성을 기울이는데, 그러다가 한 번, 정말 그냥 뛰어내렸다가는 발목이 성하지 못할 것 같아 불러서 머리 한 번 밟은 것이 미진은 그렇게도 원통한 모양이었다. 그러나 현유가 동반자에게 이런 불

평을 듣는 것조차 참으로 복에 겨운 일이라 할 수 있었으니, 아직 말이라곤 한마디도 들어보지 못한 수운은 혼자서 생각이 깊어져 갔다.

'혹시, 정말로 말을 못하는 것은 아닐까?'

벌써 한 달째, 이젠 좀 익숙해질 때도 되었으련만 단애는 여전히 수운과는 거리를 띈 채 혼자서 따로 맴돌았다. 수운이 가면 가고, 서면 서고, 앉으면 앉고, 앉아도 저만치 떨어져 앉고 따라와도 저만치 뒤쳐져 따라왔다. 천금 같은 천상의 시간이 하릴없이 지나고 있건만 단애는 좀체 수운과 어울리려 들지 않았다. 어쩌다가 거리가 가까워 수운이 쳐다보기라도 하면 옹송그린 자세로 단애는 송구스러워 하는 것도 같고 어딘지 모르게 불안해하는 것도 같았다.

'이 일을 어떻게 풀어간다.'

처음 도선과 함께 했던 자리에선 작은 목소리였지만 '단애'라고 자신의 이름을 분명히 말했던 사람이었다.

그렇다면 일 년 사이에 말문을 닫아버릴 무슨 일이라도 있었을까?

답답한 수운은 나름대로 이것저것 생각을 펼쳐본다. 그러나 아무리 생각해도 합당한 이유를 찾아낼 수가 없었다. 단 한 가지 이유를 들자면 당시엔 어느 누구와도 특별한 관계가 아니어서 마음이 홀가분했다면 지금은 단 둘이만 있다는 부담감이 있을 수는 있었다.

'단순히 그것 때문인가?'

단애는 오늘도 여전히 말이 없고, 아무런 표정도 없다. 무엇을 즐거워하는 일도 없고, 살갑게 대하는 일은 더더욱 없었다.

같이 가는 것을 극도로 꺼려하여, 일부러라도 수운은 혼자 저만큼 떨어져 가야 했다. 쭈밋거리는 것은 깔아놓은 기본이고, 간혹 어디쯤 오나 돌아보다가 서로 눈길이라도 마주치면 단애는 흠칫 놀라며 급히 눈을 내리깔고 불안한 듯 눈동자를 굴리는 것이었다. 한 번은 그 상태에서 어찌 하는가 싶어 수운이 계속 바라봤더니, 입술을 오므리고 쫑긋쫑긋하였다. 무슨 말을 하려는 것 같기도 하여,

"뭐라고 했소? 못 알아들었으니 좀 크게 이야기해 보시오."

했더니 묵묵부답이었다. 그건 말을 입모양으로 그려내는 것이지 뱉어내는 것이 아니었다. 일종의 습관으로, 단애는 자신이 멋쩍거나 난처하면 그러한 행동을 한다는 것을 수운은 그 후 깨달았다. 단애가 그러면 수운이라도 융통성 있게 다가가 적극적으로 어떻게 했으면 사이가 좀 빨리 좋아질 수도 있을 걸을, 마음에 없는 말은 하지 못하고 남의 비위를 맞추는 데는 도통 재주가 없는 사람이라, 그저 스스로 풀려 돌아오기만을 기다리고 있을 뿐이다. 또 그렇게 시간이 열흘이나 지난 어느 날,

먼동이 트고 어둠에 짓눌리어 있던 만물들이 사르락 제 모습을 드러내며 날이 밝아오기 시작했다. 새벽안개가 무겁도록 짙은 산골짜기 어둠을 위로 밀어 올린다. 지평선에서 구릉으로, 구릉에서

산허리로 그리고 다시 산줄기를 따라 안개는 어둠을 몰며 뒷걸음질을 치고.

세상이 밝으면서 드러나는 선명한 색채.

협곡의 능선을 따라 나타나는 짙푸른 초록이 뒤처진 옅은 운무와 함께 찬란하고도 선명하다. 그리고 그 능선은 가파르게 한 없이 한 없이 위로 이어지고 있었다. 고개를 들어 어둠이 밀려올라간 산허리를 한참 바라보고서야 수운은 산정상이 어디인지도 모를 거대한 산이 눈앞에 펼쳐졌음을 알았다.

어제는 날이 어둑해져 컴컴할 무렵에 이 지역에 도착했다. 딱히 밤을 맞을 마땅한 장소를 찾지 못하여 걸음을 재촉하다보니 여기까지 흘러든 것이다. 깊은 산골짝의 어둠속으로 들어간다는 느낌은 있었으나, 어둠에 먹혀버린 이곳 지형을 제대로 분간할 수는 없었다.

자신들이 밤을 지새운 곳이 험준한 산에 가로막힌 골짜기 안이었다.

사방이 무너질 듯 가파른 산에 둘러싸인 골짜기는 깊었다. 산정상이 하늘에서 서로 맞닿을 듯 치솟아 있고 가파르게 절개된 면의 바위가 하늘 높은 줄 모르고 치솟았는데, 바위 곳곳에 금이 간 부분에는 오밀조밀하게 나무들이 뿌리를 박고 위태롭게 몸을 지탱하며 살아가고 있다. 그 바위가 있는 쪽으로 길이 나 있다. 높이 치솟은 꼭대기에 얹힌 바위덩이가 마치 범의 송곳니처럼 앞으로 튀어나와 금방이라도 서 있는 이곳으로 무너질 듯 위태롭게 보인다.

"보기엔 저래도 괜찮소. 수억만 년도 넘게 저 상태로 서 있었던 바위요. 무너질 일 없으니 걱정하지 마시오."

걱정하지 말란다고 근심이 일시에 사라지기야 하겠는가마는 그래도 말을 한마디 해주는 것이 심적 안정에는 도움을 줄 수 있을 것 같다. 그러나 단애는 걸음을 쉬 절개지 안으로 들여놓지 못했다.

"위태롭다고만 생각하지 말고 이렇게 웅장하고 아름다운 곳을 다 지나간다, 생각하시오. 어렵겠지만 그런 생각이 마음을 편하게 해 줄 것이오."

"…"

사방이 꽉 막혀버린 깊은 산골짝, 암벽과 생명의 마디들을 돌아나온 옥수 물굽이가 오랜 세월 지성으로 갈고 또 갈아 면경같이 만들어놓은 바위물길로 쪽빛 물이 도르르 굴러간다. 물길은 때로는 좁은 여울을 만들기도 하고, 때로는 치맛자락 같이 넓고 얕게 바위를 누비듯 흐르다가, 어느 순간 또 다시 모아진 물은 커다란 항아리 모양으로 펑퍼짐하게 넓고 깊은 소沼를 만들어 짙푸른 찰랑한 물을 담고 있기도 한다. 냇가 옆으로 난 샛길을 따라 걸어가자니 얼마 지나지 않아 오르막으로 길이 변하였다.

거대한 돌기둥을 깎아 세워놓은 듯 험준한 산으로 오르는 길이 눈앞에 펼쳐진 것이다.

참으로 험준한 산이다. 그런데 길이 이 까마득한 산 정상으로 올라가게 되어있지 않나 의심이 든다. 적어도 지금 길의 형세를 보자면 그러한 것 같다.

수운은 고개를 들고 위를 바라봤다. 어쩐지 걱정이 앞선다. 바위산으로 오르기 시작하자 길이 급격히 가팔라지기 시작했다. 길이 코에 맞닿을 듯 세워진 곳이 한두 군데가 아니다.

"오르다보면 수월한 곳도 있을 거요. 힘들어도 조금만 참읍시다."

절벽 겉면을 돌아가며 암벽이 안으로 깎여 난 길은 높이가 사람두 길은 되어 보이고 폭은 두 사람이 어깨를 꼭 끼고 나란히 걸어갈 정도인데, 산을 나선형으로 빙 돌아가며 파여 있었다. 사흘을 걸어 올라가니 처음 오르기 시작했던 지형이 발밑에 보이는 것으로 보아 이 산을 한 바퀴를 도는 데 삼일이 걸리는 셈이었다. 하루하루가 지날수록 밑에서 그렇게 높게 보이던 준봉들이 발밑으로 하나씩 둘씩 내려앉는다. 아침이 되면 어김없이 해는 떴으나 뾰족이 높은 산 때문에 한나절만 머리 위에서 창창하게 빛이 나고 금세 해는 산의 등허리에 가려 어스름만 한동안 지속되다 땅거미에 묻혀 버렸다. 해가 지고나면 골짜기는 무척이나 어둡고 쌀쌀했다. 오르막으로 된 지형 상 하루에 이동할 수 있는 거리도 짧을 수밖에 없었다.

문제는 잠자리로 삼을만한 장소가 마땅찮다는 것이고, 향천음을 구하는 것 또한 쉽지 않다는 것이었다. 예측하기 힘든 곳이다 보니 어쩌다 완만한 경사지 수풀이 손이 닿는 지형이 나타나면 맛은 차치하고, 향천음이라고 생긴 것은 그저 많이 한 배낭 꽉꽉 채워 떠나야 했다. 몸이 약한 단애 배낭에는 몇 개 넣지 못하고, 거의 대부분을 수운의 배낭에 넣고 이동하다보니, 수운의 배낭은 늘 펑퍼짐하게 늘어나 있었다.

이 거대한 산을 오르면서 시작된 또 하나의 일.

그건 좁고 가파르고 때론 위험한 길이긴 했으나 밤이 되어 밤하늘을 바라보면, 한여름 빛나는 호수의 물비늘처럼 수많은 별들이, 손을 잡힐 듯 가까이 환상적인 자태를 펼쳐 보이는 것이었다. 날은 언제나 화창했고 아름다운 밤하늘의 정경은 또 다른 천상을 만나는 기분이었다.

일출과 일몰 또한 장관이었다. 오늘 일출을 보면 산허리를 돌아간 내일에는 일몰을 볼 수 있었다.

숨소리조차 들리지 않을 깜깜하고 조용한 때, 세상은 없다. 모든 것은 검은 장막 속에서 내일 다시 태어나기위해 숨죽이며 기다린다.

그렇게 영원히 어두울 것 같은 때, 쇳덩이보다 무겁던 어둠이 마술처럼 걷히기 시작하면 해는 아직 보이지 않는데, 시커먼 먹물로 그린 수묵화 같던 준봉들의 머리에 빨갛게 햇살이 박힌다. 그 불덩이가 여러 준봉들의 머리에 봉화처럼 울리며 터진다. 그 불덩이가 드디어 둥그렇게 산허리를 두른 구름 띠에 옮겨 붙으면 그때는,

'태초에 천지가 태동할 때 모습이, 이런 모습이었는가.' 싶게 웅장, 엄숙해진다.

머리에서 가슴으로 그 불빛이 타들어가다가 드디어 동녘 산마

루에 해가 신기루처럼 모습을 나타내면 불꽃은 한 줌의 재로 변하여 사르라진다. 찬란한 하루는 언제나 그렇게 시작됐다.

운신의 폭이 좁은 산을 매일 오르는 것은 힘든 일이긴 했으나 그만큼 볼 수 있는 경관이 오를수록 좋아지고 가슴 벅찬 일도 많았다.

산을 오른 지 보름이 가까워진 무렵이었다. 산 안쪽으로 깎여 나있던 길이 어느 순간, 이제는 반대로, 절벽 바깥을 따라 한 자쯤 돌출되어 튀어나온 바윗길로 걸어가야 하는 구간에 이르렀다. 발을 디딜 수 있는 폭이 그야말로 두어 뼘이나 될까. 허옇게 드러난 화강암 돌덩어리 튀어나온 부분은 그야말로 앞으로는 허공만 보일뿐이고, 위로는 파란 하늘뿐이며 아래로는 아무것도 없는 휑뎅그렁한 낭떠러지였다. 그것도 저 앞에서는 휙 돌아가 어디쯤까지 그렇게 되어 있는지 알 수 없었다.

"단애가 앞장서 가는 것이 좋겠소. 내가 바짝 뒤따라가리다."

단애를 앞세우고 자신이 뒤에서 따라가면 단애가 안심할 것이고, 여차하면 자신이 뒤에서 잡아줄 수도 있을 것 같았다. 수운이 고개를 돌려 단애를 바라봤다. 단애는 하얗게 질려있었다. 길이 산 안쪽으로 나 있는 길도 가슴이 좁아지게 무서운 것을 가까스로 견디고 있는데, 이렇게 대명천지 휑하게 다 보이도록 드러난 길, 그것도 폭이 넓지도 않고 삐걱했다가는 흔적조차 찾을 수 없는 낭떠러지에 걸쳐진 길은 보는 것만으로도 현기증이 나고 속이 뒤집히게 만들었다. 덜덜 떨리는 무릎 때문에 단애는 서 있기조차 어렵다.

"차분하게 건너면 별 일 없을 거요, 마음이 내키지 않으면 내가 앞장서리까?"

"…"

"갑시다. 영원하고 아름다운 천상에서 불행한 일은 일어나지 않소. 내 말을 믿으시오."

단애가 좀체 발을 뗄 생각을 하지 않아 한참을 그렇게 서 있었다. 지체하고 있다고 해서 없던 무엇이 갑자기 생길 리는 만무했다. 결단을 내려서 가야 함에도 단애는 마냥 그렇게 서 있기만 하는 것이다.

"그러면 내가 건너가는 것을 한 번 보시오. 그러면 또 마음이 달라질 수도 있으니…"

아무래도 자신이 먼저 한 번 건너갔다 와야 할 것 같았다. 보고 나면 아무렇지도 않다고 여기고 용기를 얻을 수 있을 것으로 보였다. 수운은 바위 턱에 올라섰다. 내려다보기에 좀 아득할 뿐이지 신고 있는 신이 암벽바닥에 흡반같이 짝 달라붙어 조심해서 발만 옮긴다면 아무런 문제 될 것이 없었다.

단애가 볼 수 있는 지점까지만 걸어간 수운은 그 자리에서 뒤로 돌아섰다. 자신이 가고 있는 것을 잘 지켜보고 있으리라 생각했는데 돌아서보니, 단애는 엉뚱하게도 등을 돌려 반대편으로 향해 우두커니 서 있었다.

"보다시피 그렇게 어려운 일은 아니요. 더구나 내가 뒤에서 따라갈 것이니 안심해도 됩니다. 어서 건너야 저 위 어디에선가 잠을 잘 것이 아니요."

돌아온 수운이 단애를 구슬렸다. 내색은 않지만 적어도 자신이 보기에 단애가 느끼는 절망은 이해가 될 수 없는 부분이었다.

"자 이제 갑시다. 무작정 여기에 이러고 있을 수만은 없는 일 아니오."

엉덩이를 뒤로 빼고 잔뜩 웅크린 단애를 반강제적으로 앞에다 끌어 세우고 건너갈 작정을 하였다. 수운의 완력에 떠밀리어 바윗길 초입에 섰는데, 수운이 손을 단애의 등에 대고 있었다. 부르르 떨리는 단애의 몸 진동이 수운의 손바닥에 그대로 전해져온다.

"용기를 내시오, 뒤에 내가 있소. 일단 시작을 해봅시다."

멈칫하던 단애는 그러나 앞으로 가는 대신, 느닷없이 몸을 홱 돌리더니 질겁한 사람처럼 도망을 치려는 것이었다. 시퍼렇게 질린 얼굴이 반은 이미 넋이 나갔고 눈은 초점을 잃어 멍한 상태였다. 덩달아 놀란 수운이 엉겁결에 단애를 붙잡았다.

"괜찮소. 나는 당신의 동반자요. 천상에 있는 동안 내가 지켜야 하는 사람은 당신이고, 우리는 끝까지 함께 해야 하는 동반자란 말이오. 나를 믿으시오."

간곡하게 이르건만 단애는 수운의 말이 전혀 들리지 않는 듯 그저 잡혀있는 어깨를 빼내려고 안간힘을 썼다. 얼굴이 백지장이 되어 마치 가면을 쓰고 있는 것처럼 보인다.

내려다보면 절벽의 까마득함이 수운이 보기에도 만만치는 않다.

그러나 신통하다 할 만큼 그런 천인단애를 내려다보고 있어도 수운은 떨림이 없다. 낭떠러지 끝이 단지 그림처럼 보일 뿐이다.

그런 그곳을 단애는 감히 쳐다보지도 못하고 오금이 저려 발걸음조차 떼지 못하고 있는 것이다. 단애는 자신의 두 다리가 지푸라기처럼 느껴지더니 저도 모르게 푸석 그 자리에 주저앉아 버리고 말았다.

"단애, 먼저 내 얼굴을 좀 보시오."

대답도 없고 쳐다보지도 않는다.

수운이 단애 고개가 돌려진 쪽으로 간다.

"여긴 천상이오. 도선이 얘기하지 않았소. 천상의 규율만 어기지 않는다면 천 년 동안 사는 곳이라고, 그 말이 무엇이겠소. 그 말은 어떠한 경우에도 여긴 불상사 같은 일은 일어나지 않는다는 거요. 내 말 이해가 되오?"

바위 하나를 앞에 두고 이야기하는 느낌이다. 이럴 때는 항상 막막함을 느낀다.

"…그러니, 무서워하지 마시오. 내가 앞장을 서서 갈 테니 날 꼭 잡고 발을 들지 말고 바닥으로 끌면서 걸으시오. 밑을 보면 두려울 테니 내 등만 보고 따라오시오."

입이 마르게 한참을 설득하고서야 수운은 겨우 단애를 일으켜 세울 수 있었다.

"갑시다. 제발 날 믿었으면 좋겠소."

'당신을 믿지 못하는 것이 아닙니다. 천 번이고 만 번이고 믿지만 지금의 내 정신 모양새가 누굴 믿는다고 바로 잡혀질 일이 아닙니다. 지금의 나는 내가 아니라 무엇인가에 휘둘리는 느낌입니다.'

"단애."

수운이 그윽한 눈길로 단애를 불렀다. 그리고 고개를 끄덕였다. 마음에 있는 모든 것이 함축된 고갯짓이었다.

나만 믿으면 된다고. 그리고 얼마든지 할 수 있다고.

수운이 앞장을 서고, 단애가 몸이 붙듯 수운의 등 뒤에 다가서 수운의 허리춤에 손가락 끝을 대고는 출발하였다. 바위 턱 부분으로 올라서 수운이 잔뜩 가슴을 졸이는데 단애가 요행이 이번에는 뒤따라오는 눈치이다.

단애는 심장이 세차게 뛰어 그 고동에 몸이 절로 흔들리는 것 같다. 풀어져 꺾이려는 다리를 이를 악물고 버티어 세웠다.

조금만… 조금만… 더 가면 되리라.

현기증으로 정신이 아득해지며 앞이 흐려지는 것을 몇 번이나 고개를 흔들어 다잡으며, 천리같이 느껴지는 길에 발걸음을 떼고 있었다.

가느다란 나무둥치 위에 이슬이 하얗게 얼어붙어, 발을 얹기만 하면 그대로 미끄러져 동댕이쳐질 것 같은 곳에, 발을 얹어 놓은 기분. 단애는 지금 딱 그 느낌이다. 자신이 미끄러지는 것이 아니라 바위 턱이 자신의 발을 옆으로 밀어버릴 것 같은 불안감에 이미 몸은 저 혼자 허공을 날고 있었다.

멈칫.

중간지점을 조금 지났을 무렵인데, 앞서가던 수운의 발걸음이 느려지는가 싶더니 딱 멈추어 섰다.

'…무슨 일이라도?'

앞이 가려 보이지 않는 단애는 우선 컴컴한 두려움이 먹구름처럼 덮쳐왔다.

수운이 선 자세로 상체를 반쯤 옆으로 돌렸다.

무슨 말을 하시려는가? 얼른 가지 왜 이러시는가?

수운의 허리춤에 눈을 고정시킨 채 따라가던 단애가 무슨 일인가 싶어 고개를 숙인 채 눈을 치떠 수운의 어깨를 살펴본다. 극도로 불안해진 눈빛이다.

"말을 할 거요, 안 할 거요?"

느닷없는 말을 던져놓고 수운이 잠시 뜸을 들였다.

"첫날 도선이 자기소개를 할 때 분명히 말을 하는 것을 내 귀로 똑똑히 들었는데 어찌하여 나를 만나고는 여태 말을 않는 거요?"

눈 밑으로 천 길 낭떠러지가 아득하게 보인다. 어쩌든지 빨리 지나가도 시원찮을 판에 갑작스럽게 서서, 말을 할 것인지 안 할 것인지 그걸 따지다니…. 단애는 너무나 당황스러워 금방 콕 고꾸라질 것 같은 긴장에 자신도 모르게 헉, 숨이 멎고 말았다. 이 무슨 억하심정이란 말인가.

"말을 하면 건너갈 것이고, 말을 하지 않겠다면 여기서 밤을 샐 거요."

말을 마친 수운이 고개를 바로 하더니, 딱 버티고 서서 팔짱을 낀 채 장승처럼 우뚝 섰다. 바짝 뒤에 붙은 단애의 쌕쌕거리는 거친 숨소리가 수운의 등줄기를 타고 올라온다. 수운은 눈을 내리감았다. 단애는 눈언저리에 잡히는 절벽의 낭떠러지가 덜미를 채려고 손을 뻗어 올리는 것 같아 오싹 소름이 돋으며 그만 정신을 놓아버릴 것 같다.

이왕 시작하였으니 끝을 봐야지.

가슴에서 치미는 연민의 호소를 수운은 애써 누른다. 괴괴한 적막감이 산허리를 감아 돈다. 그리고 어느 순간, 단애의 거친 숨소리에 흐느낌이 섞이기 시작한다. 그리고 잠시 후,

"여기에서 이러는 게 어디 있어요. 지금 무서워 죽겠단 말에요. 빨리 가요."

단단히 결심을 굳힌 듯 보이는 수운의 뒷모습에 절망하여, 영원히 말을 하지 않을 것 같던 단애가 얼굴을 일그러뜨리며 기어이 울음을 쏟아내고 말았다.

"난 입 붙은 사람과 천년동안 다녀야 하는 줄 알았소. 이제 보니 벙어리는 아니구만."

"…"

"그럼, 이제부턴 말을 할 거요?"

이렇게 말문을 열게 한 것이 못내 미안해서, 단애의 눈물이 칼날이 되어 가슴을 후려쳐서, 수운이 젖은 음성으로 물었다.

흐르는 눈물을 어린아이처럼 손등으로 쓱쓱 문지르며, 단애는

대답대신 고개를 끄덕인다.

절경의 천상구경도 지금 단애에게는 즐거움이 아니라 고역이었다. 길은 가파른 곳으로 자꾸만 끝없이 올라가고, 올라가는 높이만큼 무서움은 더욱 커져만 가는데 말은 못하고, 애오라지 가슴 속으로만 삭이고 썩히자니, 오늘은 또 얼마나 가슴 졸이고 떨어야 할고 자고새면 걱정이었다.

거대하게 우뚝 치솟은 험한 이 산으로 접어들면서부터 마음 편히 혼자 멀찍이 떨어져 가던 일조차 불가하게 되고 말았다. 가만히 생각해보면 수운에게 거리낄 일이 그 어떤 것도 없는데 곁에 서기만 하면, 수운의 몸에서 뿜어져 나오는 서릿발 같은 기상, 어떤 그런 것에 왠지 모르게 주눅이 들고 위축이 되어 숨조차 제대로 쉴 수 없는 것이다. 그건 자신이 생각해도 이해할 수 없는 서글픔이었다.

수운이 걸음을 멈추고 고개를 비틀어 무엇인가를 올려다보고 있다.

"저것이 무엇인고?"

자신들이 올라가고 있는 산과, 맞은편 이와 똑같이 우뚝 솟아있는 두 준봉 산마루 사이에 매듭이 지어진 실처럼 가느다란 줄이 소슬하게 걸려있다.

아롱거리는 눈물 사이로 단애 역시 그것을 보았다. 너무나 멀리 떨어져 있어 제대로 볼 수 없어서이지 그것은 그냥 줄이 아니었다. 두 산을 잇는 다리 같은 것, 그런 것이 틀림없었다.

아무리 가도 끝이 없을 것 같던 길을 십칠일 동안 올라왔다. 그동안 발밑으로 가라앉은 봉우리만도 헤아릴 수조차 없다. 그렇게 올라오니 이제 옆으로 쌍둥이처럼 서 있는 건너 산 하나만 보이고 아무것도 보이지 않는다. 수많은 갈래의 산맥들이 발아래 망망대해 푸른 물결처럼 보이고, 밑에서는 그렇게도 거대하게 보이던 이 산이 지금 내려다보니 바닥 부분이 잘록하게 보이는 것이 금방이라도 댕강 넘어질 것 같다.

밑으로 내려다보지 않는 것을 주술처럼 외며 산을 오르는 데도, 모퉁이를 돌아가며 얼핏 설핏 아래로 끌리는 눈길은 어쩔 수 없는데, 그럴 때마다 단애는 소름으로 진저리쳤다.

한 달이 넘도록 꼬박 하늘만 바라보며 산을 올라오고서야, 겨우 산 정상 언저리까지 올라온 것 같다. 출발할 때 밑에서 보았던 푸른 모자같이 보이던 산마루의 윤곽이 눈언저리에 뚜렷하게 잡히고 있었다. 그 정상 밑 어디선가 쪼르륵, 물 흐르는 소리가 또랑하게 들린다.

"근처 어디 물이 있는 모양이오."

그러고 보면 이 산을 오르면서부터, 산 옆쪽으로 물줄기가 안개처럼 풀어 헤져 떨어지는 것은 봤어도 흘러가는 물은 여태 보지 못한 상태였다. 해서인지 물 흘러가는 소리가 여간 반갑게 들리지 않는다. 말문을 트긴 했으나 단애는 아직도 여간해서는 입을 떼지 않았다. 몇 번이나 물어야 겨우 마지못해 네, 한마디 밀어내는 정도이다.

옆과 위가 가로막힌 삭막하던 길에서 벗어나 이제는 푸른 숲도 있고 완만한 경사지도 있어 답답함이 풀어져 단애도 기분이 한결 가벼워졌다.

"우물이 나오면 세수라도 좀 하고 싶소. 시원한 물에 얼굴을 담가본지가 언젠지 기억도 나지 않는 것 같구려. 안 그렇소?"

그동안 지친 몸과 마음을, 덕지덕지 묻은 근심의 때를, 흘러가는 물에 훌훌 씻어버리면 얼마나 상쾌하랴. 수운은 그 말을 하면서 마음으로는 이미 첨벙, 머리를 홍건히 물에 담그고 있었다.

"네에."

한참이나 지난 후에 단애가 마지못해 대답을 했다.

"또, 네. 내가 무얼 물어본지나 알고 대답을 하는 거요?"

"…"

"사람이 어찌 그렇소. 세상에 낙이란 아무것도 없는 사람처럼 보이는구려. 이제부터 좀 변하면 안 되겠소?"

대답을 해야 할지 말아야 할지, 단애가 난처한 표정을 짓는다.

"그냥 한 번 해 본 소리요. 쉬었으니 이제 갑시다."

한 굽이를 돌아올라 막돌로 쌓은 돌층계를 오르니 어디에서 생성이 되었는지 물줄기가 만들어져 내를 이루어 흐르고 있었다. 물줄기는 산의 가운데를 관통하는 동굴 안으로 흘러들고 있었고, 동굴 안으로 흘러든 옥빛 푸른 물은 어둠이 삼키어 어디로 가는지 알 수 없었다. 굴 들머리에는 언제부터인지는 알 수 없으나 나룻배 한척이 매여져 있었다.

통나무를 깎아 만든 폭이 좁고 길이가 긴 배였다. 바위 틈새로 형성된 내는 자잘한 물결로 찰랑였고 배는 물결 위에서 그네를 타듯 기우뚱거렸다.

단애를 선두에다 태우고 뒤쪽에서 수운이 상앗대로 배를 밀었다. 잔잔한 물이지만 흐르는 물길이어서 배는 쉽게 앞으로 나아갔다. 물길 양옆으로 늘어선 병풍 같은 산은 세상 누구에게도, 한 번도 그 모습을 보여주지 않았을 것 같이 느껴지는 처녀성을 지닌 신비의 협곡이었다.

동굴의 입구에 이르자 바위에 석부石附하여 살아가는 나무들이 있었다. 척박한 환경에 살아서인지 몇 천 년을 살았음직 한데도 모두 키가 사람의 허리정도 높이로 작았다. 뒤틀리고 작고 아담한 모양이, 인고의 세월을 온몸으로 쓸어안은 의연한·아름다움으로 승화시켜, 보는 눈으로 하여금 경이로움을 느끼게 한다. 동굴입구 천정에 매달린 나무들은 물 한 모금을 얻기 위해 가늘고 긴 물주머니를 암벽으로 드리워 차디찬 수로의 물살에 담가놓고 있는 것이 보였다. 색실 황토 빛 붉은 뿌리가 무리를 이루어 물결 속에서 꼬리처럼 흔들린다. 동굴 안으로 비치는 빛은 몇 번의 굴절과, 바위들의 채색이 함께 엉기면서 형형색색 화려한 빛으로 아롱졌다.

작은 협곡을 지나, 배는 동굴 안으로 미끄러지듯 흘러들었다. 안으로 들어갈수록 희미하게 비춰주던 빛은 점차 사그라지고 얼마를 가지 않아 칠흑같이 깜깜하였다. 나룻배가 물살에 밀려 옆 암벽을 스치는 느낌이 들었다. 들어왔던 입구에나 겨우 반달처럼 빛이 보이고, 주위는 한 올의 빛도 찾아볼 수 없었다. 하루가 저물어 간다는 생각이 든다. 반딧불처럼 작게 보이던 입구의 빛조차 사라져버려, 물결소리만 천연덕스럽게 들리는 암울한 밤이 되었다. 수운은 상앗대를 배 위로 걸쳐놓고 쉬었다.

급격한 경사면은 없는지 물살은 조용하고 배는 큰 움직임 없이 흘러갔다. 깜깜한 동굴에서 보내는 밤은 길었다. 물살은 철썩거리고 배는 기우뚱거려 거의 뜬 눈으로 밤을 새우다시피 했다. 동굴 밖은 이제 낮이 되었는지 저 끝에 또 다시 하얗게 바늘귀만큼이나 작고 희미한 빛이 보였다. 아마도 거기가 이 동굴의 출구인 것 같았다.

배는 간혹 출렁이고 흔들리기도 하면서 아주 천천히 나아갔다. 수운이 상앗대로 밀어보지만 별로 효과는 없어 보인다.

깜빡깜빡 사라졌다 눈에 띄었다 하는 출구의 빛을 등대삼아, 어두운 동굴을 항해할 수밖에 없었다. 햇볕 한 올 없는 동굴 안은 먹장처럼 깜깜하여 자신의 손발이 어디에 있는지조차 알 수 없는 지경이었다.

좁은 배 안에 장시간 앉아있는 것은 힘든 일이다.

"일어섰다 앉았다 좀 하시오. 다리 아플 텐데."

"…괜찮아요."

너무 어두워서 바로 앞에서 말소리가 들리는데도 옷자락조차 보이지 않는다.

배가 물결과 부딪히는 소리로 인해 앞으로 나아가고 있다는 것을 짐작할 뿐, 아무것도 보이지 않아서인지 계속 그 자리에 머물러 있는 것만 같다.

희고 또렷하던 점이 점점 희미해지더니 어느 순간 사라져버렸다. 그 작은 불빛마저 사라지자, 마음의 빛조차 사라져버려 어두운 동굴은 먹지를 겹쳐놓은 듯하다. 또 밤이 된 것이다. 수운은 종일 상앗대를 잡고 버텨서인지 팔 전체가 얼얼하다. 좁은 배 안에서, 그것도 아무것도 보이지 않은 상태에서 맞는 밤은 무엇을 어찌해야 할지, 그저 막막하기만 하다. 그러고 보면 어제 밤도 뜬 눈으로 보내지 않았던가.

"밤이 되었으니 우리도 눈 좀 붙입시다. 불편하기야 하겠지만 어떻게 해보면 잘 수는 있을 거요."

두 사람이 눕기에는 배가 좁다. 나룻배의 폭과 길이는 한사람이 겨우 편안히 누울 수 있는 정도이다. 무엇보다 아무것도 보이지 않으니, 모든 일을 손을 더듬어 가며 할 수밖에 없다.

"침안을 펴고 여기로 누우시오."

수운이 뱃바닥을 손으로 탁탁 두들기며 위치를 알려준다.

단애가 어둠속에서 침안을 꺼내기는 했으나 보이지 않아 제대로 펴지를 못한다. 아무것도 보이지 않는데 무엇이 제대로 될 리 없다.

"침안을 이리 주시오. 내가 만들어 줄 테니."

깜깜한 동굴 안은 자신의 사지가 어디에 붙어있는지조차 분간

할 수 없었다. 수운이 손을 내밀어 더듬더듬 소리가 나는 쪽으로 다가갔다.

"어마."

수운의 손끝에 뭔가 물컹한 것이 만져지는 느낌이 드는 동시에 단애가 외마디 비명을 질렀다. 소리가 동굴 안을 맴돌면서 귀청을 강타한다.

"미안하오. 고의는 아니었소. 도무지 아무것도 볼 수가 없으니…"

서둘러 둘러대긴 했으나 손끝의 감촉은 아직도 생생이 살아있다.

"가까이 오지 마셔요. 제가 알아서 할 게요."

"그렇게 하시오. 움직이면 자꾸 부딪히기만 하겠소. 난 선미에 가서 앉아 있을 테니 눕고 나서 얘기하시오."

한참을 부스럭거리고 나서야 단애는 침안을 펴고 자리에 누웠다. 다리를 수운이 앉아있는 쪽으로 오그려 향하고, 배 한쪽 옆으로 바짝 붙어 누웠다.

"저는 누웠어요. 이제 누우셔요."

수운이 단애 다리 쪽으로 머리를 두고 조심스럽게 발을 뻗어나갔다. 침안의 부드러운 결이 가운데에서만 느껴지는 것으로 보아, 단애는 침안의 대부분을 가운데 경계로 밀어놓은 모양이다. 자리가 좁아 뒤척일 수도 없다.

"물소리가 자장가 같소."

발치에서 수운이 말했으나 단애는 듣지 못한 모양이다. 대답이 없다.

종일 구부리고 앉아있다 옆으로 누우나마 허리와 다리가 펴지니 그만치 시원할 수가 없었다. 눈을 감기가 무섭게 수운은 깊은 잠속으로 빠져 들었다.

깜깜한 동굴 안은 아침이 언제 오는지도 알기 어렵다. 시체처럼 팔다리를 몸에 딱 붙이고 자야 하는 것도 어지간한 인내로는 어려웠다. 잠을 깬 수운은 누운 자세로 손발을 꼼지락거렸다.

어쩐지 옆이 허전하다는 느낌이 든다. 팔을 앞으로 조금씩 밀어보지만 아무것도 걸리는 것이 없다. 옆에 누워 있어야 할 단애가 느껴지지 않는다. 팔을 뻗어 더듬어 본다. 그래도 잡히는 것이 없다.

"단애!"

불러보았으나 대답이 없다. 갑자기 덜컥 겁이 난다. 혹시…?

다급하게 한 번 더 부르자, 뱃전에서 소리가 들렸다.

"저 여기 있어요."

"아니, 왜 거기 있는 거요?"

"…"

정확하게 언제부터 거기에 있었는지 모른다. 잠이나 제대로 잤는지….

"난 이제 배를 밀어야 하니, 누워서 편하게 주무시오."

"잘 잤어요. 전 괜찮아요."

어둠속에서 대답이 파도쳐 온다. 그러나 그 대답엔 힘이 없다. 잠을 설친 푸석한 얼굴이 어둠속에서 잠깐 나타났다 사라졌다.

사흘 밤낮을 꼬박 지나고 나흘 만에야 햇살이 비치는 출구로 나왔다. 빠른 물살을 따라 마치 새로운 세상에 태어나듯 동굴에서 빠져나왔다. 며칠 만에 보는 햇살은 눈을 제대로 뜰 수 없을 정도로 강렬했다.

배가 닿은 곳은 둘레가 반 마장은 됨직한 넓은 연못이었다. 배가 물살에 떠밀려 연못 가장자리를 한 바퀴 빙 돌았다.

산 귀퉁이에 둥그렇게 돌이 깎여 만들어진 연못이다. 물을 가두는 놓은 바위 둑 울타리 밖으로 지금까지 올라온 까마득한 산이 내려다 보였다. 연못으로 흘러든 물은 끄트머리 난간 쪽에서 커다란 물줄기를 만들어 아래로 떨어지고 있었는데, 너울너울 보라를 일으키며 끝을 헤아릴 수 없는 직벽을 따라 떨어지다가, 멀고 먼 아득한 밑바닥 시퍼런 용소 안으로 곤두박질 쳤다. 너무나도 멀리 떨어져, 물살이 부딪히는 어떤 소리도 들리지 않아 마치 그림을 보는 것 같았다.

여기는 자신들이 올라오던 산 능선이 아니라 전혀 다른 곳처럼 느껴진다. 저 혼자 밖으로 툭 튀어나와 형성된 연못에서 보는 새삼스러운 정경이어서 그럴 수도 있고, 시야가 트인 곳에 위치해 있어 그럴 수도 있었다.

맞은편에 거대하게 서 있는 준봉 하나, 그리고 발밑으로 내려다 보이는 갈래가 진 초원은 너무 아득하여 다른 세상처럼 보인다. 갈래는 연봉으로 이어진 산맥들이고 푸르게 보이는 것은 산을 이루는 골짜기 숲이다.

돌계단으로 이루어진 길이 끝이 나자, 나무와 풀들이 자라고 있는 넓은 산 정상이 펼쳐졌다. 여긴 하늘의 땅, 하늘이 숨 쉬는 정원이다. 거대한 바위산 정수리에 이토록 넓고 편평한 분지가 형성돼 있다는 것은 참으로 놀랄만한 일이었다.

두 사람은 분지가장자리에서도 가장 높은 지역에 서 있다. 여기에서 분지 한 가운데로 내려가 오른쪽 끝으로 가면, 맞은편 산으로 향해있는 다리가 놓여있는 것이 보인다. 분지 한 가운데는 다른 곳보다 우묵하게 처진 지형인데, 커다란 미루나무 두 그루가 노랗게 물든 채 마주보고 우뚝 서 있다. 고만고만한 나무들 사이에서 장엄하도록 높이 솟아오른 나무는 마치 하늘 가운데를 떠받히고 있는 것처럼 보인다. 미루나무 바닥에는 파란 잔디가 깔려있고 두 나무사이, 잔디 한 가운데로 실개천이 흐르고 있었다.

"미루나무 있는 곳으로 갑시다. 저곳이 양지바르고 밤엔 바람도 적게 불 거요."

누가 보아도 그곳은 따뜻한 정감이 있는 장소로 보인다. 이토록 거칠 것 없이 넓은 지역을 눈으로 확인하고 땅을 밟고서야, 단애는 비로소 그동안 자신을 감싸고 있던 두려움이 조금씩 사라지는 느낌을 받았다.

분지 중앙으로 가려면 여기에서 비스듬한 길을 내려가야 한다. 항구 불변할 것 같던 바위가 기나긴 세월의 풍우에 씻기어 버석버석 모래로 변한 길은 발을 딛기에 미끄러웠다. 이런 곳은 슬금슬금 조심해서 가는 것보다, 잰걸음으로 리듬을 타며 재빨리 내려

가는 것이 오히려 안전하다. 해서

"조심해서 오시오."

앞서 걷던 수운이 단애에게 이르고는 말을 마치기 무섭게 서둘러 쩍, 다리를 옆으로 벌려 비탈길을 종종걸음으로 내쳐 뛰었다. 뒤에서 보기에 뛰는 모양새가 좋지만은 않았는데

벌렁.

제아무리 날쌔어도 모래 구르는 순간에는 못 당하여, 수운이 중간에서 보기 좋게 뒤로 나자빠졌다. 손 쓸 틈도 없이. 넘어진 채 질질 미끄러져 가며 수운은 옆에 무엇인가를 잡기 위해 손을 허우적댔다. 그러면서 몸은 빙판을 타듯 미끄러져 편편한 바닥 저편에 닿을 때까지 하염없이 굴러가고 말았다.

'이런, 하필 넘어지기는….'

무안해진 수운이 급히 발딱 일어서지도 못하고, 바닥에 주저앉은 채 툭툭 손을 털며 무심코 위로 눈길을 던졌다.

단애는 아직도 저 위에 그 자리에 서 있는데, 그런데, 고개를 옆으로 돌리고 백옥 같은 치아를 드러낸 채 박속같이 하얗게 웃고 있었다. 재미있어 어쩔 줄 모르겠다는 웃음이었다.

"?"

수운은 순간 숨이 턱 막혔다. 아픈 것도 창피하다는 것도 순간 잊은 채, 자신도 모르게 눈길이 단애의 얼굴을 더듬고 있었다. 수운은 놀랐다. 단애가 웃을 수 있다는 사실에 놀랐고, 웃은 모습이 너무 아름다운데 또 한 번 놀랐다. 너무 뜻밖이라 얼른 꿈을 꾸는

가도 싶었다.

수운은 그 순간 천상에 온 이후 처음으로, 혼자가 아닌 '함께'라는 훈훈한 정감이 가슴에서 따뜻하게 피어오름을 느꼈다. 정 과 정이 마주친다는 것이, 서로 상통한다는 것이, 이다지도 가슴 벅찬 희열을 안겨다주는 줄을 수운은 오늘 처음으로 깨달은 것이다.

긴장과 두려움으로 심신이 피폐해져 제대로 몸조차 가누지 어려운 단애 때문에 곧바로 길을 서두를 수는 없었다.

가운데 미루나무가 있는 장소에만 있으면, 이곳이 높고 높은 산봉우리 정상이라는 사실이 믿어지지 않았다. 그만큼 분지는 넓었다. 단애는 한 발짝도 다른 곳으로는 가지 않고 오직 미루나무 언저리에서만 머물렀다.

"난 바람이나 쏘이고 오겠소."

이튿날, 수운은 가만히 있기가 답답했던지 일어섰다. 그동안 줄곧 궁금증을 불러일으키던 다리가 있는 곳으로 가봐야겠다는 생각이 든다. 전날 위에서 대충적인 위치는 파악을 했으므로 수운은 그 방향으로 길을 걸어 다리가 있는 곳에 도착했다. 맞은편에 희끄무레한 산봉우리 하나가 이쪽과 어깨를 마주하며 숫구쳐 있다. 먼지 하나 없는 깨끗한 천상에서 그렇게 보인다는 것은 그만큼 멀리 있다는 뜻이다. 두 산봉우리 사이에 다리가 놓여있는데, 바닥을 나무판자로 정교하게 짜 맞추어 깔아놓은 다리였다. 다리 양 옆으로는 허리정도까지 격자모양으로 난간이 설치되어 있고, 난간 위쪽은 너무 맑아 투명하게 보이는 백옥손잡이가 양옆으로 이어져 있었다. 다리는 여기에서부터 바라보이는 끝까지, 배흘림 없이 쭉 일자로 곧게 펴져 있는데 언젠가 올라오는 도중 어느 지점에선가 보았을 때, 매듭이 있는 실처럼 보이던 것이 바로 이 다리였다. 실은 다리부분이고 매듭 부분은 위용도 당당한 정자이다.

천국교.

다리 오른편 난간 입구에 붉은 글씨가 음각으로 새겨진 돌 현판이 세워져 있다.

다리 길이는 대략적으로도 가늠하기 어려웠다. 다리 끝은 거리가 멀어질수록 가느다란 실처럼 보였고, 그것도 어느 정도의 시야에서 벗어나자 안개에 가린 것 같이 보이지 않는다. 맞은편 산봉우리로 갔다는 것만 짐작할 수 있을 뿐이다. 검은 지붕을 이고 있는 첫 번째 가뭇가뭇 보이는 정자로 인해, 멀리 아련히 점점으로 보이는 것이 모두 정자일 것이라고 미루어 짐작할 뿐인데, 얼핏 눈대중으로 짚어보아도 그것은 족히 여덟아홉은 되어 보인다.

날씨는 쨍쨍, 한없이 맑고 쾌청하다. 발아래 올망졸망한 산봉우리 위로 햇솜 같은 조각구름들이 한가롭게 떠다니고, 푸르게 채색된 지면은 수채화로 그려놓은 듯 아름답다.

단애는 평지인 이곳에 올라와 마음이 안정이 되어서인지 이틀 동안 잠도 잘 자고, 잘 먹어서 기분이 쾌청하다. 그래서 오후에는 가까운 곳으로 가벼운 산책도 했다. 수운이 아직 돌아오지 않는 것으로 보아 길을 미리 둘러보고 오는 모양이다. 그리 짐작이 된다. 자신 때문에 수운은 요즘 매사를 초사하는 마음으로 지내고 있을 것이다. 그가 돌아온 것은 해거름 때였다.

"답사를 하고 왔소."

"예에."

단애는 이제 완전히는 아니더라도 도중에 흘낏 한 번씩은 수운의 얼굴을 쳐다본다. 수운은 말문만 열어놓고 다음 말을 잇지 못했다. 바닥만 쳐다보며 잠잠하다.

"다리가 있는 곳으로 가셨군요."

수운이 무엇 때문에 말하기를 주저하는지, 그걸 알고 있는 단애가 물었다.

"그렇소, 거기서는 다리가 곧 길이라… 어떤가 하고…."

이번엔 단애가 침묵해버렸다. 쓸데없이, 무슨 모양으로, 그 다리가 그렇게 있지는 않을 것이라는 짐작은 했지만 다리를 건너서 맞은편 산으로 가야 한다는 말을 듣고는 머릿속이 텅 비어 버린 것이다. 여기까지 오는 길도 천신만고 끝에 죽을힘을 다해 왔는데 이제는 외줄 같은 다리를 건너야 한다니… 눈앞이 노래졌다.

"내 짐작에 다리를 건너면 필경 그때는 밑으로 내려가게 되어 있을 거요. 저 다리가 문제요. 저 다리만 건너면 이제 고생은 끝났다고 볼 수 있는데…."

수운이 말끝을 흐린다. 자신이 생각해도 막막하기 때문일 것이다.

"내일 아침에 떠나시지요."

"그리해도 되겠소?"

수운이 반가운 낯빛으로 물었다. 시간을 끌어봐야 이득 될 것이 하나도 없기 때문이었다.

"어차피 가야 할 길이라면 하루라도 빨리 가는 것이 낫지 않겠습니다. 이제 원기도 회복했고 몸도 가벼워졌어요."

"고맙소, 내가 오늘 다리 위에 올라가 봤는데 생각보다 훨씬 튼튼하오. 움직임도 없고, 눈을 하늘로 올려다보고 걸어가면 괜찮을 것도 같던데… 내 생각에는."

아침 일찍 일어나자마자 바로 떠날 채비를 서둘렀다.

다리는 출렁이거나 흔들리지 않았다. 평지같이 움직임이 전혀 없다. 수운이 천국교 위에 발을 들이고 덤벙덤벙 걸어간다. 얼마를 그렇게 가던 수운이 돌아섰다.

"생각보다 훨씬 튼튼하오."

수운이 선 자리에서 몸을 옆으로 기우뚱거려 보기도 하고 제자리에서 경망스러운 걸음으로 나풀나풀 걸어도 보인다. 자연스럽지 못한 광대 같은 몸짓을 해가며 아무렇지도 않다는 것을 보여주려 애쓰는 것이다.

어젯밤에 수도 없이 생각하고 꼭 할 수 있다고 그렇게 다짐을 했는데도, 그러나 막상 눈앞에 닥치니 다리 입구에 들어서기도 전에 속다짐은 안개처럼 어디론가 사라져버리고 없다. 단애는 아무래도 자신이 없다. 이 정도로 어마어마할 줄은 미처 몰랐다. 겉으로 내색은 하지 않지만 자신은 지금 이 자리에서 그저 주저앉고 싶은 심정뿐이다.

"단애, 이 다리가 이렇게 매달려 있다는 것은 그만큼 튼튼하다는 거요. 생각을 해 보시오. 하루 이틀도 아니고 영원히 계속해서 이렇게 걸쳐진 다리인데 얼마나 견고하겠소. 그리고 내가 저기까지 어제 가 봤는데 전혀 아무렇지 않소. 흔들리지도 않고 마치 평지를 걷는 것 같았소. 일단 조금만 걸어봅시다. 무서우면 그때는 나와서 다시 한 번 생각해 봅시다. 어떻소?"

입구를 저만치 남겨두고 가쁜 숨만 내쉬고 있는 단애의 손을 잡고 수운이 다리 쪽으로 걸어갔다. 단애가 마지못해 끌리듯 따라간다.

"내 말대로 한 번만 해 봅시다. 안되면 어쩔 수 없지만 미리부터 겁을 먹을 필요는 없지 않겠소. 눈을 들고 내 뒤만 따라오시오."

그러나 다리 입구에 섰을 때, 단애는 문득 다리가 쑤욱, 마치 구름을 밟은 듯 밑으로 가라앉는 것 같은 착각에, 정신이 아득해 오면서 현기증이 인다. 또 다시 다리가 후들거리며 서 있을 수조차 없다. 이를 악물고 힘을 내보려고 해도, 생각이 몸으로 전해지지 않는다. 몸도 마음도 내 것이 아닌 것 같다.

"이래도 아무렇지도 않소. 어서 와 보시오."

수운이 다리 위에서 껑충껑충 뛰어도 본다. 처음 천상생활을 시작할 때는 무엇이든지 마음만 먹으면 그렇게 되는 세상인 것 같았는데… 마음과 현실이 잘 맞는 것 같았는데… 단애는 이상하게 요즘 마음이 늘 공중에 붕 떠있는 느낌이고, 아무것도 잡지 못하고 허우적거리는 것 같다. 전에 일 년 동안 혼자 천상을 다닐 때, 이 정도야 아니지만 결코 만만치 않은 곳이 그때도 많았지만 그땐 마음을 다잡아먹으면 아무렇지도 않았었다. 그러나 지금은 머리로만 힘을 내자고 용을 쓰고 몸은 저 혼자 따로 놀았다.

단애는 하얗던 얼굴이 파랗게 질려갔다. 첫걸음조차 떼지 못한 채 난간만 잡고 오들오들 떤다. 앞에서 바라보는 수운이 표정이 점점 심각해졌다. 아무리 쳐다봐도 단애 혼자 힘으로 건너가기란 무리인 것 같다.

이대로는 안 되리라.

수운이 고개를 가로젓는다. 난간 대를 끌어안다 시피하고 매달린 단애를 데리고 수운이 다리 밖으로 나왔다. 혼비백산한 얼굴이 노랗게 질렸는데, 머리카락까지 놀라 곤두섰었는지 아침에 땋아놓은 머리가 헝클어져 쑤석쑤석 형편없는 몰골이 되었다. 단애는 체면도 내던지고 양손으로 머리를 감싸 쥔 채 바닥에 주저앉았다.

"여기서 잠깐 기다리시오."

수운이 주위를 두리번거리다가, 바위벽을 따라 자라난 넝쿨이 있는 쪽에 눈을 고정시키더니 무엇을 결심한 듯 뚜벅뚜벅 걸어갔다. 잎 한들한들 낭창이며 납작한 바위를 따라 기어 올라간 넝쿨은, 수운이 마음에 품은 날카로운 비수를 알아보지도 못하고 빛 밝은 한 낮의 따사로움에 젖어있다. 근처에서 손아귀에 맞는 돌을 하나 들고 온 수운이 사정없이 넝쿨줄기 밑동을 후려쳤다.

쿵. 쿵.

새끼손가락 굵기만큼 굵고 길게 자란 넝쿨의 밑동을 돌로 두드리자 질긴 섬유질이 파편을 터뜨리며 찢겨져 나간다. 돌과 돌이 부딪히는 꽹음이 날카로운 파장을 일으키며 조용한 천상을 소란스럽게 만든다. 줄기에 매달린 잎들이 자지러질 듯 아파하며 몸을 뒤채는 것 같다.

"천상에 있는 모든 것은 가급적 건드리지 마십시오."

도선이 한 말이 수운의 귓가에 날카로운 금속성을 내며 지나갔다. 그러나 그는 입을 꾹 다문 채 사정없이 줄기를 내리친다.

뚝.

돌에 짓이겨진 줄기가 너덜너덜해진 채 뿌리에서 떨어졌다.

두 가닥을 자른 수운은 넝쿨을 끌어내려, 바닥에다 깔아놓고 서로 엇박자로 엮어 나갔다. 간신히 정신수습이 된 단애가 수운이 하는 짓을 물끄러미 바라보고 있다. 수운은 아무 말 없이 바닥에 앉은 채로 하던 일을 계속했다. 가닥을 둥그렇게 엮어 얼금얼금하게 만든 포대 같은 것에 양 어깨끈을 달았다. 두 어깨끈이 길이가 서로 맞는지 가지런히 대 보더니 단애가 있는 쪽으로 왔다.

"이제 되었소. 이 안으로 들어가시오."

포대를 만든 연유를 단애는 이제야 알 것 같았다. 예상치도 않게 등에 업혀 가야 하는 어처구니없는 사태를 맞이하게 된 것이다. 이 다리를 건너는 일이 싫은 만큼이나 업혀가는 일 또한 참으로 내키지 않는 일이어서 단애는 난처하면서도 부끄러워 고개를 들지 못했다.

"괜찮소. 우리는 동반자요. 신세진다고 생각하지 마시오."

두 다리만 포대 밖으로 빠지고 몸뚱이는 포대 안에 쌓인 형국인데, 어깨끈을 추스르며 수운이 단애를 들쳐 업었다. 아무리 들애라고 하지만 사대육신 멀쩡한 어른이고 보니, 그 무게가 웬만하겠다 싶었는데 막상 일어서보니 무게감이 전혀 느껴지지 않는다. 수운은 혹시 단애가 아직 덜 업혀 발이 바닥에 붙었는가 하고 좌우를 둘러보았다. 그러나 분명하게 다리는 바닥에서 달랑 떨어져 자신의 양 허벅지에 와서 붙었는데 보릿단을 짊어진 것 같이 가벼웠다.

"혹시라도 무슨 일이 있으면 지체 말고 이야기하시오. 모습조차 보이지 않는데 가만있으면 내 모르니…."

말을 마친 수운이 천국교 다리 위로 올라섰다. 출렁대고 흔들리기라도 하면 무서워할 수도 있으나 다리는 미동도 없이 돌처럼 견고하다.

오랜 세월 천명을 다하여 살고, 천상의 기운을 그대로 머금은 고목을 어느 누가 다듬어 만들었는지, 바닥의 나무판은 미려한 결이 살아있는 듯 선명한데, 한낮의 빛줄기가 그 위에서 물방울처럼 아롱져 발자국이 질까 밟기조차 아까웠다.

타박타박, 수운이 내딛는 발자국소리만이 허공에 흩어지며 귓바퀴를 울리는데 단애는 눈을 꼭 감은 채 숨조차 크게 쉬지 못하였다. 자칫 숨을 크게 내쉬었다가는 그 무게에 다리가 끊겨 억만 길 나락으로 떨어질 것만 같아서이다.

어느 정도쯤 갔을까. 뒤에서 누가 부르기라도 했을까, 아니면 어떤 여운이 느껴졌을까. 수운이 발걸음을 멈추고 돌아섰다.

"저기를 한 번 보시오."

긴 동굴을 빠져나와 다다른 그 방죽 같던 곳, 그곳에서 시름없이 떨어지는 낙수가 은옥색 하얀 포말을 끝도 없이 풀어 내리며 연기처럼 안개처럼 떨어지는데 그 장관이 금이야 옥이야, 이다.

단애는 눈을 꼭 감고 뜨지 않았다. 내 두 다리로 걸어오는 것이나 이렇게 업혀 오는 것이나, 그게 그것일 것도 같은데, 업혀오니 이상하게 울렁거리던 속도 어느 정도 진정되고 팽이 돌아가듯 어지럽던 현기증도 숙지근해졌다.

그렇다고 눈을 뜰 수는 없다. 그랬다가는 언제 또다시 속이 거꾸로 뒤집힐지 모른다.

돌아서서 한참을 구경하던 수운이 포대를 추슬러 올렸다.

"제가 너무 무겁지요?"

업혀있는 단애는 가시방석이다.

"전혀 무겁지 않소, 괜찮으니 마음 쓰지 마시오."

빤히 잡힐 듯이 자리 잡은 정자는 그러나 걸어도, 걸어도 좀체 거리가 좁혀지지 않았다. 다리 하나만 걸쳐있는 허공의 길이라 더 멀게 느껴지는 것일 수도 있었다.

한낮을 다 소진하여, 해가 달구어진 숯처럼 주홍으로 물들어 서산에 걸쳤을 때, 수운과 단애는 정자에 닿았다.

천상이 아닌 다른 세상에서야 온갖 수목과 잡풀이 제 먼저 자리 잡고 뻗는 놈이 임자라, 무슨 조화도 없고 무질서하게 뒤섞여 우후죽순 어지러운 곳이라면, 천상은 수종이 적절히 섞여 나열되어 있고, 나뭇가지 하나라도 제멋대로 허투루 뻗어나 눈을 어지럽게 하는 일은 없었으며, 풀은 나무주위와 공간을 채색하는 용도로서 적소에 맞게 높낮이가 분명하고 배경과 조화를 이루었다. 그리하여 어디를 가더라도 그 정경이, 마치 여느 집 잘 꾸며진 정원처럼 정리정돈 된 느낌을 준다. 짙푸른 초원에는 소복소복 꽃대머리가 돋아나고 빨강·진보라·흰색·자주색, 각양의 꽃들이 무리를 지어 맵시 있는 자태를 드러내며 뽐내는데, 그 꽃들이 내뿜는 향기가 온 천상을 은은하게 적시었다.

천상은 모든 곳이, 구릉은 구릉대로 둔덕은 둔덕대로 아기자기한 풍경이고, 고산지대는 고산지대대로 눈을 황홀케 하는 광활·수려함이 펼쳐지니 그 어디에도 아름답지 않은 곳이 없었다.

다만, 산수경관 빼어난 곳에, 자연과 인간의 숨결을 서로 합쳐줄 건축물 하나 없는 것이 아쉬움이라면 아쉬움이고 흠이라면 흠이었다. 그런데 이 천국교 위에는 일정한 거리마다 휘영하니 자리한 정자가 하나도 아니고 무려 여덟아홉은 되어 보이는 것이다.

겹처마 웅장하게 육각지붕 단아하게, 공중에 둥실 떤 정자는 보는 눈을 휘황하게 하였는데, 본래 기둥과 도리, 서까래, 날아가게 조각한 공포에는 단청이 칠해져 있었던 것 같았으나, 오랜 세월의 풍상으로 빛이 바래 그저 점점이 흔적만 남았을 뿐이다. 유구한 세월동안 허공에서 맞불어오는 비바람에 견디어 낸 기둥과 부재들이 제 빛깔을 잃어버린 지 오래 되어 하얀 분칠을 해 놓은 것 같은데, 바싹 말라 결을 따라 터지고 갈라져, 바람이 심하게 불면

부러지고 허물어질 것도 같았으나 그런 일은 일어나지 않은 모양이었다.

정자는 둥글고 너른 나무판 공터 한가운데, 한 길이나 됨직한 미끈하고 중후한 주춧돌, 청강석 위에 지어져 있었다. 그 여섯 다리 위에 장엄하게 버티어 앉은 정자는 날아가게 호방한 모습이다. 정자마루로 올라가는 계단 역시 돌로 만들어져 있었는데 석양의 빛을 날카롭게 튀기며 차가운 기운을 내뿜었다.

아차!

정자가 자리한 마당에 단애를 내려놓을 때, 그때서야 수운은 한 가지가 생각났다.

"향천음."

이 허공에 과일 달린 나무가 있을 리 없다. 다리로 오르기 전에 미리 준비해 왔어야 했는데, 단애를 데리고 어떻게 건너갈까만 궁리하다가 깜빡 생각을 놓친 것이다.

'이 다리를 완전히 건너가려면 여덟 아흐레는 족히 걸릴 것 같은데… 하필이면 그걸 잊었단 말인가.'

단애는 정자로 오르는 축담 밑에 추운사람처럼, 두 팔을 껴안은 채 오도카니 앉아 있다. 지는 해가 뒷등을 비추어 쓸쓸하게 보인다.

"향천음을 챙겨오지 못했소. 지금 가서 구해 와야 할 것 같으니 저기 정자에 올라가 쉬고 있으시오."

아침 일찍부터 시작하여 종일을 걸어온 걸음이라 많이 온 거리였다. 갔다가 다시 온다면 빨라야 내일 새벽 무렵은 되어야 돌아올 수 있을 것이다. 수운은 마음이 급하다. 유유자적, 유람하듯이 가는 곳도 아니고 어떻게든 빨리 지나가야 하는 곳인데 서두르니 오히려 일이 꼬이고 만 셈이었다.

지평선으로 저녁놀이 일면서 계곡은 이미 어스름에 잠기고 있었다.

수운은 왔던 길로 급히 잰걸음을 놓았다. 뛰고는 싶었으나 기력이 많이 쇠잔해 있었다. 자투리 시간이라도 아끼기 위해 분지 어느 지점에 무엇이 있었던가, 혼자 생각에 잠기어 정신없이 걸어가고 있을 때였다.

"여보세요!"

뒤에서 부르는 소리가 들린다. 단애가 정자에서 바닥으로 급히 뛰어내려오고 있었다. 다급한 목소리여서 무슨 일인가하여 수운이 그 자리에 우뚝 섰다.

"왜 그러시오?"

"돌아오셔요."

단애가 두 팔을 들어 흔들며 돌아오라는 손짓을 했다. 주춤거리는 걸음을 옮기며 수운이 고개를 갸우뚱거렸다.

"무슨 일이지?"

생각을 해봐도 선뜻 어떤 것이 떠오르지 않는데

"정자에 음식이 차려져 있어요."

수운이 가까이 오기를 기다리던 단애가 말했다.

"음식이…? 거 참, 별일이오."

그 말을 듣고 고개를 들어보니 우뚝 솟은 정자마루에 희끗 무엇인가 보이는 것 같다. 의아한 일이었다. 지금껏 어느 곳에도 음식이 차려져 있는 경우는 없었다. 수운이 돌계단을 밟고 정자 마루에 올라섰다. 정자처마에 매달린 붉은 노을이 잿빛으로 변하면서 주위를 어둠속으로 몰아넣고 있었다.

아슴하게 어둠이 내린 상 위에는 앞뒤좌우 줄 맞추어 가지런하게, 도토리깍정이같이 생긴 작고 앙증맞은 은은한 백옥자기 종지들이 하나 가득 빼곡히 진설되어 있었다.

"일찍 정자로 올라가 보기를 잘 한 것 같소. 그렇지 않았다면 난 이 밤이 지나서야 돌아왔을 거요."

"…예."

"얼른 올라가서 같이 먹어봅시다. 맛은 어떤지?"

수운은 내심, 겸상으로 단애와 마주앉아 천상음식을 먹어보게 된 것에 잔뜩 기대가 부풀어 가슴까지 두근거렸다. 추파 정도는 아니더라도 정감어린 눈길을 주고받으며 한 끼 저녁을 먹고 나면 본 얼굴 또 보고, 금방 또 마주보면 쑥스러움도 좀 가시고 어쩐지 서먹했던 감정도 풀어질 것 같았다. 눈을 달고 사는 생명이야 보는 것이 정감의 시작이라, 그걸 엇비슷하게 보거나 뒤에 놓고 본다면 올바르게 보일 리 만무하다. 아무것도 없이 멀뚱하게 마주 서서 쳐다보라고 한다면 그것 또한 더없이 어색하겠지만, 마침 진수성찬 떡 벌어지게 차려진 상에 밝지도 어둡지도 않게 주위를 감싼 고즈넉한 정자에서, 그것도 이제 하늘에서는 별들이 총총히 돌아나 그렇지 않아도 고혹한 단애의 자태를 한껏 부풀려 줄 것인데 장단이 이보다 더 잘 맞을 수는 없었다.

수운이 올라오는 계단 맞은편 상면床面을 차지하고 앉았다.

"어서 올라오시오."

단애는 몹시 어려운 걸음으로 계단을 올라와 상머리에 마주앉기는 하였으나 손을 재워놓고 고개를 비스듬히 돌려, 상 위의 음식에는 눈길도 주지 않았다.

"어서 같이 먹읍시다."

정갈하게 차려진 음식상은 때가 늦어 배가 고파서인지, 우선 반짝반짝 윤이 나는 그릇 모양부터가 달착지근하게 군침이 돌게 만들었다. 수운이 배낭을 끌어다 옆에 놓고 수저를 꺼내 들었다.

"먼저 드셔요. 전 이따 먹을게요."

잔뜩 기대에 찬 수운의 손놀림이 나비가 날듯 가볍기만 한데, 단애는 마주앉아 먹을 마음이 없는 모양이었다. 수저를 꺼내어 손에 들고, 한손으로 막 그릇뚜껑을 열고 있던 수운이 그 소리에 그만 손이 뚜껑에 얼어붙고 말았다. 좋다말면 사람이 일시 정신이 나가는 것인지 수운이 한참을 멍하니 있다가 열었던 뚜껑을 도로 덮었다.

"그러면 나도 안 먹을 거요. 굶고 그냥 자지 뭐."

수운은 상 위에 수저를 엎어 놓은 채로 일어섰다. 배낭을 들고 한쪽 구석으로 가 침안을 꺼내어 자리를 펼 준비를 한다. 갑작스럽게 수운이 토라져 가버리자 단애는 오도 가도 못하고 상 앞에 붙박인 듯 앉아있었다. 그렇게 갔으면 조용히 자리를 펴고 자면 될 것을, 완력으로 다루면 절대로 펴지지 않는 침안을, 탁탁 힘을 주어 두들기는 것이었다.

"이게 왜 이래, 애를 먹이려고 작정을 했나…? 누구 환장하는 꼴을 봐야 펴질라나…."

큰 목소리로 위압감을 주는 말은 아니면서, 옆에 있는 사람이 뭔가 불편하도록 수운은 계속해서 구시렁거렸다. 불만 있다 이거였다.

이렇게 앉아만 있다가는 도저히 일이 해결될 기미가 보이지 않자 단애가 말문을 열었다.

"그럼, 같이 먹어요."

기어드는 소리로 승낙을 하자, 말이 끝나기가 무섭게 수운이 득달같이 다가왔다.

"이렇게 마주보고 앉아 먹으면 얼마나 좋소. 그렇잖아도 혼자 먹는 음식이 가시라도 달린 듯 목구멍에 걸려, 위로 넘어가는지 폐로 넘어가는지 모를 판인데 호강스럽게 상까지 차려져 있는 이런 날까지 그런다면 난들 기분이 좋겠소."

수운이 단애 배낭에서 수저를 꺼내어 손에 꼭 쥐어준다. 끝이 얇으면서도 갸름한 숟갈과 설목 가지로 만든 하얀 젓가락이다. 일 년 후에 만나보니, 단애는 제대로 된 숟갈도 없이 그저 뭉텅하게 어디 부러진 나뭇가지를 주워서 썼는지 숟갈이라고 하기보다 어디 호미 같이 생긴 것을, 그걸 숟갈이라고 들고 다니며 쓰고 있었

다. 수운이 만난 첫날 다른 것은 다 젖혀두고 당장 새로 만들어
준 수저이다.

"자, 먹읍시다."

수운이 손가락 끄트머리에나 겨우 잡히는 작은 뚜껑들을 하나
하나 걷어냈다. 뚜껑을 열자 우선 그 작은 그릇에서 배어나는 향
기가 뇌수를 마비시킬 만큼 강렬하다. 천상의 음식은 '향기의 음
식'이라 했다. 그만큼 향기가 진한 것이 좋은 맛을 낸다. 그릇에
담긴 음식의 색깔 또한 모두 달라 보는 눈을 감미롭게 한다. 그릇
자체가 무척이나 작고 앙증스럽다보니 그릇에 담긴 과즙 또한 양
이 적을 수밖에 없었다. 숟갈은 아예 종지에 들어가지도 않는다.

"숟갈로는 안 되겠소. 이걸 잡으시오."

수운이, 숟갈만 잡은 채로 멍하니 앉아있는 단애의 손에서 숟갈
을 빼내고 대신 젓가락을 쥐어준다. 젓가락 끝으로 겨우 찍어 먹
어야 할 형편이다.

속 깊은 진미에, 화사한 향기가 조화로운 음식은 지금껏 먹어본
중에 으뜸이었다. 입 안 가득 화한 기운은 아직 삼키지도 않았는
데 온몸 구석구석으로 향기가 먼저 스며들고 혀끝에 감기는 맛은
말로 형언할 수조차 없다.

그 많은 음식들, 종류도 가지가지고 그 맛도 돌아가면서 일품이
건만, 단애는 잔뜩 굳은 표정으로 제 앞쪽에 놓인 종지 몇 가지에
만 마지못해 젓가락으로 찍어 볼 뿐이다. 그렇다고 먹지도 않는다.

수운이 애가 타서

"이거 좀 먹어보시오."

하고 그릇을 들어다 앞쪽으로 놓아 주면, 단애는 서먹하니 몸을 옹그리며 아예 손을 상 위에서 내려버리는 것이었다. 이렇다보니 더는 무엇을 어찌 할 수 없었다.

"알았소. 내 쳐다보지도 않고 말도 하지 않을 테니 알아서 드시오."

그동안 혼자서 꿈꿔왔던 일들이 오늘에나 이루어지나 했다가, 끝내 오늘도 못 이루고 빈껍데기로만 남게 되었다.

하늘은 별빛 물결 굽이굽이 고운 수놓아, 정자바닥에 영롱함을 깔아놓았는데, 수운은 무심한 얼굴을 들어 그 하늘을 올려다본다. 갈기갈기 찢어진 심사 기워주려고 별빛은 저다지 고운가. 수운의 눈에 별이 차가운 얼음덩이 같이 보인다.

수운은 자신이 얼른 먹고 자리를 피해줄까 생각하다가, 처음으로 마주앉는 자리를 이대로는 떠나기가 싫어서

"이거 한 번 맛보시겠소?"

하고는, 가운데 있는 과즙을 젓가락에 찍어 단애의 입가로 가져다 주었다.

"맛있다고 더 달라고 해도 이것밖에 없소. 안 먹는다고 하면 내가 다 먹어 버릴 거요. 다음에 울고불고해도 소용없으니 줄 때 얼른 받아먹으시오."

어서 먹어. 허허.

이러면 딱 맞고 어울릴 일을, 수운은 얼굴이 간지러운 농까지 하

며 단애의 마음을 풀어주고자 애썼다. 참으로 이런 농담은 수운과는 어울리지 않아서 그 말을 해놓고도 자신은 속으로 부끄럽기 그지없다. 단애가 수운이 주는 젓가락을 손으로 붙잡았다.

"그냥 드셔요. 저는 제가 알아서 먹을게요."

눈에만 풍성했지 상 위의 음식이 보기와 달리 그 양이 얼마 되지는 않았다. 단애는 마주 앉은 자리가 어려워서 제대로 젓가락질도 못하고 있는데, 수운은 바쁘게 손을 놀리며 차려진 음식 대부분을, 종지바닥까지 긁어가며 모두 먹어 치웠다.

단애는 젓가락으로 자기 앞에 있는 두어 종지께만 맛을 보고, 그것이 이제 목구멍으로 좀 넘어가나 하고 있는데 싹 먹어치운 수운이

"어, 잘 먹었다."

하더니 뚜껑을 전부 척척 닫고는 상을 한쪽으로 밀쳐버리는 것이었다.

'이것 먹어라, 저것 먹어라 하던 그건 뭐였던고? 이 사람이 얼굴만 차갑게 생긴 것이 아니라 배려심도 없나 보다.'

속이 허해 허리가 접치는데 서러운 생각만 창자에서 쓴물처럼 돌았다.

상을 밀쳐놓았을 때는 깊은 한밤중이었다. 허공에 걸린 다리를 훑는 바람소리가 휘이잉, 괴이하게 들린다.

"이렇게 높이 있으니 꼭 신이 된 것 같소. 단애는 아니 그렇소?"

"…"

배가 고파 잠이 오질 않는데 혼자 다 먹고는 복장 터질 소리만 골라가며 하고 있었다.

천국교를 건너기 시작한지도 칠일이 지났고, 이제 이틀 정도만 더 가면 다리 길에서 벗어날 것 같다.

단애는 몹시 지쳤다. 수운의 등에 업혀 간다고 하나, 용이 쓰이기는 매한가지고 마음이 지치니 먹는 것조차 제대로 넘어가질 않았다. 얼굴은 핼쑥하니 반쪽이 됐고 어지럼증은 날이 갈수록 더하여 이제는 서 있기조차 힘들었다. 저녁이 되어 정자에 도착하자 끼니도 그른 채 바로 침안을 깔고는 드러누웠다.

"잠깐만 일어나 앉으시오. 몇 숟갈만이라도 먹읍시다."

수운이 맥없이 늘어진 단애를 안아 일으켰다. 단애는 눈뜰 기력조차 없어 눈을 감은 채 벽에 기대어 앉았다. 고개가 자꾸 앞으로 수그러진다. 그 고개를 따라 몸이 천길만길 아래로 끝없이 떨어지는 것 같다. 병색이 완연한 환자처럼 핏기 없이 푸석푸석한 몰골은 보는 수운의 마음을 아프게 했다.

"힘내시오, 이틀만 더 가면 다리 길은 끝날 것이오. 이제 이런 길은 나타나지 않겠지. 힘든 고비는 어지간히 지났으니 조금만 참읍시다. 그리고 우선 좀 먹읍시다. 먹어야 힘이 날 것이 아니오."

입을 벌릴 힘도 없어 수운이 턱을 벌리어 숟갈로 퍼 넣어준 것은, 삼키지를 못해 거의가 벌어진 입으로 쏟아져 나온다. 억지 억지로 두어 숟갈을 먹여 자리에 눕혔다.

"좀 자시오. 자고 나면 개운해질 거요."

수운이 단애의 손을 잡고 가만히 쓰다듬어 준다. 투박하기는 하지만 희고 투명했던 손이 누르께하게 변한 것이 몸이 얼마나 축이 났는지를 그대로 보여주고 있었다. 수운이 손을 잡고 있는데도 단애는 감각조차 느끼지 못하는지 아무런 반응이 없었다. 쌔액, 쌕 숨을 고르는 것이 바로 잠속으로 빠져든 모양이다.

수운은 돌계단을 걸어 정자를 내려왔다. 다리난간에 기대어 저물어가는 하늘을 보며 생각에 잠긴다. 수운도 어쩐지 오늘은 기분이 스산하고 우울하다.

'하루하루가 이렇게 고통스러워서야 천상이 좋다고 할 아무런 이유가 없지 않은가. 차라리 한 곳에 그냥 정착하고 살라는 것이 이보다는 낫지 않겠는가.'

이토록 높은 하늘 한가운데로 길이 이어져 있는 것이 무슨 담력 시험을 하는 것도 아니고, 일부러 골탕을 먹이려고 해놓은 길은 더더욱 아닐 것이었다.

'그럼 무엇 때문인가?'

손으로 턱을 받치고 생각에 잠긴 수운의 모습이 소년 같다. 도선은 천상에서 일어나는 어떤 일에 대해서도 의문을 갖지 말라고 했다. 모든 것을 그냥 보이는 그대로 받아들이면 된다고 했었다. 그러나 지금 이것을 '그냥'이라고 할 수는 없는 일이고, 의문을 갖고 싶지는 않지만 자꾸만 생각나게 만들었다.

수운이 고개를 떨어뜨린다.

'여기만 벗어나면 괜찮을 거야. 다른 사람들도 그런가? 그 사람

들도 단애처럼 두렵다고 하는가.'

　수운의 뇌리에 순간적으로 사무연 얼굴이 스쳐 지났다.

　'그 사람이라면 분명 단애처럼 저러지는 않으리라. 그들도 이런 곳을 가고 있을까?'

5. 운해

사무연은 소책이 향천음을 구해오기를 기다린다. 이곳은 연봉 능선을 따라가는 지대가 높은 곳이다. 새벽잠이 없어 일찍 일어나는 소책은 벌써 일어나 나가고 보이지 않는다.

"어디로 갔을까?"

궁금해진 사무연이 바위 끝자락에 서서 계곡을 내려다본다. 푸릇한 냄새가 새벽 공기에 섞여 싱그럽게 떠다닌다. 소책이 오늘따라 유달리 늦어, 골짜기 밑바닥에 고였던 아침안개마저 햇살에 떠밀려 어디론가 사라지고, 중천에 다다른 해가 정수리로 쨍쨍하게 내리꽂일 때였다.

그렇게 한정 없이 기다려 사무연이 배가 고파 딱 엎어질 때가 됐을 때, 소책이 모습을 나타냈다. 그런데 그 모습이 가관이었다. 무슨 양의가 머리에 꽃을 호화롭게 엮은 화관을 쓰고, 손목에는 풀을 엮어 만든 팔찌를 끼고, 허리에도 꽃단장을 하여 괴상망측, 요란한 모습을 하고서 언덕을 넘어왔다. 여봐란 듯이.

"나도 오늘 이후부터는 들애요, 연약하기 짝이 없으니 날 부려 먹을 생각일랑 마시오."

앉기가 무섭게 다짜고짜 엄포부터 놓았다. 음성을 착 내리간 그 모습은 사뭇 비장하기까지 하였는데, 꽃으로 치장한 어울리지 않는 결연함. 그런 것이었다.

사무연은, 소책이 아침으로 꺼내놓은 과일에 쉬 손이 가질 않아 바라만 보고 있다. 먹는다고 죽지는 않겠지만, 어디 순 먹지도 못할 길거리 아무데나 늘려있는, 풋 냄새가 풀풀 나는 나부랭이 과일을 따온 것이다. 그것도 엄청나게 많이. 과일에도 등급이 있고 색다른 먹거리, 착착 입에 감기는 맛을 알아가는 것이 천상 기쁨 중 하나인데 그걸 싹 무시한 것이다.

"왜 안 먹습니까?"

뚱한 말투로 소책이 물었다.

"지금 이걸 먹으라고 따 온 건가요?"

"당연히 먹으라고 따온 겁니다. 쳐다보라고 가져온 것은 아니니 보지만 말고 양껏 드시지요."

비꼬는 말투 끝에 쓱 하나를 손에 집더니, 권하듯 팔을 치켜들어 턱밑에서 흔들었다.

"어서 이걸 드시오."

소책이 팔을 흔들 때마다 일그러진 사무연의 고개가 함께 흔들린다.

사무연은 소책을 만난 이후 단 하루도 음식을 구해오지 않았다. 아침에 늦게 일어나고, 비슷하게 일어났을 때는 침안을 갠다고 계속 미적거리면 성질 급한 소책이 제풀에 나가 떨어져 구해 오는 것이다. 돌아와 보면 그렇게 꾸무럭대며 개켜놓은 침안이라는 것도 그랬다. 하루에 할 일이라는 것이 아침에 침안 개고 저녁에 침안 까는 것이 천상에서 유일하게 하는 일인데, 공기를 쏙쏙 빼서 착착 접어 보기 좋게 배낭에 넣으면 좀 좋은가. 이건 대충 꾹꾹 눌러서 바람이 빠지다 만 것을 대강 둘둘 말아 붐한 것을 배낭에 집어넣는다고 하니 그 큰 것이 들어가기를 하는가. 안 들어간다고 그걸 또 억지고 밀어 넣는다고 낑낑거리는 것을 옆에서 보고 있으면 답답하기도 하고 한심스럽기도 하였다. 사람이 하나를 보면 열을 안다고, 들애답게 무엇이든 꼼꼼하고 하는 양이 부드럽고 어여쁘게 보여야 하는데 이건 완전 개념이 없는 사람처럼 보이는 경우가 한둘이 아니었다.

않느니 죽지.

일부러 보이지 않는 저 멀리까지 가서 돌아다니며 혼자 잘 먹고 입 싹 닦고 돌아올 수도 있었지만, 그러기는 차마 무엇하고, 달랑 자기 것만 가져와 오물오물 먹는 것도 체면이 구겨지는 일이라 어쩔 수 없이 사무연 것도 함께 가져오는데, 갖다 주기만 하면 사무연은 전혀 미안해하는 구석 없이 당당하게 마주앉아 먹었다. 얼굴색 한 번 변하지 않고. 당연하다는 듯이.

그것까지는 좋은데, 까짓 것, 뭐 그럴 수도 있지. 그런데 문제는 "어머, 이 향천음은 맛이 왜 이래요. 별로 맛이 없어. 새로 구해

오면 안 돼요?"

남세스러운 줄도 모르고, 실컷 고생해서 가져온 사람 무안하게 나오는 대로 지껄였다. 못 들은 척하고 가만히 앉아있으면 손으로 소책의 무릎을 툭툭 치며

"다른 것 좀 찾아봐요."

대놓고 종 부리듯 하는 것이다. 그 말을 듣고도 또 끙, 앉아 있으면 아침 내내 투덜거렸다. 새로 구해 올 때까지.

"먹기 싫으면 관둬요."

소책이 내밀었던 손을 도로 거두었다.

"뭐든 정성인 법입니다. 설사 맛이 없다하더라도 따 온 사람 성의를 생각해서 맛있게 먹어주는 것이 예의일 겁니다. 사려나 배려가 없는 사람은 혹 정성이 뭔지 모를 수도 있긴 있을 겁니다만."

소책이 눈에 모를 세우고 일부러 냉랭하게 쏘아붙인 말에 사무연이 심기가 상했는지 팽 돌아앉았다. 꾸르륵, 빈속에서 물 흘러가는 소리가 나는데도 그래도 사무연은 입을 앙 다물고 세운 무릎을 깍지 끼고 앉아 무슨 생각인가를 한다.

'이게 무슨 뜻하는 바가 있지.'

소책이 오늘 아침 팔불출 꼴을 하고 송곳으로 찌르는 이유는 의도하는 바가 있어서다. 툭탁툭탁하다가 사무연이 탁 토라져 마침내,

"그래요, 내일부터 내건 내가 할 게요."

하고 기분 좋게 오늘 아침 결론을 내는 일이었다. 거기까지 가는

과정의 첫걸음을 막 뗀 상태이다. 그런데 지금쯤은 무어라고 투덜투덜 할 때가 되었는데 어쩐 일로 사무연이 조용히 앉아있다.

소책이 가만히 눈알을 굴려 사무연의 눈치를 살폈다. 자칫 일이 어그러지기라도 하면 혼자서 또다시 끙끙 앓고 계속 마음고생을 이어갈 것이 뻔했다.

'남이 화를 내기만을 기다리고 있다니….'

소책은 은근히 그런 자신에게 화가 난다.

"사실… 이러이러한 것이 못마땅합니다. 앞으로는 이렇게 하십시오."

하고 딱 부러지게 말하지 못하는 자신한테 은근히 부아가 치미는 것이다. 사무연이야 무던한 소책이 좋긴 하겠지만, 소책 자신은 지금 대단한 인고의 시간을 보내고 있는 것이다. 그런 내면을 티끌만큼이라도 알아주면 그것만큼 고마운 일이 없겠으나 현재 사무연이 하는 짓으로 봐서 그것을 바란다는 것은 우물에서 숭늉을 찾는 격이었다.

사무연이 묵묵부답, 꿀 먹은 벙어리마냥 대꾸조차 않고 가만히 앉아있으니, 혼자 무어라고 더 떠들 수도 없어 소책도 무단히 도리 없이 되고 말았다.

'이러다 계획이 빗나가게 되는 것은 아닌지 모르겠다.'

슬슬 조바심이 났다. 힘들여 준비한 보람도 없이 일이 계획대로 추진되지 않아, 소책이 이리저리 다음 일을 궁리하고 있었다. 서먹하게 마주앉아 있기도 무엇하여, 일단은 떠나자는 생각이 들어 자리 걷고 막 떠날 참인데 그때, 아침에 걷혀 사라졌던 안개가 저 밑에서부터 위로 천지를 덮으며 자욱하게 밀려올라오고 있었다. 안개는 빠르게 산을 잠식하며 순식간에 밀고 올라왔다.

"저 안개에 갇히면 운신하기도 힘들겠다."

하고 수운이 중얼거렸는데, 안개는 두 사람을 덮고 더 위쪽으로 계속 올라갔다. 분무 같은 가랑비가 섞인 짙은 안개였다. 두어 걸음 앞이나 겨우 보일 정도로 안개가 짙었다.

"어떻게요, 가요 말아요?"

앞에 서 있던 사무연이 물었다. 무단하게 사람 심기를 꼬아놓아 사무연도 잔뜩 기분이 찌푸려져 있다.

"가야죠, 가다보면 안개가 걷힐지도 몰라요."

소책은 마음도 답답한데다 안개까지 끼여 이곳에 더 있고 싶지가 않다. 안개 속을 헤치며 가랑비에 젖은 축축한 길을 더듬다시피 하며 걸어갔다.

안개가 해를 가려져서인지 시간이 지날수록 기온이 써늘하게 식어갔다. 목과 손, 얼굴에 얼음을 댄 것 같은 차가움이 느껴졌다. 하얀 백지 같은 세상을 한참 헤치고 가는데, 자욱하게 흩어져 있던 안개가 위로 모두 몰려올라가 자신들이 서 있는 밑쪽으로는 이제 말짱해졌는데, 다만 머리 위에 지붕처럼 떠 있는 운무 때문에 그 안개 지역을 투과한 햇빛의 그림자가 이곳을 달빛에 젖은 세상처럼 부윰하게 보이게 한다. 위로 몰려올라간 안개는 쟁반처럼 편평하게 하늘을 덮고 있다.

"이런 경우는 처음 봐요."

사무연이 신기한 듯 위를 올려다본다. 그것은 어떤 신비감마저 준다.

"그러게요. 안개가 형체를 만들어 움직이지도 않는 경우는 처음 이네요."

고르고 조밀하게 압축한 듯이 한데 뭉쳐 천정을 형성하여, 그 상태에서 단단하게 굳어버렸는지 움직이지도 않는다. 여기서는 안개가 지어놓은 천정이 높지만 산을 따라 조금만 더 올라가면 그곳에 닿을 수 있었다. 천정은 대패로 깎은 듯이 말끔하고 반들반들하게 빛이 났다.

그저 하나의 자연현상일 뿐이지 입이 떡 벌어지게 대단한 무엇은 아니어서 이런 일도 있나보다 하고만 느끼고 둘은 길을 떠났다.

운무 밑에 있는 작은 언덕마루에 올라서다 소책이 고개를 갸우뚱하면서 가던 걸음을 멈추었다.

"무슨 소리 들리지 않아요?"

소책의 귀에 약하게 윙윙 울리는 무슨 소리가 들린다.

"무슨 소리요? 난 못 들었는데…."

"자세히 들어봐요, 무슨 소리가 나요."

소책은 눈을 가느스름하게 뜨고 운해 천장 쪽을 바라봤다.

고요한 정적을 밀어내며 어디선가 웅웅 울리는 소리가 연속적으로 들린다. 그것은 소리라기보다는 음률인데 머리 위 운해 위에서 나는 것이 분명했다. 참 이상한 일이라 둘이서 마주보고 고개를 갸웃거렸다.

"이 소리가 무슨 소리에요?"

긴장된 낯빛으로 사무연이 물었다. 언제나 조용하기만 한 천상, 내가 소리를 내지 않으면 소리라곤 오직 자연이 내는 소리, 그 이외에는 달리 어떤 소리도 들은 일이 없는 세상에서 이건 분명 처음 듣는 특별한 소리였다. 그런데도 그 소리가 이상하거나 귀 설게 들리지는 않았다. 소책이 귀를 발딱 세우고 소리가 나는 천정을 뚫어져라 쳐다봤다.

"이상한 일이네, 위에 뭐가 있는가?"

끊어질 듯 이어지고 사라졌다가 다시 들리는 소리는 그러나 아무리 고갯짓으로 알아보려고 해도 안개 때문에 감을 잡기 어려웠다.

"소책! 어서 와 봐요."

언제 갔었는지 운해와 접한 축담 쪽에서 내려오며 사무연이 들뜬 목소리를 죽이며 부른다.

"무슨 소리입니까? 이 소리가."

무엇인가 알아낸 것 같은 표정으로 내려오는 사무연을 보고 소책이 물었다.

"위에 뭐가 있어요."

발소리까지 죽여 가며 조심조심 다가온 사무연이 귓속말을 하고는 손가락으로 얼음장같이 드리워진 운해 위를 쿡쿡 찌르며 가리켰다.

"뭐요?"

소책이 저도 모르게 큰소리가 툭 튀어나왔는데 사무연이 얼른 손가락을 입에 대며 조용히 하라는 시늉을 한다. 무척이나 조심스러운 눈치다.

"어서 와 봐요."

사무연이 소책의 손목을 잡고 축담같이 생긴 계단으로 끌고 갔다. 운해는 생각보다 상당히 두껍다. 계단입구에서 올려다보니 동그랗게 뚫린 부분으로 파란 하늘이 보인다. 그 하늘이 보이는 곳까지 얼음으로 빚어놓은 계단이 놓여 있다. 밑에서는 곤충 날갯짓 소리로 웅웅거리며 들리던 소리가 점차 커지며, 한데 뭉쳐 구분이 어렵던 소리들이, 저마다의 음색으로 구분이 또렷해졌다. 쿵쿵쿵 울리는 타악기소리와 현이 떨리는 소리가 조합된 음률이 귓전을 감고 돈다.

위쪽으로 올라갈수록 우선 서늘한 기운이 몸 주위를 감쌌다.

한 발자국 앞서 걸어가던 사무연이 걸음을 늦추더니, 조심스러운 몸짓으로 운해위로 얼굴을 내밀고는 두리번거린다. 그러더니 잠시 후, 몸을 움츠려 돌린 다음 소책에게 의미심장한 미소를 보냈다. 소책은 사무연의 야릇한 표정으로 미루어 상상해 보건대, 위에 무언가 생각지도 못한 거창한 것이 펼쳐져 있는 것이 분명한 것 같다. 그것이 어떤 것이던 간에 기대는 항상 가슴을 설레게 한다. 소책의 심장이 점점 진동을 빨리했다.

"나도 좀 봅시다."

소책이 앞을 가로막고 있는 사무연의 옆구리를 툭 밀쳤다.

"조심해서 봐요. 들키면 안 되니까."

들키면 안 된다고?

소책이 운해 밖으로 얼굴을 내밀자, 우선 끝 간 데를 알 수 없는 거울같이 빛나는 평평한 바닥이 시야에 들어온다. 암반같이 펼쳐진 안개가 낮은 기온에 얼어붙은 표면은 광택으로 빛나고 바닥은 햇볕을 반사시켜 눈을 아프게 했다. 윤이 나도록 반지르르하고 매끈하기가 무엇인가 그 위에 올려놓기만 하면 저 혼자서도 빙글빙글 한없이 미끄러져 돌아다닐 것만 같다.

저 멀리 푸른 동산같이 운해사이로 볼록볼록 튀어나와 바다의 섬처럼 보이는 것은 분명 연봉의 봉우리들이리라.

그렇게 아득히 넓은 그곳에, 저쪽 한 중앙에 일점으로 모여 있는 것이 있었으니, 언뜻 보면 그 형체들은 눈에도 잘 띄지 않고 분간도 제대로 할 수 없었다.

하얀 형체.

흰 운해 위에 모두 흰색으로 한결같은 복색을 하여 얼핏 보면 분간도 하기 어려운데, 그들은 서로 비스듬히 마주서서 각자의 악기를 연주하고 있었다.

네댓 개 되는 폭이 좁고 길이가 긴 북 같은 것을 앞에다 일렬로 모아놓고 두드리는 사람과, 사람 키만큼의 큰 악기를 바닥에서 키로 세워 기다란 활로 켜는 사람과, 나머지 두 사람은 몸통이 둥그렇고 현으로 이루어진 작은 악기를 가슴에다 안은 채 손가락으로 줄을 퉁기고 있었다. 음향이 서로 조화를 이루어 허공에서 파고를 일으키며 감미롭게 퍼지는 음률은 경쾌했다. 팔을 흔들면서 빠르게 걷는 걸음처럼 일정한 리듬으로 딱딱 끊어지기도 하고, 또 어떤 때는 회오리바람에 휩싸인 낙엽처럼 선율이 허공을 빠르게 오르내려 귀를 쫑긋 세우고 두근거리는 가슴으로, 가슴 조이게 듣도록 만들기도 하고, 때로는 옆으로 게걸음을 치며 아득히 멀어지는 선율로 들리기도 했다. 향기로운 음악은 무지개 햇살 속에서 서로 섞이고 조화되어 운해 위에 화려한 너울을 일으키며 멀리멀리 퍼져나갔다. 그들은 무척 신이 난 듯 고개와 어깨를 들썩이며 연주에 몰입하고 있었는데, 소책과 사무연이 운해 위로 얼굴을 내밀고 구경을 하고 있는 것을 아직 알지 못한 것 같았다. 까치발을 짚고 조심조심 사무연이 운해 위로 올라섰다. 흰옷을 입은 사무연은 빙판과 어울려 별로 티가 나지 않는다. 네 형상은 아직도 연주에 열중하고 있었다.

사무연이 한 손을 엉덩이 뒤로 젖혀 소책더러 따라 올라오라는 손짓을 보내자, 소책이 허리를 숙이고 자세를 낮추어 사무연이 서 있는 쪽으로 올라갔다. 밑에서는 별로 느끼지 못했던 추위가 막상 운해위로 올라오자 더욱 서늘하게 몸을 감싼다. 빙판 위에 두 발을 디딘 소책이 사무연 옆에 막 서려던 찰나인데, 뒤미처 불어온 바람이 두 사람을 스쳐 지나며 펄럭 옷을 깃발처럼 나부끼게 했다. 소책과 사무연이 황급히 떨리는 옷자락을 부여잡았다.

그 소리가 바람결을 따라 그들이 있는 곳까지 날아갔을까.

이쪽을 정면으로 대하고 서 있던 가운데 사람이, 순간 시선을 들고 두 사람을 쳐다보았다. 거리가 멀어서 자세한 얼굴 형상은 알아볼 수 없었다. 눈길이 마주친 그가 흠칫 놀라나 싶더니, 양옆의 다른 사람들에게 턱짓으로 소책과 사무연이 있는 쪽을 가리켰다. 예상치 못한 그들의 돌발적인 행동에 소책과 사무연이 같이 놀라 우뚝, 통나무처럼 자리에 얼어붙었다.

넷이 동시에 이쪽으로 얼굴을 돌리는 순간, 사무연과 소책은 그들을 맞바라보지 못하고 얼른 시선을 빗겨 다른 곳으로 눈길을 옮겼다. 그리고 아주 잠깐 사이 고개를 돌려 다시 중앙을 바라보았을 때, 넷은 이미 자신들의 악기를 들고 빠른 걸음으로, 황급히 빙판을 가로질러 사라지고 있을 때였다. 실로 눈 깜짝할 사이에 일어난 일이었다.

"그들이 갔어요. 왜일까요?"

"나도 모르겠어요. 우리를 발견하고는 도망치듯 갔으니 알 수가 있어야죠."

"아! 아쉬워요. 음악이 너무 신났단 말이에요."

사무연은 서운함을 감추지 못했다. 소책은 모양새도 이상한 그들이 갑자기 나타난 것에, 내색은 않았지만 상당히 불안해하고 있는데, 사무연은 그런 생각은 애당초 없었는지 음악을 하던 그들이 사라진 것만을 아쉬워하고 있었다. 담이 큰 것인지 생각이 모자라는 것인지 얼른 분간이 되지 않는다. 소책은 뭔가 찜찜하니 뒤통수가 당기는 것이 어쩐지 기분이 개운치 않다.

"그들도 갔으니 우리도 이제 떠납시다."

하고는 서둘러 운해 밑으로 내려오다가, 사무연이 따라오는 기척이 없어 돌아보니, 그네는 돌아서기가 못내 서운했던지 선 자리에서 두 발을 동동 구르며 안타까워하고 있는 것이었다. 마치 사모하는 임이 눈길도 안주고 휙 지나간 일을 당한 것같이.

"얼른 갑시다."

소책이 한 번 더 채근을 하였다. 그랬는데 사무연이 샐쭉한 얼굴로 돌아보더니

"혼자 가세요. 저는 좀 기다려봤다가 그들이 나타나면 음악을 더 듣고 싶어요."

정색을 하며 말을 받았다. 소책이 새삼스러운 눈으로 사무연을 바라봤다. 아기자기하고 세심한 면은 없는 사람 같은데 어쩐 일로 음악에 대해 대단한 흥미를 가진 사람처럼 행동하기 때문이었다.

"나 참, 별일이네. 선머슴 같은 사람이 어디에 그런 음악적 조예가 숨어있었는지 알다가도 모르겠네. 소리라고는 그저 쇳소리만 쉭쉭 내는 사람인 줄 알았더니…"

혼자 가라는 말에 기분이 틀어져 소책이 퉁퉁 불은 말을 꺼내놓았다. 그러나 사무연은 그런 소책의 말에 눈을 한 번 흘리고는 관심도 없다는 듯 고개를 돌려 그들이 연주를 하며 서 있던 곳으로 시선을 못 박았다. 그리곤 미동도 없다.

"그럼, 나 혼자 가도 후회하지 않을 겁니까?"

"후회요? 그런 것 안 해요. 걱정하지 말고 떠나세요."

사무연은 새침하게 전혀 문제가 없다는 투로 대답했다.

맑게 갠 날 한낮에 느닷없이 없던 운해가 생기고, 그것이 빙판처럼 얼고, 그 위에서 음악을 연주하는 사람인지 환영인지가 부지불식간에 나타나고, 그것에 미련을 못 버리고 갈 테면 혼자 가라는 사무연의 정 없는 소리에 소책은 그만 기분이 엉망이 되어버렸다.

"에이."

소책은 누구에게랄 것도 없이 한마디를 내뱉고는 혼자 골짜기 밑으로 내려간다. 기분이 좋지 않을 때는 찬물에 세수를 하는 버릇이 소책에게는 있었다. 아무리 언짢은 일이 있어도 찬물에 얼굴을 담그고 나면 언제 그랬냐는 듯 기분이 산뜻하게 돌아왔다. 소책은 개울가 바위에 앉아 허옇게 하늘을 가려놓은 천정을 올려다본다. 어찌 보면 오늘 아침 큰 맘 먹고 실행에 옮긴 작전마저도 이 운해가 망쳐버린 것이나 마찬가지였다.

"하필 오늘 이런 일이 생기는가."

한 사람은 서운하다고 운해 위에서 기다리고, 또 한사람은 차마 혼자 떠나질 못해 밑에서 애꿎은 시간만 보내고 있는데, 날이 다 저물고도 더 이상 별다른 일은 일어나지 않았다.

어둑어둑해져서야 소책은 골짜기 계곡에서 올라왔다.

"뭘 그리 생각하십니까?"

소책이 사무연 침안을 찾았다. 밤이 되어서도 풀리지 않는 운해가 별빛마저 막아버려 사위는 희미하기만 한데 은은한 빛을 머금은 침안만이 홀로 어둠속에서 빛을 발한다. 옆으로 돌아누운 채 팔을 겹쳐 베고 사무연은 무언가를 골똘히 생각하고 있는 중이었다.

"아무것도… 그들이 누굴까요? 영영 가버리진 않았겠죠?"

자리에서 발딱 일어나 앉으며 말하는 투가, 지금껏 그 생각만 하고 있었던 모양이다.

"다시 나타나면 구경하면 될 테고, 나타나지 않으면 떠나면 될 일을 그것 때문에 골몰을 합니까."

사람마다 저 좋아하는 것이 다르니 그런 것을 두고 무어라 말할 형편은 아니지만, 시끄럽게 쿵쾅거리는 소리를 좋아하지 않는 소책으로서는 그런 일로 고심을 하는 사무연을 이해할 수 없었다. 시간이 지날수록 주위는 어둠에 짓눌려 숨이 멎을 것 같은데 하늘이 덮이어 그런지 고요함은 더욱 깊다.

다음날 새벽.

기상나팔소리라도 되듯 운해 위에서 또 다시 소리가 울렸다. 어제는 둥글둥글 뭉친 소리로 들렸으나 그것이 음악이라는 사실을 알고 난 오늘 아침에는 경쾌하면서도 신바람 나는 소리로 들린다.

어제와는 달리 오늘 아침에는 소책도 음악소리에 몸이 리듬을 타며 절로 흥겨움을 느낀다. 운해 위에서 들여오는 소리는 가슴 속에서 신명을 끄집어내어 표출시키는 묘약 같은 마술이 있었다.

어찌 보면 여러 잡다한 소리, 그런 소리를 한데 뭉쳐놓은 것에 불과한데, 가슴 저 밑에서 뭔가 벅차고 짜릿한 느낌이 솟구쳐 올랐다. 그리고 기분이 황홀해졌다. 사무연 때문에 본이 아니게 발이 묶이게 되었으나, 지금 생각해보니 떠나지 않고 기다린 것이 잘 된 일이다 싶어진다. 시끄럽고 소란스러운 것을 좋아하지는 않지만 경험적으로 한 번 맛본다는 생각을 하자 소책도 흥미가 끌렸다.

소책은 지금 상태로도 만족이다. 그가 자리에서 일어나 앉은 채 하늘에서 전해지는 천상의 음악을 감상하고 있을 때, 사무연은 두둥 소리가 나기 무섭게 허겁지겁 자리에서 일어나 혼자서 축담을 향해 부리나케 뛰어갔다.

운해 밖으로 얼굴을 내밀쯤에는 긴장이 되었다. 혹시라도 눈이 마주치지나 않을까, 어제처럼 자신을 알아보고 달아나지나 않을까 걱정이 된다. 조심스럽게 운해 밖으로 얼굴을 내밀었다.

눈만 빠끔히 내밀고 둘러보니, 어제 바로 꼭 그 장소에서 똑같이 넷이 모여 어제처럼 서로 비스듬히 마주 선 채 연주를 하고 있다. 아마도 연주를 할 때는 항상 그 대형으로 하는 것 같았다. 사무연이 조금씩 몸을 운해 밖으로 끄집어냈다. 이렇게 머리만 내놓고 있으니 꼭 훔쳐보는 것 같은 생각이 들어 움츠러들고, 그러다보니 실감이 제대로 나지 않는다.

다행히 그들은 사무연이 있는 쪽으로는 쳐다보지 않고 연주에만 열중했다. 아름다운 음악의 선율만큼이나 그들의 악기 다루는 솜씨는 멀리서 봐도 가히 신의 경지라 할 만큼 우아하면서도 화려했다. 제비가 수면을 차고 오를 때처럼 그들의 동작은 부드럽고도 날렵하다.

맑고 감미로운 음색에 취하여 사무연은 눈을 감고 음악에 몰입

한다. 이 아름다운 선율이 영원히 자신 곁에 머물렀으면 싶다. 어쩐지 음악의 리듬이 자신의 품격을 한껏 높여주는 것 같기도 하다. 가슴이 백합처럼 활짝 피어나는 것 같아 눈을 감고 한참을 심취해있던 사무연이 다시 눈을 떴을 때, 연주를 하던 가운데 사람이 그네가 있는 쪽으로 고개를 돌렸다. 눈길이 분명 스쳐지나갔는데도 사무연을 못 본 것인지 아니면 보고도 신경 쓰지 않고 지나치는지, 그저 덤덤히 연주를 계속했다.

뜀박질로 팔랑거리며 운해 위로 올라간 사무연이 한참이나 지났는데도 내려오지 않자, 궁금증이 발동한 소책이 계단을 올라갔다. 운해 밖으로 고개를 내밀어보니 사무연은 서 있는 것이 힘이 들었는지 쪼그려 앉아 음악을 듣고 있었고, 네 사람이 어제의 장소에서 연주를 하고 있는 것이 보인다. 소책이 올라온 것을 낌새 채고 돌아보더니 사무연이 자리에서 일어났다. 화음을 이룬 그들의 연주가 폭포수 세찬 물줄기같이 절정을 치닫고 있다. 커다란 재를 거침없이 치고 올라가던 웅장하고 강렬한 화음은 고갯마루에서 잠깐 쉬었다가, 졸졸졸 시냇물소리로 천천히 여운을 끌며 내려올 때였다.

흘낏, 이번엔 다른 사람이 이쪽을 돌아보았다. 그 역시 한 번 고개를 돌아다만 봤을 뿐, 또 다시 태연히 연주에 몰두했다. 사무연은 그들이 어느 정도 자신들에 대한 경계를 풀었다는 확신이 들었다. 그리고 그 생각이 든 순간 욕심이 난다.

"좀 더 가까이 가 봐요."

현란하게 움직이는 그들의 악기 다루는 솜씨와 좀 더 생동감 있는 음을 듣기 위해, 사무연는 그들이 눈치 채지 못하도록 발을 바닥에 대고 끌며 아주 조금씩 앞으로 나아갔다. 그렇게 움직여 사무연이 저만큼 앞쪽으로 갔을 때, 뒤에 멀찍이 처진 소책이 등허리를 숙인 자세로 살금살금 걸음을 옮겨 사무연 뒤쪽으로 다가서서 막 자리를 잡으려는데, 그때 처음 이쪽을 쳐다봤던 가운데 선 사람이 다시 시선을 들어 쳐다보더니 이번에는 연주를 멈추었다. 한사람이 연주를 멈추자 나머지도 따라 동작을 멈추었다.

들킨 것을 깨닫자 사무연의 얼굴이 실망의 빛으로 일그러진다.

"제발."

안타까운 마음으로 사무연은 동정을 살폈다.

넷은 손을 멈추고 서로 얼굴을 마주보았다. 그리고 어제처럼 또 다시 서로 눈짓을 교환하더니 악기를 챙겨 쏜살같이 운해 밖으로 미끄러지듯 사라졌다.

"봤어요?"

"보다니, 뭘 말입니까?"

걸음을 조심한다고 바닥에서 눈을 떼지도 못했던 소책은 아무것도 보지 못했다.

"사람이 아니에요."

"사람이 아니라니, 그럼 귀신이란 말입니까."

"분명 사람은 아니에요. 얼굴 전체를 천으로 가렸나 했었는데 그 자체가 얼굴이었어요. 사람의 형체만 했지, 얼굴엔 아무것도 없었어요. 환영 같았어요."

"환영?"

"그리고 그들이 사라질 때, 사람이면 발이 이렇게 움직이는 것이 보여야 할 것 아니에요. 그런데 그들은 마치 바람에 날리듯 발이 보이지 않는 상태로 사라졌어요."

그 소리에 소책은 자신도 모르게 등줄기가 서늘해지더니 머리가 쭈뼛 섰다.

"이제 그만 갑시다. 이틀이나 머물렀는데."

사무연은 들은 척도 않았다.

"우중충하게 먹구름 낀 것 같이 어둡고 써늘해서, 난 영 기분이 안 좋네."

그 말을 했을 때야 사무연이 돌아보았다.

"혹시 그들이 사람이 아니라 환영이라서 무서워하는 건 아닌가요?"

살짝 흘겨보며 당돌하게 말했다.

"무섭기는 뭐, 무서울 거야 없지만…"

소책이 서둘러 궁색하게 둘러대는데

"이틀만 있다 가요. 더 이상은 있자고 안 할 게요. 그럼 됐죠?"

소책은 체증이 쑥 내려가는 것 같다. 언제까지고 안 가겠다고 버팅기면 어떻게 설득을 해야 하나 고심하고 있었는데 사무연이 깨끗하게 결론을 내 준 것이었다. 확답을 받고나니 마음이 느긋해진다.

다음 날.

이날은 소책도 서둘러 준비하여 나왔다. 같이 빙판 위로 올라가자고 어제 저녁 사무연에게 귀띔을 해 놓은 상태였다. 소책이 같이 가자고 한 것은 그들을 좀 더 자세히 보기 위해서였다. 정말 환영인지 사람인지 또 다른 무엇인지. 이 천상에 자신들 말고 또 어떤 존재가 있다는 건 예사의 일은 아닌 것이다. 아무 곳에서나 예고도 없이 불쑥불쑥 나타난다면 신경이 쓰이는 요소가 될 수밖에 없었다. 반복적인 음은 중독성이 있는지 이틀 동안 들은 음은 이제 자연스럽게 몸의 리듬과 합치를 이루었다. 소리에 눈을 떴다고나 할까.

이른 아침부터 들려오는 음악소리에 몸이 선율을 먼저 알아듣고 자신도 모르게 어깨가 건들건들 춤을 춘다. 어제와 같이, 그리고 그저께와 같이 그들은 오늘도 똑같은 장소에서 음악을 연주했다. 섬세하고도 미려한 선율을 만들어내는 그들의 현란한 몸짓은 쳐다보고 있으면 넋을 잃을 정도이다.

팔짱을 끼고 소책 옆에 선 사무연이 흥겨움으로 달아오른 몸을 주체하지 못하고 무릎을 까닥이며 몸을 좌우로 흔들어댄다. 그러나 옆에 선 소책은 눈을 부릅뜨고 자세히 그들을 응시했다. 어젯밤에는 생각을 너무 많이 해서인지 그들의 모습이 도깨비같이 험상궂게 그려지기도 하더니 오늘 자세히 보니 그렇지는 않고 유순해보이면서도 일면 친근하게 느껴졌다.

그들이 빚어내는 선율의 조화. 형체도 없는 그것이 혈관을 팽창

시키며 신명을 끌어올린다.

"우리 춤 춰요."

사무연이 신명을 주체할 수 없는지 음악에 맞춰 빙글빙글 빙판 위를 돌며 춤을 춘다. 세상에는 외면의 세계와 내면의 세계가 있다. 외면의 세계는 내가 지어내지 못하고 저절로 만들어지고 어우러진 것에 내 마음이 흡족해하는 것이라면, 내면의 세계는 자신이 자신의 세계를 만들고 거기에 빠져드는 것이다. 유형과 무형의 세계가 서로 나뉘어져 있지만 어느 세계가 더 큰 기쁨을 준다고는 말할 수 없다. 사무연의 내면은 지금 보이지 않는 가락으로 화려한 궁전을 세우고, 그 궁전 안을 날개 단 옷을 입고 마음껏 날아다니고 있는 것이다. 궁전은 넓어서 어느 쪽으로 한없이 날아가더라도 벽에 부딪히지 않는다. 꿈결 같은데 꿈이 아니라 현실이다. 늘 서서 걷는 것에만 익숙한데 누워서 허공을 날아가 보니 아아, 신묘한 느낌이다.

그러나 소책은 사무연이 느끼는 내면의 기쁨을 현재 느끼지 못하고 있다. 혼도 본능이 있는 것일까. 그들의 존재가 자꾸만 신경이 쓰이고 앞으로 그들과 또 다시 대면을 하지나 않을까 염려가 된다. 소책이 착잡한 심정으로 서 있는데, 사무연은 그들이 연주를 하고 있는 중앙 가까이로 다가가며 소책을 불렀다.

"어서 와요."

그들 모두가 들리도록 사무연이 큰소리를 질렀는데 어쩐 일인지, 그들 중 아무도 돌아보지 않았다. 심지어 그들이 있는 곳과 얼마 떨어지지 않은 가까운 곳까지 사무연이 다가갔는데도, 그들은 전혀 개의치 않고 연주를 계속했다. 아직도 멀뚱하게 서 있는 소책을 향해 사무연이 멀리서 목청을 돋우어 다시 부른다.

"어서 오라니까 뭐해요. 무슨 양의가 그래요."

얼음을 지치듯이 미끄러지며 사무연은 빙판 위에서 한 마리 학처럼 춤을 췄다. 쭈뼛거리던 소책이 다그치듯 소리치는 사무연의 책동에 어쩔 수없이 슬금슬금 안으로 다가갔다. 춤이라는 것이 무엇인지조차 모르는 사람이, 그런 것에는 유독 재주가 없는 사람이, 어쩌지 못하고 같이 몸을 뒤뚱거리며 추는 춤은, 춤이라기보다는 쳐다보면 웃음을 자아내게 하는 어설픈 몸짓에 불과했다. 그러나 살 속을 파고드는 신명을 이기지 못하여, 비록 정형화되지 않은 막춤일 수밖에 없는 춤이지만, 기분에 겨워 손을 맞잡고 운해 위에서 둘은 흔들고 미끄러지며 흥겹게 춤을 췄다. 시간이 지날수록 음률은 빨라졌고 격렬해졌다. 모든 것을 태워버릴 듯이 타오르는 정열의 선율. 악기의 높고 긴 화음이 천지간을 향연으로 감쌌고, 여운을 두드리며 적막 속으로 사라질 때, 소책과 사무연은 머나먼 맞은편 푸른 산봉우리 근처까지 와 있었다. 그들이 켜고 두들기는 악기의 음역이 얼마나 넓은지 그 먼 곳까지 생생하게 들리었다. 메아리 같던 음의 진동이 잦아들고 두 사람이 중앙무대를 뒤돌아봤을 때, 그들은 악기를 들고 총총히 운해 위를 빠져나가고 있었다. 그들이 걸음을 재촉하여 빠져나간 자리에, 운해는 석양을 받아 황토 빛 붉은 빛을 아름으로 토해냈다.

"해가 지고 있나 봐요."

상기된 얼굴로 사무연이 말했다.

"어두워지기 전에 돌아갑시다."

새벽같이 올라와서 하루가 어떻게 간 줄도 모르고, 종일을 굶은 채 운해 위에서 녹초가 되도록 놀고 내려온 두 사람은, 다음날 날이 훤하게 새어 침안 안이 대낮같이 환해질 때야 혼곤한 잠에서 깨어났다. 어제 들은 경쾌하면서도 격정적이던 음악소리가 환청처럼 들려와 눈을 뜬 사무연은, 위에 천장처럼 덮고 있어야 할 얼음 운해가 연기처럼 사라져버리고, 씻은 듯이 말짱한 하늘이 저 혼자 빛나고 있는 것을 보았다.

"어떻게 된 거야?"

비명 같은 소리를 지르며 화들짝 놀라는 통에, 더불어 잠을 깬 소책은 파랗게 빛나는 하늘을 찡기는 눈으로 쳐다봤다.

"날 샜군."

주위를 두리번거리며 말하는 투가 무척 다행이라는 냄새를 풍긴다. 돌아앉은 소책이 안도하는 낯빛으로 씽긋이 웃음을 물었을 때, 사무연은 믿을 수 없다는 듯 하늘을 쳐다보며 애통해 했다.

"그런 일이 또 일어날 수 있을까?"

아웅다웅해도 그래도 거리감은 느껴지지 않았는데, 오직 그들 생각만 하는 지금 사무연의 표정에, 소책은 어쩐지 자신과 사무연의 사이가 아주 멀리 떨어져 있는 것 같은 아득한 느낌이 들었다.

"사무연, 내 한 가지 물어봅시다."

"뭘요?"

돌아보지도 않는 대답소리가 퉁명하다.

"그들의 존재가, 사람 형태도 아닌 그들의 존재가 이상하게 느껴지지는 않았습니까?"

그렇게 묻는 소책을 사무연이 오히려 이상하다는 눈초리로 쳐다봤다.

"도선 얘기를 못 들었나요, 여기서는 모든 것이 여행자들을 위해 그때그때 존재한다고. 우리를 기쁘게 하기 위해 마련된 자리고 형체들이었는데 뭐가 이상해요? 여태껏 그것 생각하고 있었어요?"

"아니, 뭐. 줄곧은 아니고…."

사무연의 말을 듣고 보니, 그 말대로 어쩌면 그건 잠깐만 존재하는 원래는 없는 형체였는지도 몰랐다. 그런 것을 일찍 깨닫고 마음껏 이용하는 데는 얼마나 도가 트고 영악하고 재빠른지, 소책은 사무연 발뒤꿈치도 따라잡을 수가 없었다.

6. 수상한 꿈

밤이 깊을 대로 깊어 막 한 고비를 돌아 넘는데, 낮이고 밤이고 불편한 날만 계속되어, 단애는 잠조차 두 다리 쭉 펴고 자지 못하고 추운 듯 몸을 오그려 붙이고 가는 숨을 내쉬며 잠들어 있다. 돌아누운 몸이 종잇장처럼 얇아 보인다. 잠을 잔다고 하지만 요즘은 풋잠에 비몽사몽간인 경우가 많아 깊은 잠을 자지 못한다.

건장한 사내 둘이 갑옷을 입은 채 집에 들어서고 있었다. 방문을 열어놓고 밖을 내다보고 있던 젊은 여인 하나가 얼른 뜰로 내려서며 머리를 조아렸다. 둘은 먼 길을 온 듯 피곤해보였고, 얼굴 여기저기가 생채기투성이로 몰골이 말이 아니었다.

- 마님은 좀 어떠시냐.

먼저 집안으로 들어섰던 사내가 물었다.

- 계속… 그만 하옵니다.

- 음.

사내는 대답을 듣고 가늘게 한숨부터 토해냈다. 얼굴에 근심이 드리워 어두웠다.

말미를 얻어 집으로 왔고, 그 집을 무척 그리워한다는 것도 알 수 있었다. 단애는 신기하게도 그가 느끼고 생각하는 것이 읽혀졌다.

그가 대청마루로 올라섰다. 반들거리는 햇볕이 마루에 녹아들어 따사로움이 발끝에 전해지자 침울했던 그의 마음이 한결 누그러진다.

그는 발을 내려놓은 문 앞까지 왔으나 왠지 안으로 들어가는 것을 주저하고 있었다. 야위고 수척한 여인 하나가 이불을 덮은 채 방안에 누워있다. 뼈에 마른 가죽을 덧대놓은 것 같은, 사람이랄 수도 없게 보이는 여인은 퀭한 눈꺼풀을 내리감은 채 잠들어 있었다. 윤기 없이 퍼석하게 메말라 버린 머리칼은 생명의 시간이 얼마 남지 않았음을 암시라도 하는 것 같다. 숨을 내쉬는 것조차 힘들어 보인다. 아픈 사람을 본다는 것은 누구에게나 고통이다. 사내는 깊은 물길로 몸이 끌려가는 무거운 느낌을 받고 있었다. 사내가 발을 걷고 방안으로 들어섰다.

여인의 수척한 얼굴에는 깊은 주름이 패고, 새치로 희끗희끗한 머리가 엉클어져 있다. 뜰로 나와 맞았던 여인이 언제 왔는지 곁에 와서 서 있었다.

- 깨우리까?

아마도 여인은 누워있는 환자의 몸종인 모양이다.

- 아니다. 그냥 두어라.

사내는 벽에 기대었다. 오랜만에 돌아온 집이건만 바라보는 벽은 꼭 어제 본 것 같이 친숙하다. 한편으로는 이렇게 돌아와 기쁘고, 또 한편으로는 기뻐해 줄 사람이 아프다는 것이 그를 슬프게 만들고 있었다. 벽에 머리를 기댄 그가 지난 일들을 주마등처럼 떠올린다.

길고 처참한 세월.

전쟁 중에 혼례를 치렀다. 그는 명문가에 대를 이어야 하는 자손이다. 그러나 나라 전체가 오랫동안 전란에 휩싸여 그도 일찍부터 집을 떠나 전장을 누비지 않으면 안 되었다. 집안의 대를 염려한 부친이 왕을 친견하고 무엇인가를 간청하는 것이 보인다. 왕이 찾아온 그의 이야기를 듣고는 머리를 끄덕인다.

- 그 아들이 죽으면 후사가 없다고?
- 그러하옵니다. 부디 자비를 베푸시어 아들에게 며칠만이라도 말미를 주소서.

그는 엎드린 몸을 더욱 낮게 엎드렸다. 왕이 고개를 주억거린다.

전쟁 중임에도 자식을 불러 혼례를 치르게 할 모양이다. 고개를 돌려보니 그의 아들이 어느 곳에선가 전투를 치르고 있는 것이 보인다. 시퍼렇게 날을 세운 창과 칼이 서로 뒤엉켜 번뜩이고, 여기저기에서 낭자한 피가 무지개를 그리는 전쟁터이다. 죽음을 골짜기에다 흩뿌려놓고 서로 더 많이 가져가기 위해 수많은 사람들이 한데 모여 패를 돌리는 놀음을 하는 것 같아 보인다. 치열했던 전투가 소강상태로 접어들며 일단락되자 누군가 저녁에 그를 막사로 불렀다. 그가 머리와 수염이 하얗게 센 사람과 마주섰다.

- 혼인은 이 전쟁만큼이나 중요한 인륜지 대사요 진심으로 기뻐할 일이오. 그러나 장군도 알다시피 전장의 형편이 말이 아니오. 송장이라도 창을 들고 나서서 싸워야 할 형편이오. 말미를 많이 주지 못하는 것을 용서하오. 더구나 병사도 아니고 장수이니 속히 돌아와야겠소. 날 이해해 주시오. 장군.

머리가 하얗게 센 사람이 집으로 떠나는 사내에게 사정조로 말했다.

우기인지 장대비가 쏟아지고 있었다. 앞을 제대로 볼 수 없을만큼 비가 억수같이 퍼붓는데, 얼굴을 타고 흘러내리는 빗물을 연신 손으로 훔치며 두 사내가 말을 타고 달려가고 있다. 어느 골짜기 앞에서 말이 멈추었다. 계곡에 불어난 시뻘건 흙탕물이 세찬 굽이를 일으켜 다리를 모두 쓸어가 버려 건널 수 없었다.

오고 가도 못한 채, 닷새를 받은 말미는 사흘을 주막에서 흘려보내고 정작 나흘째가 되서야 집에 도착했다. 떨어지고 허름한 차일 밑에는, 웃고 떠들며 흥겨운 잔치로 북적여야 할 손님도 별로 없고, 제대로 마련한 대례상도, 입맛을 돌게 할 잔칫상도 없다.

부랴부랴 혼례만 치르고 신부를 방에 들여다 놓기 무섭게 그는 급히 돌아갈 채비를 한다.

- 이러면 안 된다. 너를 혼인시킨 이유는 자손을 얻고 후대를 잇기 위함이다. 이삼일 머물고 떠나거라. 너의 사정을 아는데 며칠 늦었다한들 사람들이 매정하게야 하겠느냐.

사내의 부친이 떠나려는 그를 극구 만류했다.

- 미안하게 됐소. 다음 말미에 오겠소. 그리고 이건 선자先慈께서 장차 며느리 될 사람에게 주라고 나에게 주신 것이오. 당신이 간직하고 있으시오.

허리춤에서 금비녀를 꺼내어 손에 쥐어 준다. 아마도 모친이 세상을 떠나면서 사내에게 남겨준 유품인 모양이다. 비녀를 받아든 여인의 손이 파르르 떨린다. 어쩔 수없이 신방까지는 들어갔으나 그는 앉지도 않고 그 말만 남기고 도로 방문을 열고 나왔다.

잔치에 왔던 사람들이 수군덕거리며 안타까워한다.

따뜻한 말 한마디 나누지 못하고, 비통한 얼굴을 한 신부를 방 안에 적막히 남겨두고, 초야의 정감조차 느껴보지 못한 채 그는 전쟁터로 다시 그 밤을 달려 도착했다.

전쟁은 길었다. 지루한 싸움은 끝없이 계속됐다. 끝이 어디인지 알 수 없었다. 말미를 받아서 온다던 그는 소식이 없고, 전쟁 통에 생활은 점점 궁핍해져 갔다. 여인의 시부는 아들을 혼인시키고 난 몇 달 뒤 세상을 떠났다. 한때는 부귀영화를 누리며, 모두가 부러워하는 집안으로, 호화롭기 그지없는 삶을 살았지만 전쟁으로 모든 것을 잃은 그의 죽음은 쓸쓸했다. 동네엔 오로지 여인들만 가득하였다. 여인은 몸종과 둘이서 땅을 갈고 씨를 뿌리며 생활을 이어갔다. 혼례만 올렸지 남편을 전장으로 떠나보낸 마당과부나 별반 차이가 없었던 여인은 그리움과 기다림에 지쳐갔다. 오지 않는 남편에 대한 사무침 때문이었는지 여인은 이년이 지난 어느 날부터 몸이 굳어오더니 종래는 자리에 누워 움직이지 못한다.

전쟁터의 사내도 초췌한 모습이다. 지치고 힘든 기색이 역력하다. 지금 이곳은 사람이 올바른 정신으로 살 수 있는 곳이 아니다.

삼년이 지났을 무렵, 짧은 말미를 얻어 집으로 돌아온 때. 아내가 병을 얻어 자리에 누워 있는 것을 본다. 병세가 이미 상당히 진행됐지만 그나마 그때는 약간의 운신 정도는 할 수 있었다.

그러나 오늘의 상태로 봐서 이제는 몸을 일으킬 수도 뒤척일 수도 없는 것 같다. 한식경 정도가 지나서야 여인이 눈을 떴다. 의아한 표정으로 벽에 기대어 눈을 감고 있는 사내를 쳐다본다. 남편임을 확인한 여인이 입가에 희미한 미소를 지었다. 사내를 쳐다보는 눈동자에 연민이 가득하다. 여인의 야윈 목은 머리를 들면 부러질 듯 위태로워 보인다.

눈동자만을 굴리며 머리맡에 앉아 졸고 있는 사내를 구석구석 살펴본다. 벽에 기댄 사내는 노독 때문인지 가는 코를 골며 잠깐 잠이 든 상태이다.

여인은 반가움인지 아니면 서러움인지, 그도 저도 아니면 모든 것이 뒤섞인 감정 때문인지 맑은 눈물 한줄기가 깊게 패인 눈귀 주름을 따라 흘렀다. 사내가 눈을 떴다. 여인이 웃어보였다.

- 오셨습니까.

입을 달싹거리며 한 말은 입안에서 궁글어 사내는 알아듣지 못한 것 같았다.

사내가 말을 알아듣기 위해 자신의 귀를 여인의 입 쪽으로 가져갔다. 말을 하는 것이 힘든지 여인은 몇 번이나 숨을 고른 후 겨우 말을 밀어냈다.

- …일엽 장군, …오셨습니까.

사내의 이름은 일엽이었다. 애처로운 눈빛을 띠며 사내가 여인의 손을 잡았다.

- 그렇소. 내가 왔소. 몸은 좀 어떻소.

여인이 대답대신 눈꺼풀을 깜빡였다. 눈동자를 움직이는 것으로 보아 몸을 뒤척이려 하는 것 같았다. 몸은 움직여 주지 않았다.

- 가만히 누워 있구려.

사내가 이불을 끌어올려주며 말했다. 사내의 가슴에서 내뿜는 착잡한 심경이 온 방안을 맴돈다. 여인이 또다시 입가에 희미한 미소를 지었다. 분명 행복에 겨운 미소였다. 꿈인지 생시인지 속으로 자신에게 물어보고 있었다.

- 언젠간 일어날 것이오. 이 전쟁도 언젠가는 끝이 날 것이고, 그때는 둘이서 마차 타고 세상구경 다닙시다.

사태의 위중함을 알면서도 사내는 여인에게 희망의 말을 던졌다. 둘의 뇌리에 아름다운 날의 풍경이 일순 지나가는 것이 보인다. 서로가 다른 이미지였다. 여인은 아이들과 사내와 같이 손을 맞잡고 꽃밭을 거니는 모습이었고, 사내는 여인 혼자만을 마차에 태우고 초원을 달리고 있었다.

여인은 절망 속에서도 희망을 끌어안으며 사내에게 물었다. 사내가 대답을 해주면 꼭 그렇게 되는 것 같이 생각되는 모양이었다.

- …그날이 …오겠습니까?

- 오다마다. 걱정하지 마시오. 오늘 힘들다고 영원히 힘들지는 않소. 그러니 힘을 내시오. 하늘이 우리의 소원을 이루게 해 줄 것이오.

옆에서 듣고 있던 몸종이 나서며,

- 정말 그렇게 되었으면 좋겠습니다. 하루 빨리 그 날이 왔으면 좋겠습니다.

마치 그날이 지금 온 것 같이 화색을 띠며 말했다. 늘 침울한 분위기에서 자신도 하루 빨리 벗어나고 싶어 하는 마음이 간절해 보였다.

- 그렇다마다. 반드시 그렇게 될 것이다.

사내가 이불을 들쳐 여인의 손을 꺼내었다. 투명하리만큼 흰 손에, 시커먼 힘줄과 앙상한 뼈가 보는 눈을 아프게 했다. 만져보지만 차갑기만 한 손. 사내가 어깨에서부터 시작하여 팔을 주물렀다. 마치 통나무를 만지는 느낌이다. 쭈뼛거리고 서 있는 몸종을 보며,

- 오늘은 내가 돌볼 터이니 나가서 일 보거라. 여긴 내가 알아서 할 것이니라.

몸종이 나가자, 사내는 여인의 얼굴을 매만졌다. 머리칼을 쓸어 보고 눈도 코도 만져보았다. 수줍음은 사라지고 여인은 사내가 매만지는 대로 내맡기고 있었다.

- 이게 얼마 만에 맞아보는 오붓한 시간이오. 부인은 전보다 더 예뻐진 것 같소.

- 저는 병자입니다. 어찌 더 예뻐지기야 하겠습니까. 그렇지만 그 말을 들으니 싫지는 않습니다.

한결 나아진 목소리이다.

여인이 사내를 지그시 응시했다. 풍진 세상을 만나 전장이라는 곳에서 청춘을 보내고 있는 사람. 세상의 아름다움은 보지도 듣지도 생각하지도 못하는 작금의 세월. 그 모진 세월을 오직 나라를 위하여 살아가고 있는 사람이었다.

- 산에 진달래가 피었다고 들었습니다.

- 오던 길에 보았소. 아직 구경을 하지 못했소?

- 말만 들었지 보지는 못했습니다. 수연이가 가끔 밖을 나갔다가 세상이 어떻게 변했는지를 말해줍니다. 한 번 보여 주시겠습니까?

- 기꺼이 그러리다. 내가 어찌해야 하오. 안고 밖으로 나가리까.

- 아닙니다. 이불 채를 툇마루가 있는 곳까지만 끌고 가십시오. 그리고 방문을 열어주시기만 하면 됩니다. 앞집 사이로 건너 산이 보입니다.

사내가 여인이 누워있는 이불을 끌고 방문께로 가서 문을 열었다.

푸른 하늘에 쪽빛이 치마폭같이 드리우고, 불타오르듯 핀 앞산에 진달래는, 연분홍 붉은 꽃잎으로 산등성을 빨아 삼킬 듯이 너울거렸다.

- 아름답습니다. 참으로 아름답습니다.

여인은 열세 살 소녀처럼 활짝 핀 얼굴로 앞산을 보며 입을 다물지 못했다.

- 그렇게도 좋소.

- 그렇습니다. 더구나 남편도 옆에 와 있는데 세상에 아름답게 보이지 않을 것이 뭐가 있겠습니까.

여인은 누운 채 사내는 벽에 기댄 채. 둘은 하염없이 그렇게 앞산을 응시했다. 세상의 모든 빛에 여인은 갑자기 새로움을 느끼고 있었다. 그렇게도 많은 꽃을 보았고 많은 봄을 맞았지만, 올해 봄이 여인에게는 너무나 소중하게 느껴졌다. 세상 모든 만물에 몸을 비벼보고 싶어 하는 여인의 몸부림이 보인다.

- 바쁜 때에 말미는 어찌 얻으셨습니까?

- 조정에다가 계속해서 청을 넣었소. 처음에는 난색을 표했으나 나중에는 귀찮아졌는지 갔다 오라고 합디다. 다행히 전투 때마다 군사들이 잘 싸워주어 패전은 하지 않으니 그나마 청이라도 넣을 수 있었소.

- 장군같이 그렇게 불통으로 말미 달라고 하는 사람이 또 있습니까?

- 아마 없을 거요. 모두가 그저 참고 살아가나 봅디다.

여인이 희미하게 웃으며 남편을 쳐다본다.

- 전쟁은 언제 끝날 것 같습니까?

- 장담할 수가 없소. 이제 어지간히 끝나간다 싶으면 또 적군이 내려오고 세상이 마치 이 전쟁에 모든 것을 걸고 있는 것 같소.

이 순간이, 영원히 돌아온 것이면 얼마나 좋으랴. 짧은 말미 중에 하루라 생각하니 잊고 있었던 답답함이 온몸을 엄습해온다. 생각만 하면 어두워지는 전쟁이라는 말에 정적이 방안을 휘감았다.

- 당신을 닮은 아이를 낳고 싶었습니다. 그 꿈을 수도 없이 꾸었습니다.

여인은 꼭 하고 싶었던 말을 결심이라도 한 듯, 사내에게서 눈길을 뗀 채 허공을 바라보며 또렷하게 말했다.

…

생과 사를 다투는 전장에서 살아남기 위해 몸부림치는 자신에게, 그런 일을 바랐다는 것이 한편으로는 정답게도 들리고, 한편으로는 부질없는 생각을 했다고 여겨졌는지 사내가 씁쓸한 미소를 입가에 담았다. 현재의 사정으로는 가당찮은 말이기 때문이다. 그러나 사내는 그네가 병자임을 다시 깨닫는다. 이제 생명의 시간이 얼마 남아있지 않는 사람의 소원이라는 생각이 들자, 그 마음을 이해할 수도 있을 것 같았다.

- 아이들과 같이 손잡고 동산을 거니는 꿈을 여러 번 꾸었습니다. 아이의 웃음소리, 당신의 웃음소리, 나의 웃음소리가 온천지에 음악이 흐르듯 퍼져나가는 꿈을 말입니다.

말을 하면서 꾸었던 꿈을 더듬는지, 여인은 평화로움과 행복에 젖은 표정을 지어보였다. 사내가 대답이 없자 여인이 말을 이었다.

- 이 말을 할 수 있어 너무 좋습니다. 오늘 당신이 오시지 않았다면 어쩌면 영원히 이 말을 못 했을지 모릅니다.

애잔함이 서리서리 밴 음성이다.

- 소원은 이루어진다고 하지 않소. 꼭 그렇게 될 거요. 힘을 내시오.

밤이 깊어서야 도란거리던 말소리가 멎고 사내는 목침만 베고 여인이 곁에 누웠다.

어-흑, 어-흑.

아직도 어두운 한밤중인데 숨을 몰아쉬는 소리에 사내가 놀라 눈을 떴다. 더듬거려 황급히 촛불을 밝힌다. 여인이 숨을 몰아쉬고 있다.

- 여보, 여보.

가쁜 숨을 몰아쉬면서도 여인은 사내만을 응시한다. 눈동자에 연민과 아쉬움이 가득하다. 마치 온 기운을 눈에다가 모으고 사내에게 매달리는 듯하다. 사내의 품에 안긴 여인은 어쩔 수 없이 흐르는 하염없는 눈물로 사내의 옷섶을 적신다. 시간이 지날수록 여인의 눈동자가 예사롭지 않다.

새벽녘. 여인이 세상을 떠났다.

마지막 임종만은 남편이 지켜봐주기를 바랐던 것처럼, 긴 세월 병석에 누워 지내다가, 그가 말미를 받아 돌아왔던 때, 그의 품에 안겨 조용히 숨을 거둔 것이다.

주름투성이에 볼이 홀쭉한 노인 하나가 구부정한 어깨에 지게를 지고 집으로 들어선다.

- 옷가지들은 모두 보공補空을 하십시오. 저승길은 멀고도 멀어 옷도 여비도 많이 필요하다고 하지 않습니까.

하인이 장롱에서 꺼내주는 옷가지들을 울퉁불퉁 뼈마디가 튀어 오른 거친 손으로 우악스럽게 널 구석구석을 채운다. 걸어서 가 본 지가 몇 년이나 되는 땅. 멍울멍울 진달래가 아름드리 흐드러진 곳, 양지바른 곳으로 올라가는 널을 진 노인의 숨소리가 거칠다.

삼우제가 끝나기 무섭게, 사내가 떠날 채비를 했다. 이제 이곳으로 돌아와야 할 일도 없으리라는 생각이 드는지 울적해하는 것 같았다.

마음속으로, 살아있다면 일생에 한 번 어쩌면 다시 올 수 있을지도 모른다는 생각을 하고 있었다. 그러나 전쟁은 계속되고 있었고, 자신이 군인이라는 생각이 들자 그는 미련을 떨쳐버렸다.

- 돌아가자.

말미가 아직 며칠이 더 남아 있었으나 사내는 부관을 불러 그렇게 말한다. 이 넓은 세상에 돌아갈 곳이 그 피비린내 나는 전쟁터밖에 없었다. 부관이 다가와,

- 그렇지 않아도 어제 진영에서 사람이 왔다 갔습니다. 상중이라 제가 말씀을 올리지 못했습니다.

기별이 왔었음을 알렸다.

- 난 미처 보지 못하였구나. 그래, 무슨 전갈이 왔더냐?

곧 대규모 전투가 벌어질 것이라 하옵니다. 적의 모든 군대가 왕사영 장군이 지키는 서부 쪽으로 모이고 있다고 하옵니다.

- 요충지인 그곳이 무너지면 더 이상 방어할 곳이 없지 않느냐.

- 그러하옵니다.

- 한시바삐 떠나야겠구나.

- 그래야 할 것 같습니다.

부관은 언제나 얼굴에 표정이 없다. 공사가 분명하고 상관에 대한 예우가 각별하였다. 맡은 바 임무에는 어떠한 일에도 어김이 없는 사람으로 보인다. 사내는 떠나기 전 툇마루에 올라 안방의 문을 열었다. 휑한 방안이 을씨년스럽다.

세간이라야 평소에도 없었지만 그나마 쓰던 대부분을 산소로 가져가 묻어 버렸으니 남아있는 물건이라야 덮을 때 쓰던 이불 한 채가 고작이었다. 이불 귀퉁이에 비녀의 끝이 삐죽이 모습을 드러내 보인다. 오랫동안 그 자리에 있었던 것 같다.

누워서 지내야 하는 환자였으니 비녀는 쓰지 못했으리라. 자신이 전장으로 떠나면서 혼인의 증표로 주었던 비녀였다. 그 비녀를 잡고 북받치는 설움을 눌러 참으며, 떠나는 자신에게 애써 담담한 표정을 지어보이던 그 순간을 사내는 떠올린다. 참으로 젊고 아름다운 여인이었다. 자신 때문에 이런 비극적인 요절을 맞은 것 같아, 사내는 비통한 마음을 가누지 못하고, 비녀를 손아귀에 쥔 채 한참을 만지작거렸다. 그리곤 바지허리춤에 비녀를 넣으려다, 웬일인지 도로 이불속에다 숨기고 방을 나왔다.

툇마루에 앉아 잠시 생각을 정리하는 듯했다. 한낮의 햇볕이 따사롭게 대지를 데운다. 세상의 모든 만물은 무심하다. 그들은 사내의 심정 따위에는 아랑 곳 없다. 생각도 없고 거침도 없고 꾸밈도 없다. 한낱 부질없는 것을 손아귀에 쥐고 만지작거리는 인간의 행동이 그들에겐 한탄스럽고 가엾게만 보일 뿐이다. 허망한 시선이 망연하게 이곳저곳에 머문다. 돌볼 사람 없는 집은 마당에도, 기와지붕 위에도, 잡초들이 어지럽게 자라고 있다. 뜰과 장독대를 쳐다보고, 둘이서 고생하며 일구던 헛간의 농기구도 쳐다보았다. 그리고 열린 방문으로 안방을 한참동안 쳐다본다. 고개를 돌려 담장도 쳐다보고 건넌방도 바라보았다.

삶과 죽음이 교차하는 전장에서도 이 집을 생각하면 항상 가슴이 두근거렸다. 희망이 있다고 한다면 이 집을 떠나지 않고 영원히 아내와 함께 사는 것이었다. 기다리는 사람이 살고 있어 늘 그립던 집, 툇마루에 앉아 그는 그렇게 집의 모든 구석을 한참 돌아보았다.

모두가 떠나고 이제 자신마저 떠나면 이곳엔 찾아올 사람이 아무도 없으리라.

- 이제 마님도 세상을 떠났으니 너도 너 살 곳으로 찾아가거라. 너는 오늘로서 종의 신분을 벗어났다.

의지할 곳 없어진 하인에게 그가 말한다.

발끝을 내려다보고 서서 몸종이 흐느꼈다.

- 내가 살 곳이 어디니까? 내가 어디로 가오니까?

- 찾아보면 갈 곳이 어딘가는 있을 것이다. 목숨이 붙어있는 날까지는 무언가를 끝없이 찾아다녀야 하는 것이 인생 아니더냐.

주야를 달려 어느 고을을 지나고 있었다.

어디선가 아기 울음소리가 들려왔다. 일엽은 마치 발을 붙잡힌 듯 그 자리에 멈춰 섰다. 그리곤 아기 울음소리가 나는 쪽으로 물끄러미 바라보았다. 울타리도 없는 허물어져가는 빈가에서 나는 소리이다. 오랜 전쟁으로 백성들의 삶은 피폐해져 초근목피로 연명하는 사람이 많았다. 이런 생지옥과도 같은 때에도 생명은 어김없이 태어나고 있었다. 마치 무엇에 홀린 것처럼 우뚝 자리에 선 그의 곁으로 부관이 다가왔다.

 - 어디선가 방금 아이가 태어난 모양입니다.

 - 그런 것 같구나. 누구인지 한 번 보고 싶구나. 그가 어떤 생명인지… 한 번 보았으면 좋겠다.

부관은 즉시 말에서 내렸다. 그리고 소리가 나는 집을 향해 선걸음으로 달려갔다. 오래지 않아 그가 아직 탯줄이 딸린, 양잿물을 뒤집어 쓴 아기를 팔에 안고 나타났다. 부관의 억센 두 손안에 아직 눈도 뜨지 못하고 흐느적거리는 그것은 흡사 한 마리 미물 같아 보인다. 일엽은 부관의 팔에 안긴 아기를 받아 안았다. 죽은 여인이 말하던,

당신을 닮은 아기를 낳고 싶었어요.

일엽은 그 말을 뇌리에 떠올리고 있었다. 얼마나 많은 사람들이 이 전쟁에 피 흘리며 죽어 가는데, 차라리 태어나지 않았더라면 이런 처참한 꼴을 당하지도 보지도 않았을 것이라고 생각하는데, 어찌하여 그는 아이를 낳고 싶다는 생각이 들었을까? 일엽은 심경이 복잡한 듯 표정이 일그러진다.

아기가 자지러질 듯 울어댄다. 어미인 듯 보이는 여인이 와서 길

바닥에 엎드려 울면서 애원하였다.

- 제발 살려주세요. 그 애를 살려주세요.

방금 산통을 치른 여인은 짚북데기 산발에 핏기 없는 노란 얼굴로, 겁에 질려 땅바닥에 엎디어 애소하였다. 식은땀을 줄줄 흘리며 기듯이 걸어와 아기를 살려달라고 애원하는 것이다.

일엽은 초점 잃는 멍한 눈으로 아이와 어미를 질정 없이 바라본다. 그러는 사이 사람이라곤 살 것 같지 않던 적막한 동네에, 어디에 숨어있었던지 사람들이 하나 둘 모여들었다. 그리고 모두가 길을 가로막고 엎드려 아이를 살려달라고 함께 애원했다.

- 나리는 분명 선하신 분이십니다. 저희들을 불쌍히 여기십시오.

꼴만 사람이지, 다 떨어진 옷에 뻘건 몸뚱이를 드러내놓고, 신조차 제대로 신지 못하고 누렇게 뜬 얼굴들은 사람이라고 여겨지지도 않았다. 어지러운 한 세상을 오로지 숨고 비는 것에만 의지하여 하루하루 목숨을 이어가는 처량한 백성들이었다.

- 걱정하지 마라라. 해치지 않을 것이다. 그저 잠깐 보고 싶었을 뿐이다.

일엽은 침통한 표정으로 나직이 말했다.

뙤약볕에, 아기의 몸에 붙은 누런 양잿물이 꾸들꾸들 말라가고 있었다. 일엽은 말없이 아이를 어미의 품에 들려준다.

- 돌아가거라.

여인이 낚아채듯 아이를 받아 안았다. 그리곤 몇 번이고 머리를 조아리며 감사를 표했다. 일엽은 정신 나간 얼굴로 땅바닥만 내려다본다. 부관이 초조한 빛을 얼굴에 깔았다. 수많은 생각들이 서로 얽혀 무엇인지 알 수 없었다.

- 장군, 날이 저물겠습니다. 어서 떠나시지요.

부관이 재우쳤다.

일엽이 전장에 도착하자 곧바로 전황회의가 열렸다.

각 진영의 영장營將들이 모두 일어나 그가 돌아온 것을 환영했다. 장수 하나가 다가와 아무 말 없이 일엽의 손을 잡고 고개를 끄덕였다. 이미 내막을 들어 알고 있다는 표시였다. 대규모 전투를 목전에 둔 이때 일엽은 꼭 필요한 사람이었다.

사람을 그리워하고, 사람에게 가장 의지하고픈 때가 바로 이렇게 죽음을 목전에 둔 때이다. 옆에 누가 있다는 사실만으로 그는 내 목숨만큼 소중하다는 느낌을 받는다. 하물며 일엽같이 용감하고 기량이 뛰어난 장수가 곁에 있다는 것은 그만큼 모두에게 위안을 주는 것이었다.

이상하게 그와 같이 있으면 없던 힘도 생기는 것 같다. 용맹한 장수 한 사람은 그 자체로써 군대에 사기를 높이는 역할을 했다.

- 지금 이 나라는 긴 전쟁에 모두가 지쳐 있소. 아마도 이번 전투가 이 나라의 명운을 가늠하게 될 것이오. 모두 죽기를 각오하고 싸웁시다.

나이가 들어 눈썹까지 깡그리 희어진 총 사령관인 도원수가 휘하 장수들을 독려했다. 강파라진 얼굴에 눈빛을 번뜩이며 장수들이 입을 굳게 다문다.

- 이번에는 적들도 죽기 살기로 대들 것입니다. 근래 들어 어느 전투에서도 속 시원히 이기지 못했으니 이번에는 기어이 끝장을 보려고 할 것입니다.

- 분명 그럴 거요.

- 적의 수효가 어느 정도 된다고 합니까?

- 벌판에 주둔하고 있는 군사만 이십만, 지금 재금령 쪽으로 오고 있는 군사가 십 오만이라고 합니다.

그 말에 어디에선가 가늘게 신음소리가 새어나왔다.

- 재금령을 넘지 못하도록 막을 수는 없겠소. 그들이 합세를 하면 우리에겐 승산이 없소.

의논 끝에 일엽이 군사들을 이끌고 그곳으로 달려간다. 그가 재금령에 도착하였으나, 군사적 요충지인 그곳을 아무도 지키지 않아 적이 이미 재를 넘고 있었다.

- 돌아가자, 어쩔 수 없는 일이다.

- 어찌하면 좋겠소.

또 다시 회의가 시작되었다.

- 그들이 재금령을 넘었다면 몇 날 며칠을 강행군 한 것이 분명합니다. 발이 무거워질 대로 무거워졌을 것입니다. 오늘 밤 기습을 하십시다.

작전회의가 계속되는 동안 일엽은 내내 입을 다물고 있었다. 잊으려고 해도 머릿속은 온통 죽은 아내와 길에서 만난 아기의 잔상이 번갈아 떠올랐다. 막사로 돌아와서도 그는 침묵을 이어갔다.

- 일엽 장군, 내일 선두에서 적의 가운데를 허물어 주시오. 적을 반으로 가르고 그 사이로 우리 군사들이 기습으로 무찌르면 승산이 있소. 가급적 적진 깊숙이까지 길을 내주시오.

도원수가 막사회의에서 한 말을 일엽은 줄곧 생각하고 있다.

밖에서는 군사들이 밤이 늦도록 횃불을 밝혀놓고 연장을 다듬고 있다. 내일 새벽에 있을 전투준비를 하는 것 같았다. 지칠 대로 지친 병사들은 굼뜨기 이를 데 없었다. 그들은 일을 하다가도 연장을 든 채 졸고, 다그쳐 깨우지 않으면 이슬을 맞으며 여기저기에 시체처럼 쓰러져 잠을 잤다. 핏발선 눈을 하고 채찍으로 내려치며 독려하는 사람이 보인다. 밤이 깊어서야 보초를 몇 명 남겨놓고 모두 잠자리에 들었다. 양 진영 모두 고요하였다.

하늘이 잔뜩 찌푸려 한줄기 비라도 내릴 것 같이 우중충한 밤이다.

어둠을 헤치고 소리 없이, 부관이 일엽의 막사로 들어왔다.

- 군사들은 모두 준비를 마쳤습니다.

뒷짐을 진 채 벽을 향해 일엽이 장승처럼 서 있다.

촛불이 바람에 일렁일 때마다 그의 뒤태가 심하게 흔들린다. 뜬 눈으로 꼬박 밤을 새운 그다.

- 군사들에게 임무를 충분히 숙지시켰는가?
- 그러하옵니다. 마음의 준비는 모두 마쳤습니다. 이제 떠나야

할 시간입니다.

동이 트려면 아직도 멀었지만, 발소리를 죽인 서성거림이 막사 밖에서 조심스럽게 움직이고 있었다. 산을 넘어가 지어온 밥이 도착했다. 으깬 감자나 옥수수 가루가 대부분이던 다른 날과는 달리, 오늘은 특별히 흰쌀로 밥을 지어왔다.

- 오늘은 병사들에게 밥을 지어주고 배 불리 먹이도록 하라.

도원수는 곳간을 헐어 많은 밥을 짓도록 했다. 쌀밥으로만 뭉쳐진 주먹밥을 크게 만들어 전 군사들에게 나누어 주었다. 어차피 이기든 지든 오늘 이 전투가 삶의 마지막 날인 병사들이 대부분일 것이다. 그동안 배를 곯으며 나라를 위해 싸워온 백성들에게 동도 트기 전 깜깜한 밤에 나누어 준 하얀 쌀밥은 마지막 만찬인 셈이었다.

꿉꿉한 이슬 위에 앉아, 병사들은 아직도 김이 몽글거리는 주먹밥을, 손가락에 묻은 밥티까지 싹싹 핥아먹었다. 씹지도 않은 쌀밥이 얼른 넘어 가버릴까 봐 목구멍을 잠가놓고 구수한 쌀밥을 오랫동안 꼭꼭 씹어 먹었다. 곧 창칼에 찔리고 사지가 절단되는 상황이 올 것임에도, 지금 이 순간은 배를 채우는 일로 모든 닥쳐올 불행은 까맣게 잊고 있었다.

- 출발하자.

기슭의 어둠을 밟고 일엽일행이 소리 죽여 적진 쪽으로 향했다.

- 장군.

적진 앞에서, 앞서 정찰을 떠났던 부관이 다가와 속삭였다. 불길한 눈길로 일엽이 부관을 쳐다본다. 적진이 바로 코앞이다.

- 적들이 진용을 갖추고 있습니다. 예상이 빗나갔습니다.

- 언제부터?

- 조금 전입니다.

병사들이 차오르는 두려움을 억누르기 위해 주먹을 쥐고 이를 악무는 모습이 어둠속에서 비치었다.

전장을 짐승처럼 끌려 다니며 풍찬노숙하고 제대로 먹지 못한 병사들의 얼굴은, 신이 만물의 영장이라고 일컫고 만들어놓은 몰골이 아니었다. 만물의 영장이라는 거창한 표현조차 듣기 거북하고, 차라리 태어나지 않았다면 이런 수모를 당하지는 않았을 것이었다. 하물며 감정을 느끼고 그것을 표현하는 사람들이라고는 보이지도 느껴지지도 않았다. 마치 사람이 아니라 영혼 없는 유영遺影이 움직이는 것 같았다. 병사의 눈빛에 깃들인 애련함만이 그들이 아직 살아있는 사람이라는 것을 말해주고 있을 뿐이다.

생명은 때에 따라 그렇게 취급되어지고 다루어지는 모양이었다. 어떠한 세상을 타고 태어나는가가 그의 행과 불행을 결정짓는 요소가 되어 보였다.

- 무조건 결행한다. 각오를 새기라.

단호하게 끝을 눌러 자른 일엽의 말에, 어금니를 부서지게 깨물고 눈알이 튀어나오도록 결기를 세운 병사들의 번쩍이는 눈빛이 어둠속에서 섬광을 내뿜는다. 파란 눈빛이 허공에서 서로 어우러지며 횃불을 이루고, 서로는 그 불빛에 눈빛을 고정시킨 채 고개를 한 번 결연하게 까딱인다. 우리는 하나라는 뜻이다. 죽음의 공포는 이미 계곡에 내던지고 온 병사들이다.

안광을 발하는 병사들의 딱 벌어진 체구가 모두 건장하다. 특수한 임무를 띤 돌격부대로 최정예부대이다. 공고하게 결집되어 있는 적의 중앙을 허물어 아군이 침투할 수 있는 통로를 열어주는 것이 오늘 주 임무이다. 갈라진 편을 또다시 가르고 그 갈라진 틈으로 아군이 밀고 들어오는 것이다. 작전은 세워졌고 병사들 개개인은 자신이 해야 할 일을 충분히 숙지하고 있었다.

횃불이 밝혀진 적진 속으로 한 무리의 군사들이 급작스럽게 들이닥친다. 곧이어 집채 같은 화염이 하늘을 찌를 듯 솟아오르고, 번철에 콩 튀듯 적의 군사들이 우왕좌왕 날뛰는 것이 보인다.

아군진영에는 수많은 전투원과 말들이 뿜어내는 거친 숨소리와, 말들이 내딛는 편자소리, 병장기가 허공에서 대오를 갖추느라 서로 부딪치는 소리와, 사기를 끌어올리기 위해 소리 지르는 장수들의 고함소리가 벌판을 뒤덮으며 이쪽으로 달려오고 있었다.

뒤미처 끌고 온 말을 타고 일엽의 병사들이 적진 깊은 곳으로 내달았다.

- 장군, 더 들어가면 위험합니다. 포위될 수 있습니다. 후발대가 올 때까지 기다려야 합니다.

적은 빠른 시간 내에 전열을 정비했고, 아군은 적들에게 막혀버린 상태이다. 일엽의 군사들이 한가운데서 고립됐다.

단애는 일엽의 말 옆에 서서 함께 뛰어갔다. 왜인지는 몰랐다.

자신은 여기에서 숨고 어디론가 가버리고 싶은데, 자석에 이끌리듯 자꾸만 딸려 가는 것이었다.

동이 터오기 시작하는데, 안개와 싯누런 먼지가 범벅된 속에서 적과 아군이 맞부딪혔다. 칼과 창이 어지럽게 번뜩이고, 칼에 찔리고 창에 맞아 목이 달아나고, 사지가 찢겨진 병사들이 속출했다. 피가 허공을 튀어 날아오르고 쇠와 쇠가 부딪히는 소리가 고막을 파고들었다. 일엽은 선두에 서서 아군이 있는 쪽으로 길목을 뚫으려 노력했다. 마치 접시에 담아놓은 물처럼 가운데를 밀자 적들은 강렬하게 저항하며 안으로 밀어붙였다.

적은 이중삼중으로 겹쳐 허리가 잘리지 않기 위해 필사적으로 대항했다.

아군이 적 진영으로 밀고 들어오고는 있었으나 일엽부대는 고립에서 벗어나지 못했다. 적과 아군이 뒤섞여 엉켜버려 구분조차 쉽지 않는 순간이었다. 어디선가 채찍하나가 날아와 일엽의 오른팔을 움켜쥐듯 휘감았다. 팔이 묶인 일엽이 당황한 눈빛을 보일 때 채찍이 당겨졌다.

쿵.

일엽이 말에서 떨어져 바닥에 나동그라졌다. 그 순간을 놓치지 않고 적의 병사들이 우르르 몰려들어 일엽을 에워쌌다.

- 안 돼! 안 돼!

놀란 단애가 허덕거리는 다리를 주체하지 못하고 바닥에 털썩 주저앉았다.

- 누가 좀 도와주세요. 제발, 누가 좀 도와주세요.

가위 눌린 걸음은 바닥에 붙은 채 떨어지지 않는데. 단애는 핏빛 낭자하게 젖은 풀포기를 손으로 잡고 안간힘을 쓰며 엉금엉금 기어가며 울부짖었다.

- 제발, 제발.

시퍼런 칼날들이 푸른빛을 뚝뚝 떨어뜨리며 일엽의 심장을 겨누고 있는데, 그 칼날이 떨어지기만 하면 심장은 피를 쏟고 운명을 달리하겠는데, 너무나 절박한 끝에 단애는 온몸의 진이 빠져 그 자리에 허물어지고 말았다.

적 병사들에 둘러싸인 일엽은 이제 죽음만을 남겨놓은 상태였다.

나찰의 눈을 하고 일엽에게 대들던 적병들이 무슨 영문인지 모르게 쓰러지고 있었다.

그 사람.

어디선가 나타난 부관이 혼신의 힘을 다해 둘러싼 적들을 창으로 내리치며 접근을 막고 있었다. 그러나 먹이를 발견한 아귀 떼처럼 적들은 넘어진 일엽을 향해 밀물처럼 밀어닥쳤다. 제 아무리 호랑이처럼 용맹하고 황소 같은 힘을 지녔다고 하나 숫자 앞에는 당하내기 어려운 법. 파도처럼 밀려드는 적을 혼자서 당해낼 수는 없었다.

- 어서 일어나십시오.

재촉하는 그의 음성이 다급함으로 떨리고 있었다.

그러나 말에서 떨어지며 늑골이 부러진 일엽은 쉽게 일어서지 못한다. 부관은 이를 악물고 혼신의 힘을 다해 일엽이 자리에서 일어나는 시간을 벌기 위해 몸부림쳤다. 죽음을 초월한 그의 창이 핏빛 무지개를 그리며 춤을 췄고, 일엽 주위를 감쌌던 적의 병사들이 가랑잎처럼 스러져 갔다. 일엽이 손에 감긴 채찍을 풀고 간신히 말 등에 올라앉은 때.

휘청, 한걸음 물러서며 일엽의 말허리를 기댄 부관이 눈을 부릅뜬 채로 스르르 무너진다. 적병과의 교전에서 입은 상처에 출혈이 심하여 더는 몸을 지탱하지 못하고 무너진 것이다.

"아! 아! 아!"

단애가 얼굴을 감싸 안고 울부짖었다. 그런 그네를 전장에 있는 어느 누구도 알아보지 못하였고 단애는 사람들에게 이리저리 밀쳐 다녔다.

땅은 병사들이 흘린 피로 질펀하였고, 사지를 잃고 쓰러진 병사들과 비명 한번 지르지 못하고 죽어가는 병사들, 허옇게 눈을 뜨고 나자빠져 숨이 끊어진 병사들의 모습은 지옥도에나 있을 목불인견이었다.

단애는 바닥에 주저앉은 채 머리를 싸안고 있는 힘을 다해 비명을 질렀다. 소리라도 지르지 않으면 그대로 미쳐버릴 것 같았다.

"단애! 단애!"

잠결에 단애의 비명소리를 들은 수운이 황급히 단애 침안으로 뛰어 들어갔다. 누워 버둥거리며 비명을 지르던 단애는, 누군가 자신의 몸을 흔드는 것을 느끼고 간신히 의식이 되찾았다.

"단애, 어떻게 된 거요? 이 식은 땀은 다 뭐요?"

단애는 눈을 뜨고도 한동안 정신을 차리지 못하여 멍한 상태로 있었다.

"…꿈, 꿈이었구나."

가쁜 숨을 몰아쉬며 헛소리처럼 단애가 중얼거린다. 아직도 눈동자엔 두려움이 서려있고 완전히 꿈에서 벗어나지 못하여 주변에 보이는 모든 것을 몹시 경계하고 있었다.

"꿈을 꾼 것이오?"

"…"

창백한 안색과 갑자기 눈에 띄게 수척해진 모습, 거기다 어지럽게 헝클어진 머리는 꿈속에서의 고초가 얼마나 심했는지를 적나라하게 보여주고 있었다. 수운이 단애를 일으켜 앉혔다.

"좀 일어나 앉으시오."

단애는 넋을 잃은 사람처럼, 마치 다른 나라에 온 것처럼 주위를 두리번거렸다.

'천국교를 건너며 너무 긴장을 했는가? 어찌하여 꿈을 꾸었다고 하는가? 무슨 꿈을 어떻게 꾸었기에 사람이 이 지경이 되었는가?'

시간이 지나면서 단애는 가까스로 정신은 수습하였으나 너무나 진한 악몽에 탈진을 해버려 몸을 제대로 추스르지 못한다. 고개를 들 힘은 고사하고 눈꺼풀 하나 밀어 올릴 힘도 남아있지 않았다.

"이틀 정도만 더 가면 이 다리에서 벗어날 수 있을 거요. 조금만 더 버티어 주시오."

일이 자꾸만 어렵게 꼬여가자 수운은 벼랑 끝에 선 심정이다. 물에 빠져 허우적거리며 지푸라기라도 잡으려고 하는 심정이 이와 같을까 싶어졌다.

수운이 단애의 비명소리를 듣고 제정신도 아니게 놀라 깨어났을 때, 저 멀리 상제관에서 이제 막 설핏 잠이 들었던 도선도 그 비명소리를 들었다. 무거운 밤공기를 날카롭게 찢으며 내지른 비명 음은 듣는 이로 하여금 절로 다급하게 만들었다. 소스라쳐 떨리는 손으로 급히 등불을 밝히고, 자리에 앉은 도선의 얼굴이 창백하게 굳어졌다.

"이게 무슨 소리인가? 조금 전까지도 아무런 일이 없었는데…."

도선은 어디에서 들려온 소리인지 알아보기 위해 촉각을 곤두세우고 주위를 두리번거렸다. 여행자들이 위치해 있는 곳이 모두 다르므로 어느 방향인지만 알아도 금방 누구인지 알 수 있다. 그러나 소리는 그렇게 한 번 창끝같이 날카롭게 터지고는 다시 들리지 않았다.

가슴이 진정되지 않아 심장이 거칠게 요동을 쳤다. 소리는 단지 그저 한번 질러보는 소리도, 무엇을 부르는 외침소리도 아니었다. 그것은 당장 무슨 일이 벌어질 것 같은, 그래서 공포에 질린 비명이었다.

도선은 동쪽으로 향해있는 문을 향해 돌아앉았다. 사무연과 소책이 있는 방향이다. 지그시 눈을 감고 정신을 모은다. 등불이 자연스럽게 휘도를 낮추어 주위를 어스름하게 만든다. 곧바로 눈꺼풀에 사무연과 소책이 잠들어 있는 침안 두 개가 어둠속에서 동그마니 보인다. 도선이 천천히 눈을 떴다. 눈꺼풀에 맺혔던 영상이 닫힌 문에 그대로 투영되어 선명하게 나타난다. 사무연과 소책은 현재 운해지역을 벗어나 분지 쪽으로 내려오는 도중에 밤을 맞았다. 침안은 불이 꺼졌고 잠잠하면서 고요하다. 별다른 이상은 없어 보인다.

도선이 이번에는 남쪽으로 돌아앉는다. 그리고 또다시 지그시 눈을 감았다. 단애와 수운이 있는 방향이다. 좀 전보다 오래 눈을 감고 있는데 눈썹이 미세하게 흔들린다. 도선은 떨리는 눈꺼풀을 천천히 들면서 맺힌 영상을 문풍지에 옮겨놓는다.

단애가 겁먹은 표정으로 멍하게 앉아있고, 수운이 안타까운 표정으로 옆을 지키고 있다. 차가운 냉기가 그곳에서 뿜어져 나온다. 도선은 저도 모르게 몸을 흔들어 소름을 털어냈다.

"무슨 일이 일어났던 걸까?"

갑자기 일어난 이 느닷없는 상황에 도선은 당황했다. 이 한밤중. 지금 두 사람이 대면하고 있는 상황으로 보건대 좀 전 무슨 사태가 일어났던 것이 분명했다. 그리고 그 일은 결코 가벼운 일이다 할 수는 없을 것 같은 직감이 든다. 예삿일로 보기에는 두 사람의 표정이 너무나 침울해 보인다.

"이제 좀 정신이 드시오?"

가쁜 숨이 가라앉고 백지 같던 단애의 안색이 다소 풀리자 수운이 근심스런 낯빛으로 물었다. 단애는 수운이 묻는 말에 잠깐 귀를 기울이는 듯 했으나, 이내 눈을 내리감고 아무런 대답을 하지 않았다. 단애의 표정이 어쩐지 차갑게 보였다.

'왜 이렇게 일이 풀릴 기미가 보이지 않고 자꾸 악화되어 가는가? 이것이 단지 높은 허공에 매달린 다리를 건너게 됨으로서 생기게 된 일인가?'

알아듣게 무슨 말이라도 해주면 이토록 답답하지는 않을 텐데, 단애는 모든 일을 그저 혼자 삭이고 썩히고 묻어두는 성격이다. 오장육부가 문드러져도 자신의 속내를 드러낼 사람이 아니다. 수운은 착잡한 심정을 가눌 길 없다.

날이 밝기 무섭게 수운은 기진한 단애를 둘러업고 길을 떠났다. 할 수만 있다면 한달음에 저 건너편 산으로 달려가 오늘아침에라도 닿고 싶은 마음이 굴뚝같지만 사정이 호락호락하지 않다. 길을 떠난 지 얼마 되지 않아 아침햇살이 눈부시게 머리 위에서 퍼질 때, 수운은 무엇인가 어깨를 눌러오는 것을 느낀다.

단애가 업힌 채 잠이 든 모양이다. 항상 꼭 그만큼, 온종일을 걷고서야 여덟 번째 정자에 닿았다. 마지막 정자에 닿아 밤을 보내게 된 것이다.

해가 지평선으로 설핏 기울어지자 단애는 빛이 사라지는 하늘을 쳐다보며 불안한 낯빛을 띠었다. 밤이 오는 것을 두려워하는 것이 틀림없었다. 아마 어제 꾼 악몽을 떠올리며 오늘 밤도 그러한 꿈을 꾸게 되지나 않을까 염려가 되어서일 것이다.

"불안하면 내가 곁에 같이 있는 것은 어떻겠소?"

"…아니어요, 괜찮아요."

단애는 어쩐지 놀라는 표정으로 거절을 하였다.

"말 좀 하시오, 해야 할 말을 속에 담아두면 병 되는 것 모르시오."

그러나 단애는 고개를 옆으로 돌리고 만다. 더는 이야기하고 싶지 않다는 뜻이다. 돌린 단애의 옆얼굴, 눈 밑이 푸르스름한 빛을 띤다. 수운의 깊은 한숨이 두 사람 사이를 갈라놓는다. 초조한 중에 밤이 깊었으나 별다른 일이 일어나지 않자, 수운은 뭉뚱그려 세워놓은 자신의 침안에 기대어 앉은 채 눈을 감았다. 새벽별이 동녘하늘에서 아스라이 그 빛을 바래어가던 시각이었다.

자라 보고 놀란 가슴 솥뚜껑 보고도 놀란다고 바스락거리는 소리만 들려도 수운은 신경이 곤두서서 몇 번이나 눈을 뜨고 두리번거렸다. 밤새 불안으로 잠을 이루지 못하던 단애가 저도 모르게 혼곤하여 깜빡 잠이 든 것도 그 무렵이었다.

처절한 전투 끝에 벌판에는 수많은 군사들을 시체로 뉘어놓고, 살아남은 일엽 측 군사들이 일단 후퇴를 한 상황이었다. 그렇지 않아도 적에 비해 터무니없이 적은 숫자인데, 어제 전투로 많은 군사를 잃고 산자락 위로 몸을 숨긴 일엽 측은, 사기가 땅에 곤두박질 쳐 헐렁한 모습으로, 산자락 여기저기에 웅기중기 무리지어 적의 동태를 살피고 있었다.

일엽은 부관을 잃고, 자신을 믿고 따르던 병사들 대부분을 잃었다. 제대로 위용을 갖춘 어제와 달리 지금의 아군진영은 험한 산자락에 둘러싸인 초라한 뜸마을같이 보인다.

병사들의 눈에 일엽의 몸은 이미 온기가 사라졌고, 차갑고 음울한 기운이 그의 몸을 감싸고 있었다. 어쩐지 불길하였으나 마음으로만 느낄 뿐이었다.

벌판은 어제 전투로 숨진 수많은 병사들의 시체가 산을 이루고 있었다. 시체를 밟지 않고는 한걸음도 지나칠 수 없을 지경이다.

단애는 어수선한 중에 여기저기 분주히 다니는 병사들에게 부딪히고 있었다. 땀 냄새와 비린내와 살이 썩는 냄새로 숨이 막힐 것 같다.

'내가 왜 이곳에 와서 허둥대고 있지?'

단애는 꿈속에서 그렇게 혼자 생각을 하였다. 여기에서 멀어져 어디론가 가고 싶은데 어떻게 된 일인지 몸이 그 전장을 떠나지 않고 자꾸만 맴도는 것이었다.

감정 없는 무심한 눈으로 적진을 바라보고 있던 일엽이 긴 한숨을 내쉬었다.

이 싸움은 이미 승패가 결정된 헛된 싸움이다. 하늘에서 갑자기 억수같은 비라도 퍼부어 저들을 쓸어버리지 않는다면, 벼락이라도 내리쳐 저들의 심장을 멎게 해주지 않는 다음에야, 무엇 하나 제대로 갖추어진 것이 없는 우리가, 중과부적을 뛰어넘어 적을 무찌르고 승리할 수는 없다.

농사나 짓다가 엉겁결에 붙잡혀 와서 훈련 한 번 제대로 받지 못한 병사들은, 자刺법(찌르기)과 세洗법(자르거나 베기)의 기본 동작도 제대로 익히지 못한 채, 지급받은 창칼을 민활하게 쓰지 못하고 파리채같이 휘두르기나 하는 병사들이다.

복색조차 갖추지 못해 찢겨진 무명옷 사이로 맨살이 허옇게 드러난 사람들, 굶주리고 지쳐 쓰러져 잠들기 바쁜 병사들을 데리고 무슨 전쟁을 한단 말인가. 이 생명들, 이제 얼마 후면 모두가 송장이 되어 저 벌판에서 썩어 가리라.

분답하구나, 왜 이리 분답한단 말인가.

잔치를 한다고 분답할 때는 그나마 기쁘기나 하더니, 이런 더럽고 무서운 짓도 분답하게 하는구나. 누가 인간을 가장 어질고 복된 생물이라 했던가. 사악하기로 말하면 야차를 능가할 것이요 교활하기로 하면 여우보다 더한 짐승이라.

일엽은 갑자기 가슴이 답답해 온다. 손으로 가슴을 쓸며 맺힌 것을 풀어보려고 한다. 그러나 그것은 매만질수록 더욱 살 깊이 파고들어 폐부를 찌르며 더 큰 고통을 안겨 줄 뿐이다. 그는 벌떡 자리에서 일어나 막사 뒤편에 매어져 있는 말이 있는 쪽으로 뚜벅뚜벅 걸어갔다.

이른 새벽부터 말 먹이를 주고 상처를 치료하던 마부들이 고개를 조아린다.

- 견마병을 보내시지 않고 직접 오셨습니까?

일엽이 대답 대신 고개를 끄덕인다. 마부 하나가 꼬부장한 허리를 하고 종종걸음을 치며 가더니 일엽의 말을 끌고 온다. 다만 그는 영문을 알지 못해, 일엽이 말을 몰고 돌아서 갈 때 고개를 한 번 갸우뚱 할 뿐이다. 알다가도 모를 일이 세상일이지만 일이 그리되려고 처음부터 의아한 일도 있는 것이다. 한 번도 손수 말을 몰러 온 적이 없는 일이라 그가 고개가 갸우뚱한 것은 당연했는지 모른다. 서도 허리가 온전히 펴지지 않는 그는, 자신이 왠지 말을 빼앗긴 것 같은, 일엽이 말을 빼앗아간 듯한 생각이 왜 떠올랐는지 그때는 알지 못했다.

누가 보아도 허허로운 걸음으로, 무심한 것도 같이, 일엽은 주위를 쳐다보지도 않고 망설임도 없이, 적진 쪽으로 말을 타고 조용히 나아갔다. 적의 기습에 대비하여 교대로 진을 치고 밤을 지켰던 병사들은 영문을 알지 못하여 그의 행동을 그저 멀뚱하니 쳐다보기만 했다.

일엽은 말 등으로 늘어뜨린 두 손을 덕석 말 듯 도르르 말아서 쥔다. 꽉 쥔 주먹의 시퍼런 힘줄이 용트림하듯 꿈틀거리고, 뻗치는 기를 감당하지 못한 팔뚝이 부르르 떤다. 그의 부릅뜬 눈은 그러나 적진을 보고 있지 않고 말의 목덜미를 내려다보고 있다.

후으어.

풀리지 않고 응어리진 어떤 것이 속에서 치미는지 가슴팍이 찢어지도록 들이마신 깊은 숨을 한 알, 한 알 헤아려내듯 뱉어내던 그는, 무슨 생각이 들었는지 주먹 쥔 손을 맥없이 풀어버린다. 그리고는 말을 계속해서 몰아 적진 쪽으로 연기처럼 흘러들어간다.

의아함과 두려움에 젖은 병사들의 애잔한 눈빛이 아무런 생각

없이, 뒤에서 그저 덤덤하게 지켜볼 뿐이다. 그러다가 어느 순간, 퍼뜩 정신이 들어

- 너무 많이 가는 것이 아닐까?

느꼈을 때는, 일엽은 이미 아군의 진영도, 그렇다고 적군의 진영도 아닌 곳에 닿아 있었다. 쳐다보던 군사들의 숨소리가 긴장감에 멎었다. 누구도 예상치 못한 순간적으로 일어난 일이었다.

- 누구냐. 지금 적진 쪽으로 말을 몰아 간 자가 누구냐?

무슨 볼일이라도 보러 가는 사람처럼, 적 진영을 향해 말을 몰아가고 있는 일엽을 본 도원수가 물었다.

- 누군지 잘 모르겠습니다. 확인하고 오겠습니다.

근처에 있던 장수 한 사람이 대답했다.

- 일엽 장군이옵니다.

그가 얼마 뒤 돌아와 아뢴다.

- 뭐라, 일엽이란 말인가?

- 그러하옵니다.

- 왜 저런 무모한 짓을 한단 말이냐?

빠져나올 수없는 사지로 스스로 걸어 들어간 이해할 수 없는 현상에 도원수가 당황한 표정을 지으며 물었다.

자신의 생명을 남의 손에 고스란히 갖다 바친 꼴이 아닌가.

- 가서 돌아오라고 하라. 더 이상 가면 위험할 수 있다.

- 지금도 적의 사정권에 들어가 있사옵니다. 빠져 나오기 힘들 것입니다.

- 아직 아무 일도 일어나지 않지 않았는가. 돌아오라고 하라. 어서 가라.

상기된 얼굴이 벌겋다. 불호령은 그렇지 않아도 어수선한 시국에 이해할 수 없는 일엽의 행동에 대한 답답함에서 배어나온 것이었다. 장수 하나가 말을 타고 벌판을 가로질러 간다.

- 일엽 돌아오시오. 위험하오. 어서 돌아오시오.

장수는 일엽이 서 있는 곳까지는 가지 못하고, 저만큼 떨어진 곳에서 어서 돌아오라고 애원하듯 소리를 지른다.

적의 사수들이 이미 자세를 잡고 활을 겨누고 있었고, 일엽은 말 등에 꼿꼿이 허리를 편 채 바위처럼 우뚝 앉아 있었다. 부름에 미동은 하였다. 잠깐 고개를 돌려 그는 자신과 생사를 같이하며 동고동락했던 진영의 사람들 얼굴을 무심한 눈으로 돌아보았다. 그 눈길은 이미 모든 미련을 떨쳐내어, 그 어떤 고뇌도 증오도 두려움도 원망도, 어떤 것도 담고 있지 않는 담담한 눈이었다. 그렇게 한 번 바라보고 천천히 앞으로 돌린 고개는 그러나 다시는 돌아보지 않았다. 등을 돌린 일엽의 모습은 비장해 보인다기보다 차라리 쓸쓸해 보였다.

용감함을 넘어 무모한 행동에, 양 진영은 숨소리도 숨긴 채 사태를 주시했다.

- 동 장군, 저자를 맞출 수 있겠는가?

조용한 적진 가운데서 누군가 불쑥 큰소리로 말을 꺼낸다.

- 충분한 거리입니다.

육중한 갑옷을 입은 가슴이 딱 벌어진 앙바틈한 사내가 앞으로 나섰다. 툭 튀어나온 광대뼈와 쌍꺼풀 없이 쪽 찢어진 눈이 살기로 번뜩인다. 그가 쥐고 있는 활은 전장의 이력을 말해주듯 기름을 발라놓은 것 같이 반들거린다. 병사들 틈을 헤치고 그가 전열의 앞쪽으로 걸어 나왔다.

- 반드시 맞히도록.

끝을 누른 말투가 단호하게 들린다. 사내는 모로 서서 일엽을 한 번 노려본 후 시위에 살을 먹인다. 눈에서 새파란 섬광이 인다.

이때 일엽은 창을 땅에 내리꽂고 천천히 투구를 벗고 있었다. 일엽은 벗은 투구를 손바닥으로 한 번 쓰다듬더니 바닥으로 힘없이 던져버린다. 한일자로 굳게 다문 일엽의 맨 얼굴이 늠름한 기상을 머금은 채 나타난다.

- 저 자가 누구인가?

네 필의 말이 이끄는 수레 위에 옥루를 설치하고 휘장을 드리운 채, 줄곧 수운의 모든 행동을 지켜보던 사내가 묻는다. 좁고 긴 깡마른 얼굴에 눈꼬리가 찢어 올라간 것이 사특하게 보인다. 그는 의자 팔걸이에 팔을 얹고 비스듬히 기대어 앉아있다. 이제 서른을 갓 넘겼을까, 나이에 비해 범상해 보이지는 않는다. 군관 하나가 휘장 앞에 꿇어 엎드린다. 투구에 깃털이 꽂혀 있는 것으로 보아 사령관쯤 되는 모양이다.

- 일엽 장군이옵니다.

- …일엽이라. 솜씨와 용맹이 대단하다고 소문이 자자하던 그

자 아닌가?

살점 없는 홀쭉한 볼에 갸름한 삼각 턱, 거기에 돋아난 수염 몇 올을 희고 가느다란 손으로 쓸며 그가 물었다.

- 그러하옵니다. 그런데 왜 저런 짓을 하고 있는지 모르겠사옵니다.

그렇게 양 진영에서 의문에 젖은 말들이 오가고 있을 때. 일엽은 입고 있던 갑옷의 고리를 하나하나 풀어낸다. 그리고 머리 위로 벗어 그것 또한 한쪽으로 던져버린다.

풀썩.

메마른 벌판에 먼지를 일으키며 갑옷이 허물처럼 바닥에 떨어졌다. 솜이불같이 두텁게 자신을 덮고 있던 것들을 벗어버리자 일엽은 시원함을 느낀다. 이제 몸에는 철릭과 그 철릭 위에 입은 가죽배자만 남았다. 누렇게 변색된 배자는 땀과 기름기에 절어 번들거린다. 그것은 터진 앞섶 양면 언저리로 다수의 구멍이 뚫려있고 끈이 가슴에서 서로 엇갈려 양면을 단단히 결합시켰다.

자신을 공고히 지켜주던 것들은 모두 사라졌다. 어느 누구도 곁에 있지 않고 어떤 방패 막도 없다.

양 진영의 병사들이 서로 얼굴을 쳐다보며 의아해한다. 눈으로 보면서도 이해할 수 없는 그의 행동에 모두는 어안이 벙벙할 뿐이다.

'살고 싶다.'

죽음을 각오했지만, 굳은 결심을 밀치고 자신을 끌어안는 인정이 속삭이자, 두려움이 한기처럼 서늘하게 온몸에 끼쳐든다. 지금이라도 당장 돌아서서 급히 자신의 진영으로 달려가고 싶다.

'안 된다. 죽기를 각오한 이상 돌아서면 안 된다. 그러면 내가 나에게 지는 것이다. 절대로 돌아서면 안 된다.'

'지금이라도 돌아서면 살 수 있다. 전투를 치르며 마지막까지 용을 쓰다가 부득이 운이 없어 죽는다면 어쩔 수 없는 일이지만, 이렇게 드러내놓고 죽음을 기다리는 것은 개죽음일 뿐이다.'

'아니다. 이 모든 분잡한 곳에서 영원히 떠날 수 있는 길은 이 자리에서 내가 죽는 일이다.'

'너무나 억울하지 않은가. 제대로 한 번 살아보지도 못하고… 만약 이 전쟁에서 운이 좋아 이긴다면 나는 영웅이 될 수 도 있는데… 그러면 모든 사람으로부터 우러름을 받으며 복락을 누릴 수도 있는데, 이 무슨 해괴한 짓이란 말인가.'

'살아봐야 결국 쳇바퀴 돌 뿐이다. 아내의 죽음이, 저 벌판에 늘린 병사들의 참혹한 주검이 네가 아니라고 한다고 거짓말처럼 과거로 돌이킬 수 있는 일이던가. 주어진 삶이 운명이라고 할 수 밖에 없는 것인데, 자신도 모르는 운명에 무슨 희망을 건단 말인가.'

머리와 가슴에서 자신도 모르는 두 존재가 팽팽하게 대치하며 각을 세운다. 일엽은 두 존재를 내려다보며 어느 편에도 서지 못하는 자신을 발견한다.

활을 든 동장군이 발끝을 가다듬는다. 그리고 천천히 활을 들어올린다.

일엽은 숨을 깊게 한 번 들이마시고 눈을 감았다. 평온한 모습이다. 동 장군의 시위가 날카롭게 날을 갈며 소리 없이 당겨질 때,

일엽은 땅에 꽂아놓았던 창을 치켜든다.

모두가 숨을 죽이고 있던 그때, 일엽이 치켜든 창날이, 시퍼런 빛을 뿌리며 하늘의 배를 가를 듯 사방으로 번득인다.

- 가자.

일엽이 말에게 속삭인다.

히- 힝.

말이 긴 울음소리와 함께 앞발을 높이 치켜들더니, 지축을 흔드는 굉음을 내며 적진으로 달리기 시작한다. 질풍처럼 말이 달린다. 바람에 일엽의 풀어진 머릿결이 어지럽게 날린다.

동 장군이 터질 것 같은 공기를 압축한 화살을 단단히 부여잡는다. 그리고 활로 높이와 거리를 잰다. 쿵, 짝, 장단이라도 맞추려는가. 하늘로 치솟았던 동 장군의 활이 서서히 내려오다가 눈높이에서 고정된다. 일엽의 말이 뒷발로 땅을 치며 허리를 펴고 돋움을 시작하면 시위를 떠난 화살이 일엽의 오른쪽 눈을 꿰뚫을 것이다.

적의진영에 불과 백 오십 여 보쯤을 남겨 놓았을 때, 일엽은 창을 머리 위 허공에서 한 바퀴를 돌리더니 손에서 떠나보냈다. 그러나 창끝은 적진으로 향하지 않았고, 하늘꼭대기를 향하여 햇무리를 그리며 승천하듯 날아올랐다. 손에서 창대의 여운이 채 사라지기도 전에

퍽.

동 장군이 쏜 화살이 깨진 얼음조각같이 차갑게 일엽의 오른쪽

망막을 정확히 꿰뚫었다. 일엽이 멈칫하자, 달리던 말이 놀랐는지 우뚝 멈춰 섰다. 일엽이 본능적으로 눈에 박힌 화살을 거머쥐었다.

- 명중했군. 역시 대단한 솜씨야.

웃음소리와 함께 박수까지 치며 적진에서는 일엽의 눈을 짓이 겨놓은 것을 두고 칭찬이 자자하다.

- 말을 타고 달리는 자의 눈을 맞추기란 날아가는 새를 맞추기 보다 더 어려운 일인데 역시 대단하십니다. 이왕이면 이번에는 나머지 왼눈을 맞춰보시지요.

그들은 유희를 즐기는 것 같다. 동 장군이 다시 자리를 잡는다.

눈을 떠야 한다. 왼눈이라도 떠서 바라보아야 한다. 내가 아직 죽지 않았음을 저들에게 보여주어야 한다. 놀라고 당황하여 심경 이 걷잡을 수없이 흔들려야 하는데 어쩐지 마음은 물밑처럼 고요 하다.

일엽의 마음과는 달리 함께 감겨버린 왼눈은 의지만으로는 움 직여 주지 않는다.

죽을힘을 다해 눈꺼풀에 힘을 주자 눈이 사시처럼 떨리며 가늘 게 찢어진 채 열렸다. 그러나 사물은 보이지 않는다. 세상은 눈앞 에서 사라졌다. 일엽이 화살을 잡았던 손을 무릎에다 내려놓는 다. 지켜보고 있는 양 진영의 군사들은 차가운 얼음물에 몸을 담 그고 있다가, 갑자기 맨몸으로 화로 안에 뛰어든 것 같은 뜨거움 을 느낀다. 그것은 뜨겁기만 한 것이 아니라 땀이 배어나와 온몸 을 끈적하게 덮는다. 주먹 쥔 손에 땀들이 홍건히 고였다.

일엽은 두 손을 무릎 위에 올려놓은 자세에서 말의 옆구리를 챘다. 걸음을 멈추었던 말이 주인의 의중을 알아채고 발굽에 힘을 모아 급하게 두어 걸음 내디뎠다.

쉭, 어디선가 허공을 가르는 소리가 들린다. 그 소리는 작지만 날카로웠고 듣는 사람으로 하여금 등골에 소름이 돋게 만드는 소리이다.

펙.

동장군이 쏜, 또 다른 화살이 이번에는 일엽의 왼눈을 꿰뚫었다. 자신의 길을 다 가지 못한 화살이 바르르 떨며 눈 속을 파고든다. 선혈에 물든 일엽의 얼굴이 수그러진다. 콧등을 타고 흘러내리던 선혈이 후- 우, 일엽이 내쉬는 가는 한숨에 흩어지며 안장을 적신다.

비틀.

몸이 한 번 비틀거리기는 했으나 일엽은 말 등에서 자세를 고쳐잡았다. 꼿꼿한 허리와는 달리 고개는 숙여져 있다. 늘어뜨린 두 손을 가슴으로 가져간다. 아마도 얼굴의 통증보다 가슴이 더 답답한 모양이었다. 배자의 끈을 잡으려고 하지만 무섭게 떨리는 손은 아무리 더듬거려도 그 끝을 찾지 못한다. 피로 흥건히 젖은 앞섶을 두 손으로 거머쥐고 찢으려고 하지만 맥이 풀어진 손은 단단히 조여진 가죽옷을 찢지 못한다. 핏기 없는 얼굴이 사그라지고 일엽은 괴로운 듯 옷을 잡고 흔들었다. 처절한 몸부림이었다.

- 제가 풀어 들릴게요.

단애가 매듭을 풀어주기 위해 말 앞쪽으로 올라가려고 하지만, 아무리 용을 쓰도 그 말에 오를 수가 없었다. 밑에서 애를 태우며 손만 허우적거리고 있는데,

'가자, 가야 한다.'

일엽은 또 다시, 꼿꼿하게 세운 허리로 뚜벅뚜벅 적진을 향해 말을 몰았다. 동 장군이 마지막 살을 먹인다. 철전이었다.

손마디 하나의 힘만 더 넣어 날린다면 저 놈의 골통을 뚫으리라. 그가 천천히 활을 든다. 화살촉에 죽음의 그림자가 컴컴하게 서린다.

일엽은 사그라드는 의식을 다잡으며 사력을 다해 등자로 말의 옆구리를 걷어찼다.

히이- 힝.

말이 앞발을 허공으로 높이 든 채 미친 듯이 고개를 흔들었다. 기다란 갈기가 허공에서 춤을 추며 너울거린다. 주인의 고통이 자신의 살을 여미기라도 하는 듯, 말은 눈에 핏발을 세우고 분노로 몸부림쳤다. 바람처럼 말이 달렸다.

세상 모든 것을 짓밟아버릴 것처럼 한꺼번에 다 쓸어버릴 듯이, 말은 미친 듯이 달렸다. 그러나 말은 얼마를 달리지 못했다. 철전이 날아와 일엽의 이마를 꿰뚫었고, 뒤이어 먹구름처럼 새까맣게 하늘을 덮으며 날아온 화살이, 일엽과 말을 형체도 알아볼 수도 없게 만들어 버렸다.

귀를 줄곧 단애가 잠들어 있는 쪽으로 곤두세우고, 뜬눈으로

밤을 꼬박 새우다시피 하던 수운이 저도 모르게 깜빡 새벽잠이 들고 말았는데

"아!"

허공을 찢으며 자지러지는 비명소리에, 몸이 제 먼저 놀라 벌떡 일어나 앉고, 수운은 정신없는 와중에도 무엇을 생각할 겨를도 없이 황망히 몸을 일으켜 단애에게 뛰어갔다.

"어, 어."

허우적대며 깔딱깔딱 숨이 넘어가는 눌린 음성이 또 다시 지독한 악몽을 꾸고 있는 것이 분명했다.

"단애! 나요. 눈 좀 떠보시오."

수운이 깨우고는 있으나, 단애는 좀체 꿈에서 벗어나지 못한 채 사지를 버둥거렸다.

"단애! 제발 정신 차리시오!"

수운의 음성에 다급함이 배어 있었다. 가위에 눌린 몸짓은 영영 꿈에서 깨어나지 않을 것만 같다. 수운이 목청을 높여 한참을 흔들어 깨우고서야, 단애는 누군가 자신을 부르며 잠을 깨우고 있다는 것을 어렴풋이 인지했다. 그러면서 꿈에서 벗어나기 위해 안간힘을 썼다. 하지만 어찌된 일인지 자신의 의지와는 달리 영상이 끊어지지 않고 희미하게 계속 이어지고 있었다.

서로가 적으로 대치하고 있는 전쟁 상황이라는 것을 잊어버리고, 양 진영의 군사들은 말과 함께 바닥으로 나동그라져 숨이 끊어진 일엽의 주검을, 미간을 찌푸린 채 에이는 가슴을 두 손으로

거머쥐고 지켜보고 있었다. 그 처참한 죽음을…. 숨소리조차 들리지 않는 무거운 침묵이 대지를 내리 눌렀다.

남아있는 병사들은 자신도, 그리고 누구도, 저렇게 처참하게 생을 끝낼 수 있다는 생각에 진저리쳤다.

- 태자마마, 쓸어버리시지요.

누각에 앉은 황자는, 그런데 어찌하여 득의에 차 있지 못하고, 얼굴에 그늘이 드리워져 있다. 미간을 좁히어 가느다랗게 뜬 눈, 그 눈이 맥이 풀리고 매몰찬 얼굴이 찌부러져 있다.

- 기다려라.

뒤엉켜 죽고 죽이고 할 때는 모르겠더니, 아무런 방비도 하지 않은 한 인간을 무고한 난사로 절명케 하고 보니, 그 뒤끝이 쇠망치로 명치를 맞은 듯 우련한 모양이다. 일개 적장의 호기에 지나지 않은 개죽음 앞에서, 전쟁의 잔혹함을 잊고 황자가 머뭇거리자, 눈치를 보던 적의 수하 장수들이 당혹해한다. 그러나 인간은 간악하다.

- 마마! 적은 가장 으뜸인 장수를 잃었습니다. 지금이 바로 기회입니다. 적은 이제 손바닥으로 슥 쓸기만 해도 무너질 것입니다.

장수 하나가 급한 걸음으로 와서 부복하여 엎드려 아뢴다.

- 손바닥으로 쓸 필요도 없을 것 같습니다. 후, 불기만 해도 모두 날아가 저 맞은편 산중턱에 모두 처박혀 버리고 말 것입니다.

기회를 놓치고 싶지 않아 안달하는 장수들의 간청을 듣고도 태자는 의연했다. 그는 지금 속으로 무엇인가를 생각한다.

'생목숨을 스스로 초개와 같이… 버릴 수 있다? 오늘 내가 그를 찌른 것이 아니라 그가 나를 찔렀구나. 시퍼렇게 날이 선 긴 창으로 그가 내 심장을 찔렀구나.'

난생 처음 보는 초연함.

모든 것을 벗어버린 의연한 존재가 빚어내는 초탈적인 모습. 그건 질기고 두꺼운 삶의 욕망을 벗어버리고, 스스로 죽음의 계곡에 들어선 자의 모습이었다. 자신이 지금까지 알지 못했던 가장 크고 가장 위대한 생명의 모습이었다.

화살을 벌집처럼 맞고도 고통을 참고 버티던 사자 상 같은 모습이, 어쩌면 한없이 기쁘게 보이기도 하던 그 모습에, 태자는 전장을 누비던 동안 한 번도 느끼지 않았던 어떤 섬뜩함을 느꼈다.

'나는 오늘 승리자가 아니라 패배자이다.'

나약해진 그를, 죽음이 등 뒤에서 금방이라도 손톱을 내밀어 할퀼 것 같았다. 그가 흠칫 놀라 뒤를 돌아보았다.

- 이것이 현실인가.

아군의 도원수는 목도를 하고도 믿기지 않는다.

- 믿기지 않지만 사실이옵니다.

그저 황망하다고 밖에 할 수 없는 아군의 진영은, 한없이 허탈한 심정으로 일엽의 죽음을 지켜봤다.

- 산 쪽으로 더 높이 올라가라. 그리고 방벽을 쌓으라.

도원수는 병사들을 산으로 올려 보냈다. 마지막까지 버텨보자면 결국 지형지물을 이용하는 수밖에 없었다.

적진의 태자는 고개를 숙인 채 아직도 무엇엔가 깊은 생각에 빠져 있다.

지금까지 많은 전장을 다녔다. 그건 한 나라를 물려받아야 하는 자신에게는 숙명이었다. 내 것을 뺏기지 않으려면, 교활하고 잔인하지 않으면 안 되었다. 불행하게도 양보의 미덕은 인간세상에서는 통하지 않는 쓸모없는 짓거리였다. 유순해지고 너그러워지면 아무도 그를 따르지 않았다. 자신을 따르는 사람들에게 항상 무엇인가를 쥐어줄 수 있어야 했기에 그는 끊임없이 앞으로 나아가고 승리를 쟁취해야 했다. 승리는 항상 통쾌했고 전쟁은 하면 할수록 자꾸 그를 갈증 나게 만들었다.

그런데, 오늘 뜻하지 않은 적장의 죽음이 그의 마음을 흔들어 놓고 있는 것이다.

자신의 목숨을 헌신짝처럼 내던질 때, 그가 비록 말을 하지는 않았지만, 그는 자신의 죽음 하나로 절망에 빠진 아군의 모든 병사들을 살려달라고 말하는 것 같았다. 지형에 익숙하지 못하고 긴 행군의 노독으로 인해 몇 번의 전투에서 패배를 했을망정, 이런 작은 나라 하나 정도는 처음부터 자신의 상대가 되지 않았었다. 더구나 이제는 군대도 아니고 잔당이 되어버린 적들이, 단지 한나절을 버티느냐 하루를 버티느냐 하는 것만 남은 상태였다.

몰살沒殺.

굳이 말한다면 그것이다. 마음만 먹는다면 단 한 사람도 살려두지 않을 수도 있는 일이다. 무모한 줄 알면서도 그렇게 진을 치고 맞서야 하는 것은 한나라를 지키는 군인으로써 어쩔 수없는 일일 것이다. 어쩌면 그것은 하늘이 정해준 운명인지도 모른다. 하필이면 그렇게도 작은 나라에, 하필이면 그 때에, 하필이면 그 나이에….

최후까지 말 위에 우뚝 앉아 초연함을 잃지 않았던 그의 잔상이 자꾸만 아른거린다. 그렇게 많은 죽음을 보아왔으면서도 그는 삶과 죽음이 종이 한 장 차이라는 사실을 오늘 처음으로 깨달았다. 갑자기 무력함이 몰려오며 그는 어떤 말도, 어떤 행위도 하고 싶지 않았다. 어서 이곳을 벗어나고 싶을 뿐이다. 태자는 외투를 가져오라고 했다.

너무 춥다. 가슴 언저리가 꽁꽁 얼어오면서 그는 한기에 몸을 떨었다.

벌판은 그 숱하던 사람들이 뒤엉켰던 격렬함과, 갈기갈기 찢어발기던 함성은 어디로 갔는지 사라졌다. 갑자기 낯이 설다. 모든 것이.

점점이 이어진 시간들이 지나고 이틀이 지난 아침, 냇가에 물안개가 자욱하게 피어오를 때. 북쪽에서 한 무리의 기발騎撥무리가 깃발을 단 창대를 높이 들고, 누런 흙먼지를 일으키며 적진 속으로 달려갔다. 바람에 펄럭이며 나부끼는 기의 형상은 금실로 수놓은 용의 문양 가운데 '황'자가 선명하게 새겨진 것으로 보아 본국에서 황제의 교지를 전하러 달려온 칙사무리인 것 같았다. 적의 진영이 일순 쥐죽은 듯 고요하였다. 척후병이 급히 돌아와 도원수

에게 적의 상황을 알린다. 아무래도 적이 퇴각준비를 하는 것 같다는 전갈이었다. 소문이 삽시간에 번져

- 적이 돌아간다는 거야.

- 나도 들었어. 본국에서 내란이 일어났다는 거야. 그래서 빨리 회군을 해야 한다는군.

- 어찌됐던 다행일세. 우리도 이제 집으로 돌아갈 수 있겠어.

죽음의 그림자에 짓눌려 흙빛으로 굳어있던 일엽 쪽 병사들 얼굴에 햇살보다 더 밝은 웃음이 번지기 시작한다. 웅성거리는 병사들 얼굴에 기쁨의 빛이 서린다. 언제 들어갔는지 몇 명의 병사들이 처참하게 뭉그러져 형체를 알아보기 힘든 일엽의 시신을 메고 나오는 것이 보였다.

단애의 눈에서 눈물이 흐르기 시작한다. 그의 죽음이 너무 서러워서도 그렇고, 죽음에서 건져진 병사들의 기쁨에 넘친 얼굴조차도 까닭 없이 서러워 눈물은 하염없이 볼을 타고 내렸다.

단애는 서 있는 자신이 심하게 흔들리는 것을 느낀다.

"단애! 정신 차리시오."

단애는 기진한 듯, 수운이 세차게 흔들어 깨우는데도 이리저리 몸만 흔들릴 뿐, 눈을 뜨지도 정신을 차리지도 못했다.

"단애!"

수운이 안타까워 어쩔 줄 모른다. 한참을 흔들어 깨운 후에야 죽은 듯 늘어졌던 단애가 힘겹게 눈을 떴다. 그러나 수운의 얼굴을 마주한 단애는 아직까지 꿈과 현실을 제대로 구분하지 못하는

모양이다. 퍼렇게 경직된 얼굴에 눈은 꿈의 잔상을 털어내지 못하여 날갯짓처럼 파르르 떨린다. 그리고 놀라서 몸을 물리며 흠칫거렸다.

"나요. 괜찮소?"

정신이 황폐화되어버린 단애는 자실한 사람처럼 망연하다.

"나 좀 보시오. 왜 그러시오?"

그렇지만 단애는 수운이 하는 말이 하나도 귀에 들어오지 않는다. 앞에서 수운이 뭐라고 말하는 입모양이 보이기는 하지만 그 소리가 전혀 귀에 들리지 않았다. 꿈의 잔영들이 머릿속에서 어지럽게 활개 치며 흩날릴 뿐이다.

"흑. 으으으."

한참만에야 제정신으로 돌아온 단애는, 정신을 차리기 무섭게 오열에 바쳐 입이 다물어지지 않는다. 이제는 모든 것이 끝나고 마음껏 울어도 된다는 사실에, 단애는 울음에 체하여 고개를 늘어뜨리고 끅끅거리며 서러운 눈물을 방울방울 떨구었다. 입술은 분칠을 한 것처럼 핏기 없이 하얗고, 눈자위는 옅은 그늘이 드리워져 퀭하게 보인다. 치밀어 오르는 슬픔을 주체하지 못하고 소리 죽여 슬피 흐느끼던 단애는, 어느 순간 어린애처럼 목 놓아 처절하게 울었다.

"무슨 일이 있었소? 무엇이기에 그토록 힘들어 했던 것이오?"

영문을 알지 못해 가슴이 답답하기만 한 수운이 아무리 물어도, 단애는 대답하지 않았다.

자세를 고쳐 앉으면 마음이 좀 풀릴 수도 있으려나.

"좀 일어나 앉으시오."

수운이 단애를 안아 일으킨다. 그러나 그 몸이 마치 옷자락뿐인 듯 가볍다.

"내가 옆에 있소, 그러니 안심하시오."

단애는 몇 번이나 고개를 들려다 어지러운지 도로 떨어뜨리고 말았다. 창백하여 투명한 듯 보이는 귀밑으로 몇 올의 머리칼이 땀에 애잔하게 젖어있다.

"…어지러워요, 그리고… 목이 말라요."

단애의 모습은 마치 중병에 걸린 사람처럼 초췌해 보였다. 수운이 두리번거리며 어제 밀쳐놓은 상을 찾아보지만 그것은 밤사이 어디로 갔는지 보이지 않는다.

"지금 여기에는 아무것도 없소. 맞은편 산으로 건너가서 뭘 좀 구해오리다. 그때까지 조금만 참으시오."

누렇게 보이기까지 하는 단애의 형상은 생사의 기로에서 촌각을 다툴 만큼 화급하게 보여, 수운은 급한 마음에 떠밀리어 허둥지둥 밖으로 나갔다. 저 멀리서 희미하게 동이 터오는 중에, 등짝에 어둠을 짊어진 맞은편 산은, 검은 먹물을 머금어 흑표지를 세워놓은 것같이 보인다.

혼자 남게 된 단애는 어떻게든 정신을 차리고 눈만이라도 떠보려고 애를 썼으나 기운이라고는 눈곱만큼도 남아있지 않고, 몸이 천근만근 무거워 자꾸만 가라앉았다. 마치 흠씬 두들겨 맞은 것처럼 온몸이 쑤시고 결리기까지 한다.

'어떻게든 정신을 차려야 한다.'

기울어지는 몸을 간신히 버티며 우선 좀 앉아 있으려고 애를 쓰지만 지금으로서는 몸을 가누는 것은 고사하고 숨을 쉬는 것조차 버겁다.

천상에 와서 한 번도 꾸어 본 적 없는 꿈, 지금껏 저녁잠자리에 들면 무엇을 생각할 겨를도 없이, 잠시 깜빡 존 것 같은데 다음 날 아침이 된 날이 대부분이었다. 꿈을 꿀 틈도 없었고 그런 것이 있다는 것을 상상도 하지 못했다.

그런데 너무나 현실과도 같이 생생히, 그것도 자신이 꿈 안에서 같이 뒤엉키어 상황을 직접 체험했다는 것이 도무지 믿어지지 않는 것이다.

'도망갈 수 없도록 무엇엔가 꽁꽁 묶여 끌려 다닌 그런 꿈을 왜 꾸었을까? 왜 그런 것이 문득 나타난 걸까. 나와 무슨 연관이 있기에… 나는 왜 일엽이라는 사람의 곁을 맴돌아야 했을까?'

달콤한 꿈이었다면 또 모를까 그토록 무시무시한 전쟁의 꿈, 거기에 나타난 사람들의 찌들고 음울한 표정들, 한쪽에서는 죽고 죽이고, 또 다른 곳에 있었던 병든 여인, 그녀는 왜 병에 걸렸을까? 지금 생각하면 그곳에 있던 사람들의 모습은 정상이 아니었다. 무엇엔가 쫓기는 표정으로 불안하고 초조해했었다. 뒤죽박죽된 꿈의 내용이 머릿속을 맴돌며 어지럽게 한다. 단애는 머리를 흔들며 생각을 털어내려 애쓴다.

원하지도 않게, 이해할 수 없는 끔찍한 꿈을 꾼 단애는 혼란스러울 수밖에 없다.

'일엽은 누구일까? 나와 전생에 무슨 인연이 있는 사람인 걸까?'

꿈속의 일엽을 생각하면 마지막엔 그가 왜, 꼭 수운의 모습으로 둔갑이 되어버리는지 영문을 알 수 없었다.

"그럴 리가 없어."

어둠이 풀리고 날이 밝아오고 있었지만 꼬리에 꼬리를 문 생각은 좀체 멈출 줄 몰랐다. 도선이 첫날 모두 모인 자리에서, 천상을 함께 여행할 동반자가 나타나지 않아 450년을 무의식 상태에서 보낸 사람이 있다고 했었다. 그때 그 말이 시간이 제법 지난 지금에도 단애의 귓전을 쟁쟁하게 울린다. 단애가 그 말을 누구보다 크게 들었는지도 몰랐다.

어쩌면 그가 수운인가?

시간의 흐름이 역사라는 물줄기를 형성하여 흐른다면, 그는 앞선 역사의 사람인가. 그래서 행동도 말투도 특이한 것인가.

단애는 어쩐지 이것이 단지 꿈으로만 끝나지 않을 것이라는 불길한 예감이 전신을 날카롭게 파고드는 것을 느꼈다. 그 정도로 꾼 꿈이 너무나 현실적이었다. 생각이 뒤죽박죽 혼동이 된 단애는 의식이 흐려지며 그만 가물가물한 정신을 놓치고 만다.

수운이 다시 돌아온 것은 그날 정오 무렵이었다. 숨을 헉헉거리며 정자에 도착한 수운은 어떻게나 서둘러 제정신도 아니게 갔다 왔는지 아무런 기억이 나지 않는다.

기다리다가 잠이 들었는지 침안에 옆으로 쓰러져 누워있는 단애의 모습은 지치고 힘든 기색이 역력했다.

"내가 돌아왔소, 몸은 좀 어떻소?"

단애가 수운의 부축을 받아 힘겹게 일어나 앉았다. 언제나 단정하던 매무새가 풀어지고, 팔을 들어 올리지도 못해 산발하여 흐트러진 머리칼이 어지럽게 흐트러져 얼굴을 쑤석쑤석하게 덮고 있다. 수운이 단애의 머리칼을 매만져 묶어주었다.

"이 열매, 아마 기억이 날 거요. 언젠가 잿길을 넘을 때 우리가 한 번 먹어봤던 것이오. 원기 회복에는 이만한 향천음이 없을 거요. 어서 먹어보시오."

수운이 손을 펼쳐 콩알만 한 열매들을 보여준다. 단애는 어릿어릿한 눈으로 그 열매를 보았다.

터질 듯 통통하고 불그스름한 열매. 가까이 다가가서 보면 투명한 맑은 액즙 담긴 속이 겉으로 훤히 비치는 열매, 줄기 따라 조롱조롱 아리땁고 탐스러워, 어느 눈길이라도 그냥은 지나칠 수 없게 만드는 열매. 그러나 그 열매는 작았다.

붉은 겉면에 보일 듯 말듯하게 점 하나 찍어놓은 아기 꽃잎이 그 열매가 향천음이라는 것을 알게 했다. 포동포동한 촉감이 단애의 볼을 만지는 것 같다고, 그때 수운이 농을 치고 웃으며 한 알을 따서 만지고 있었다.

너무 사랑스러워 손에 힘이 들어가 그랬던가. 그때 열매가 손가락 사이에서 터지고 말았는데, 터져 손가락을 연분홍으로 물들이며 손에 묻은 진액에서 내뿜던 향기.

그건 정신을 혼미하게 만들도록 자극적이었다. 날개를 단 향이라고 할까. 그것은 바람결을 따라 유유히 퍼지는 것이 아니라, 강한 힘으로 주위 사물에 내리꽂듯 파고들었다. 폐로 스며든 향기로 인해 내쉬는 숨에도 그 향기가 배어나올 정도였다.

"이건 정말이지 대단한 향기요."

그때 수운은 놀란 표정을 감추지 못하고, 믿을 수 없다는 듯 고개를 가로저으며 그렇게 말했었다. 그 향기는 두 사람을 짜릿하고 황홀하게 만들었었다.

"한 번 먹어봅시다."

진액 묻은 손끝을 혀로 핥던 수운이 열매 하나를 따서 단애 입에 넣어 주었었다. 말간 즙이 잇속으로 스며들며 미각과 후각을 자극하였는데, 삼키지도 않았고 입에 물고만 있었는데도, 입과 목을 통하여 전신으로 화한 향기가 번지며 고개를 오르느라 탈진된 몸이 금방 회복이 되었었다.

명약이라고도 할 수 있는 열매였다.

그렇게도 맛과 향이 뛰어난 열매였으나 흔치는 않아서, 그 후 종종 관심 있게 찾아보았으나 눈에 띄지 않았는데 수운이 오늘 용케 구해온 것이다.

입에 넣은 열매가 저절로 터지면서 온몸으로 향기가 돌기 시작하는데, 싸늘하게 식었던 몸이 금세 훈훈해지고, 손가락의 떨림도 급격히 멎고 현기증마저 가라앉았다.

노랗게 졸아들었던 안색이 발그스름하니 제 모습을 되찾자 근심을 한 짐 짊어지고 내려다보던 수운도 그제야 한시름 놓았다. 정말이지 오늘 새벽에는 이러다 사람이 어찌 되는 것은 아닌가 하여 제대로 정신을 차리기 어려웠다. 사람이라도 많은가. 동반자라고 겨우 한 사람 있는 것을 그가 어찌된다면 자신 혼자서 어떻게 살아갈까 참으로 막막하기만 했었다. 단애가 고통에 시달릴수록 단애를 향한 수운의 집착도 더하여 갔다.

"이 귀한 것을 어떻게 구해 오셨어요?"

신통한 일이라 단애가 힘들게 입을 떼어 물었다.

"저 산에 널린 게 이 열매요. 버글버글 합디다. 내일 저 산으로 가기만 하면 크게 한 번 호강할 거요. 그러니 어쩌든지 이것 먹고 힘을 내야 하오."

수운은 가지고 온 열매를 정성껏 집어 단애의 입에 넣어주었다. 마치 신성한 의식을 치르는 사람처럼 보인다. 그 정도로 마음이 절실하다는 반증일 것이었다.

"두 개를 합해봐야 웬만한 것 반의 반쪽 먹은 만도 못하오. 몇 개만 더 먹으시오."

수운은 극성스러울 정도로 옆에 붙어 앉아 자꾸만 먹이려 들었다.

"이젠 됐어요, 정말."

"이것만, 이것만 먹으면 더는 권하지 않겠소."

성가시기는 하지만 자신을 위해 동분서주 애쓰는 수운의 마음이 고마워서, 단애가 애써 희미한 미소를 지어 보였다. 마른하늘에 날벼락같이 얼토당토않은 돌변상황을 맞이했는데도 귀찮은 내색 없이, 성심을 다해 보살피는 마음이 고마워서 넘어가지도 않은 것을 억지로 몇 개를 더 먹고서야 단애는 자리에 누웠다. 정말이지 몸이 한결 가뿐해진 것이 살만해졌다.

"한숨 푹 자시오. 자고나면 개운해질 거요."

침안 여기저기를 온돌방 온기 재듯 손바닥으로 짚어가며 수운이 자리를 봐준다. 침안 안의 온도야 항상 일정하고 짚어본다고 나아질 것 하나 없지만, 마음이 그렇지 않은 탓이다. 단애가 편안한 모습으로 자리에 눕고 나자 그때서야 수운도 온몸이 나른해온다. 밤낮으로 잠을 못 자고 난리 통을 치른 것은 수운도 마찬가지여서, 긴장이 풀리자 급속히 졸음이 밀려온다. 졸린 눈꺼풀이 자신도 모르게 스르르 내리 감긴다. 신경으로 곤두선 가시언덕을 잠이 넘으려고 하다 멈추고, 넘으려고 하다 멈추어 머릿속이 깜빡깜빡 절구질을 한다. 그럴수록 머리가 꽉 조여져 돌덩이처럼 굳어지는 것 같다. 단애는 눕혀놓은 자세 그대로 누워 잠이 들었다. 단애 앞에서, 바로 눈앞에 보이는 자리에서 수운도 더는 잠을 이기지 못하고 등을 바닥에 눕힌다. 햇살이 풀린 정자바닥이 따사롭다.

"나, 여기서 잠깐만 눈 좀 붙이겠소."

잠에 취한 수운의 목소리가 갈라진다. 그 소리에 단애가 감았던 눈을 어렴풋이 떴다 다시 감는다.

설핏 잠이 든 단애의 귓전에 어느 순간, 물이 말라버린 빈 개울을 스치는 바람소리가 들려온다. 허전함이 섞인 스산한 바람이 깊고도 깊은 계곡 안으로 빨리듯 휩쓸려 들어간다.

'내가 왜 그런 꿈을 꾸었을까? 그는 누구이고, 나와 무슨 연관이 있기에 그가 내 꿈에 나타난 걸까?'

잠을 깬 단애는 또 다시 생각에 몰입한다.

사람의 말은 의사를 표현하는 데 쓰이는 최소한의 도구에 불과하다. 그것은 완벽하지도 않고 모든 것을 전달하는 데 온전하지도 못하다. 오로지 말로 들은 것을 정리해 놓은 자신의 생각은 그래서 종종 의심을 받는다.

이것이 확실한 것인가.

하고 물으면, 몸이 느끼는 느낌과 떠오르는 단어가 정확하게 맞지 않아 표현이 난감할 때가 더러 있다.

단애는 자신의 몸이 무엇인가를 느끼고 있다는 것을 확신한다. 그것은 예감이다. 멀고먼 어디쯤에서 자신을 끌어당기는 찜찜한 그 무엇, 자신에게서 떠나지 않고 끈적끈적하게 묻어 놓아주지 않을 것 같은, 그러나 그것이 무엇이라고 딱히 표현할 말과 길이 없는 것이 답답한 것이다.

첫날 수운은 다른 사람들과 달리 말이나 행동거지가 세련되지 못하고 모습이 경직되었었다.

'어쩌면, 너무나 삭막하고 고독한 전장을 다니며 잔뼈가 굵다보니 그랬던 것은 아닐까?'

단애는 현유와 소책도 염두에 두고 생각해 보긴 했으나 두 사람 모두 꿈속 사람과 연관이 지어지는 어떤 점도 발견할 수 없었다. 두 사람은 비애나 고통과는 거리가 멀어 보였었다.

'내가 동반자의 전생을 보았는가?'

단애는 그동안 수운이 왜 그렇게도 무섭고 어렵게 느껴지는지 그 이유를 알아보기 위해 나름대로 무진 애를 썼었다. 자신의 심중에 수많은 물음을 던져놓고 하나하나 뒤집어도 봤다.

그런 그의 전생 때문에? 꿈과 연관을 지어보니 그런 것도 같다.

머릿속은 일엽이 생을 마치던 끔직한 모습이 자꾸만 어지럽게 떠오른다. 그 장면이 떠오를 때마다 찬물을 끼얹은 듯 등골이 오싹해진다.

'어떤 하루 그냥 무서운 꿈을 꾼 거야, 터무니없는 꿈. 그것에 너무 예민하게 굴 필요 없어.'

단애는 애써 진정을 한다.

잠결에 수운은, 누군가 자신을 빤히 들어다보는 느낌에 눈을 떴다.

"응?"

무심결에 눈을 떤 수운이 마주친 것은, 머리맡에 앉아 위에서 굽어보고 있는 단애의 얼굴이었다. 호수같이 그윽한 눈길이 자신의 얼굴을 위에서 가만히 들여다보고 있다. 눈동자가 마주쳤는데도 전에 와는 달리 피하지도 부끄러워하지도 않는다. 담담히 바라보는 눈길에 무엇인가 말 못할 감정이 배어 있었다.

그 얼굴 너머로 푸른 하늘이 금방이라도 주르르 쏟아질 듯 짙푸르다.

"내 얼굴에 뭐라도 묻었소?"

"…"

대답 없이, 단애는 그때서야 눈길을 거두고 허리를 곧추세우며 자세를 고쳐 앉았다.

"왜 그리 빤히 보시오. 놀라서 하마터면 소리를 지를 뻔했소이다."

"더 주무셔요."

"아니오. 이렇게 늦게까지 잤는데 더는 자지 못하오. 심심했을 텐데 깨우지 그랬소."

"얼마나 달게 자는지 깨울 수가 없었습니다."

뒤채며 정자를 넘어가는 바람소리가 시원하다. 단애가 정자 난간에 기대어 앉는다.

"놀라게 했다면 미안해요."

"아니오. 그 말을 듣자고 한 말이 아니오."

수운이 몸을 일으켜 앉았다. 단애의 얼굴은 푸른 하늘 아래 앉아 있으면서도 맑게 개여 있지 못하고, 함박눈이라도 퍼부을 날씨처럼 잔뜩 찌푸려있다. 몰랐다면 아무것도 아닌 것을, 꿈을 통하여 알고 싶지 않은 어떤 것을 본다는 것이 좋은 일은 아니다. 정돈되지 않은 인생을 살아야 하는 세상이라면, 어찌됐건 굽이굽이 사연이 있게 마련이고 애달프고 가슴 아픈 일이 없을 수야 없었다.

'여러분은 욕망을 모두 떨친 사람들입니다. 그러나 조심해야 합니다.'

도선의 말이 가슴 한복판으로 비수처럼 날아든다. 그 말이 왜 지금 불현듯 떠올랐는지 모른다.

내가 혹시 욕망을 갖고 있는 것은 아닐까?

"단애!"

생각에 빠져있는 단애를 수운이 불렀다.

단애가 대답 대신 물끄러미 눈길을 돌려 수운을 바라본다. 그래도 이제는 곧잘 눈길을 마주친다. 그런 눈동자 어디선가 불안한 근심과 두려움이 배어 있다.

"다리를 건너오는 게 무서웠소?

"그건… 갑자기 왜 물으셔요?"

수운의 물음이 무슨 의미를 내포하고 있는 것은 아닌지, 의문이 든 단애가 경계의 빛을 띤다. 그러나 수운은 씽긋이 웃으며,

"사실은 나도 좀 무서웠소. 이렇게 높은 곳에 매달린 다리를 건너는데 무서워하지 않을 사람이 어디에 있겠소. 나도 무섭지만 이렇게 참고 있는 것이오. 내 말은, 지극히 당연한 일에 너무 신경 쓰지 말라는 뜻이오."

단애는 수운이 거짓말을 한다는 것을 직감적으로 깨닫는다. 그는 맨손으로 낭떠러지 절벽도 두려움 없이 타고 올라갈 사람이다. 단애는 그동안 진한 고소공포증에 시달리며 자신은 왜 이토록 두려운가를 생각해본 적이 한두 번이 아니었다. 아무리 양의(천상에서의 남성)과 늘애(천상에서의 여성)의 차이가 있을 수 있다고 하지만 그건 너무 큰 차이를 보이는 것이었기에 자신에게 무슨 문제

가 있는 것은 아닐까, 생각해 본 것이다. 수운이 특이하여 두려움이 없는 것이 아니라, 자신에게 문제가 있다는 것을 단애는 어느 순간 깨닫게 되었다.

돌이켜보면, 처음 혼자서 여행을 하던 일 년 동안은 전혀 두렵지 않았었다. 밤이 되어도 해가 졌으니 어두워지는가 보다 했고, 가파른 언덕으로 올라서 가야 하는 때도 있었지만 길이 거기로 나 있다면 당연히 가야 하는 것으로 지나쳤다. 지금처럼 가슴 떨리며 무서운 적은 없었던 것이다. 그리고 수운을 막 만난 그 시점까지만 하여도 지금 같은 상태는 아니었다. 그것을 자신이 분명하게 기억하는데, 왜 갑자기 이런 두려움에 휩싸이게 되었는지, 단애는 아무리 자신에게 물어보아도 도통 그 해답을 찾을 수가 없었다.

지금 이 순간은 지나온 두려움보다 어젯밤 꾼 꿈이 너무나 혼란스럽다. 이 천상이 아닌 또 다른 어떤 세상. 거기엔 헤아릴 수조차 없는 수많은 사람들이 살고 있었고, 그 속에서 일어나는 갖가지 일들. 그 중엔 병들어 죽는 사람이 있었고, 태어나는 생명이 있었다. 한 곳에 새까맣게 운집해 있는 사람들은 그 자체로서 공포의 대상이었는데 거기다 무기까지 들고 스스럼없이 서로 죽이기까지 하다니… 그 어떤 것도 단애로서는 이해할 수 없는 것들이었다.

어떻게 사람이 아이를 낳는가? 그것이 무슨 조화인가. 인생을 다 살지도 못하고 죽는 것은 왜인가? 피접한 몰골, 왜 그런 병이라는 것에 고통 받고 죽어갔는가. 그렇게 많은 사람들이 한자리에 있었어도 그들의 모습은 서로 외로워 보이고 고적해 보였었다.

거기에도 천상처럼 하늘에는 세상을 비추는 해가 떠 있었지만, 그곳의 세상을 한마디로 표현하자면 어두침침한 세상, 암울하고 적막한 세상이었다.

첫 번째 꿈을 꾸던 날, 단애는 너무 무서운 나머지 꿈 이야기를 수운에게 말을 할까? 목구멍까지 치밀어 오른 것을 끝내 삼키었다. 어쩐지 그건 쉽게 이야기해서는 안 되는 것이라는 생각이 들어서였다.

'아무것도 모르는 사람에게 괜한 돌을 던져 파장을 일으킬 필요는 없을 테니…'

단애는 혼자서 견디기 어려운 너무나 큰 두려움을, 스스로의 가슴에 묻어버린 것이다.

"가시지요."

이미 날이 다 저물었는데, 단애가 배낭을 메고 정자에서 내려와 서 있었다. 정자마당에서 늘어진 자루포대를 손질하던 수운이 놀란 낯빛으로 돌아본다. 그도 그럴 것이 이런 경우는 처음이었다. 이렇게 먼저 가자고 한 적도, 먼저 말문을 연 것도 없었던 것이다.

"늦은 시간인데…"

하다가, 수운은 단애가 재촉을 하는 데는 무슨 연유가 있을 것이라고 짐작한다. 그래서 얼른 말꼬리를 접고

"그렇게 합시다."

대답을 하고는, 자루를 들고 일어서서 배낭을 가지러 정자 위로 올라갔다.

"그런데 그냥 갈 수 있겠소?"

정자를 내려오며 다리 위에 서 있는 단애를 보고 수운이 물었다.

"갈 수 있습니다. 걱정 마시고 먼저 앞장 서셔요."

단애는 한시라도 빨리 이 다리에서 벗어나고 싶다. 정자에서 밤을 맞는 것이 두려운 것이다. 초조하게 여기서 밤을 지새우는 것보다 차라리 밤을 새워 걷는 편이 나을 성싶어 수운더러 가자고 한 것이다.

"그러리다. 무엇이든 해 보는 것이 중요하오. 내가 앞장서 갈 테니 너무 떨어지지 않도록 하시오."

미심쩍은 눈길을 떨치지 못하면서도 수운은 앞장을 섰다. 서너 발짝을 가서 수운이 멈추어 뒤를 돌아본다.

다리가 좀 후들거리는 것 같이 보이긴 하나, 단애는 한발 한발 조심스럽게 걸어오고 있었다.

단애는 발걸음을 떼면서 꿈속의 전쟁터를 생각했다.

그렇게도 무서운 일을 겪고도 살아가는 사람들이 있었는데… 지금 당장 죽고 사는 상황에 처한 것도 아닌데, 이것이 뭐가 무서우랴. 두려움을 느낄 때마다 화살을 맞고도 의연하게 버티던 일엽의 모습을 떠올리면 두려움은 저만치 멀어져갔다.

'난 참 행복한 사람이다. 이토록 아름다운 세상에 영원과도 같은 천년의 세월을 살 수 있는 나는 참으로 복된 사람이다. 내가 무엇을 두려워하고 무엇을 마다하랴.'

마음을 굳건히 먹자 그동안 알 수 없는 힘에 휘둘렸던 자신이

다시 본모습으로 돌아온 것 같다. 단애는 고개를 돌려 깊은 어둠 속에 파묻힌 골짜기를 내려다봤다.

속마음을 겉으로 내색을 않아 그렇지, 한밤중 단애가 소리를 지르며 버둥거리는 모습을 보고 기절초풍을 한 수운은 그 생각만 하면 아직도 심장이 덜덜 떨리는데, 단애가 이만큼 깨어나 준 것이 너무나 감사하여, 뿌듯하게 차오르는 안도의 기쁨을 주체하지 못한다. 마음 같아서는 덩실덩실 춤이라도 추고 싶은 심정이다.

"잘 걸어오십니다. 그만하면 훌륭하십니다."

저만큼 떨어진 곳에 서서 뒤돌아보며, 수운은 걸어오는 단애에게 장난스럽게 말을 건넨다.

"놀리지 마십시오. 겨우 마음 다잡고 가고 있는데 결심이 흩어질까 두렵습니다."

단애는 어느 정도 평정을 되찾은 모습이다. 수운은 갑자기 세상이 환하게 밝아 보인다.

"오늘은 절대 넘어지지 않을 거요. 무사히 맞은편 산까지 가게 될 것이니 아무 염려하지 마시오."

"이제 출발인데 어떻게 그렇게 장담을 하시는지요."

"느낌이라는 것이 있소. 단애의 의지가 나한테 전해주는 느낌, 난 지금 그걸 느끼기 때문에 하는 소리요."

"사람의 느낌까지 알 수 있다니 비상하신 분이십니다."

"내가 원래 비상한 사람인데 그걸 오늘에야 알았단 말이오."

기분이 좋아진 수운이 일부러 정색을 하자, 단애가 멋쩍게 웃었다. 그건 우스워서 웃는 웃음이 아니다. 어울리지 않은 것을 봤을 때 나오는 웃음, 어쩔 수 없이 웃어야 하는 실없는 웃음이다. 이 더 이상은 무엇을 기대하지 말아야 하는 사람인 것이다.

"시간이 많이 지체되었습니다. 어서 가셔요."

밤이어서 어둠에 먹힌 골짜기가 어딘지도 구분 못하게 사라져 버리자 떨림도 한결 수그러든다. 수운은 모처럼 홀가분한 몸으로 길을 떠나게 되어 기분이 산뜻하다. 보이지도 않는 다리 이쪽저쪽을 내려다보고, 아스라이 물결처럼 흐르는 별빛도 올려다본다. 얼굴에 닿는 알싸한 밤공기가 그렇게 신선할 수가 없다. 밤길은 밤길대로 또 다른 다감한 운치가 있어 새롭다. 운치도 운치지만 지금까지 수운 자신의 심정을 내리누르던 애처롭고도 이해하기 어려운 단애의 내면갈등과 행동이 치유가 된 것 같아 지금 수운은 펄쩍펄쩍 뛰고 싶을 만큼 기쁜 것이다. 하기야 길고 긴 천년의 시간에는 이런 시간 저런 시간, 이런 일도 저런 일도 겪어야 할 것이었다.

이 밤만 지나면 이제 천국교를 모두 건너가게 된다. 수운은 문득 아쉽다는 생각이 든다. 단애에게는 참으로 미안하게 들릴 말이지만 천국교를 건너오면서 수운은 어떤 웅혼한 기운을 느끼었다. 만약 혼자서 가는 길이었다면, 자신은 수려한 풍광이 가릴 것 없이 펼쳐진 정자에서 한 달 정도는 온전히 자신을 던져놓고 구름을 탄 듯한 기분에 취해보고 싶었다. 정말이지 이렇게 쫓기듯 빨리 건너오고 싶지 않았던 것이다. 정자에 턱 앉아 밑을 내려다보고 있으면 마치 자신이 다른 사람이 된, 신선이 된 듯 느껴질 것 같았다. 부채 하나 들고 살랑살랑 흔들면서 고고히 턱을 들고 세상을 둘러보며 지각까지 놓아버린 세월을 살아보고 싶었었다. 뒷짐 지고 천천히 다리 이쪽과 저쪽을 거닐며, 태초와 신이 빚은 자태, 구름 흐르고 비오고 바람 부는 생명의 땅에서 일어나는 일들을, 위에서 내려다보며 지내는 한가한 모습은 생각만으로 가슴이 뭉클했다.

돌아보니 단애는 아직 온전한 걸음걸이는 아니나, 그래도 내색 않고 잘 걸어오고 있다. 천상의 장엄함은 비길 데 없고, 너무나 아름다운 동반자와 같이 하는 여행은 가슴 저미도록 기쁜 일이지만 웬일인지 마음 한편이 기쁘지만은 않은 이유를, 수운은 딱히 꼬집어낼 수 없었다. 단지 기분 때문인가?

발걸음 따라 밤이 지나고 희부옇게 동이 틀 무렵 맞은편 산에 발을 디뎠다.

"도착했어요, 드디어 건넜어요."

마지막 다리발판을 지나 땅에 발을 내디뎠을 때 단애는 울먹이며 소리쳤다.

"그렇소, 이제 다 건넜소. 그동안 고생 많으셨소."

장장 두 달 동안 오로지 하늘만 쳐다보고 걸어온 길, 거무스레한 빛을 띠며 빈 채로 공중에 둥실 떠 있는 다리를, 두 사람은 만감이 교차한 눈으로 바라봤다. 특히나 단애는 그 어느 날도 순탄한 날이라곤 없어서 천국교를 건넌 것이 마치 저승으로 가는 황천

길을 건너온 기분이었다.

　고생이 많으면 추억도 많다고 했던가. 조금 전까지 가슴 졸이며 건너오고 며칠 동안 일어났던 악몽들이, 이미 오래전에 일어났던 일처럼 멀리 느껴진다.

　발길이 닿은 이 산은 마치 거대한 둥근 기둥처럼 생겼다고 하면 될 것 같다. 절벽 면을 따라 생채기처럼 갈라진 틈새로 수 억 만년 세월을 먹고 자란 나무들이, 절벽에 매달려 아슬아슬하게 생명을 이어가고 있다. 어느 누구 하나 봐주지 않은 깊은 세월 속의 고독을, 오로지 기상과 의연함 하나로 이겨내며, 긴 세월을 버티어 살아온 생명들이다. 지나온 세월의 무게만큼 장중하게 버티었던 가지들은 제각기 휘어지고 굽어졌는데, 터지고 갈라진 나무등가죽에 푸른 이끼들이, 이른 아침 속살같이 흰 햇살에 선명한 자태를 드러내어 나무줄기를 뒤덮은 모습이 선연하고도 청초해 보인다.

　이 산도 정상은 역시 분지로 이루어져 있는데 분지는 가장자리로 빙 돌아가며 자라난 나무들이 울타리를 이루고 있다. 암반같이 편편하게 너른 바위가 절벽 끝까지 뻗어있어 앞이 훤히 트인 지형에 앞장서가던 수운이 멈춰 섰다.

　"여기서 쉽시다. 이제 다리도 모두 건너왔으니, 마음 편히 지내십시다."

　바위에 걸터앉은 수운이 메고 왔던 포대를 땅에다 내려놓았다. 그것은 며칠이 지났는데도 어느 한 곳 시들지 않고, 때깔이 선명한 것이 처음과 똑같은 형태를 유지하고 있었다. 포대를 내려놓은 수운은 거리를 가늠하기 어려운 저 밑바닥 거칠 것 없는 공간을 무심하게 내려다봤다. 커다란 허공이 허허로움으로 전해져 온다.

"어머."

무엇에 놀랐는지 단애가 손으로 입을 가리며 수운의 옷자락을 끌어당겼다.

"왜 그러시오?"

"저거…."

단애가 손으로 가리키는 것을 본 순간, 수운은 저도 모르게 다물었던 입이 쩍 벌어지고 말았다.

…놀랍다.

땅에 내려놓은 포대의 잘린 줄기 부분이, 땅 냄새를 맡았는지 하얀 잔뿌리가 밑동부분에서 고물고물 기어 나오더니, 땅속으로 스르륵 뿌리를 박았다. 곧이어 동아줄처럼 팽팽한 기운이 그 줄기에 서리더니, 포대를 만든다고 엮어놓은 매듭들이 저절로 착착 착 풀려 바닥을 따라 저 혼자 죽 기어가는 것이다. 그리고는 수운이 따버렸던 잎들이 줄기에서 다시 돋아나고, 아무 일도 없었다는 듯, 마치 처음부터 그 자리에 있었다는 듯 태연하게 또다시 생명을 이어갔다.

'여긴 참으로 놀라운 곳이다.'

단애와 수운은 머릿속으로 그 말을 뇌이면서도 어떤 경외스러운 기운을 느낀다. 동시에 그 무엇도 함부로 해서는 안 된다는 자각을 느끼게 했다.

"당분간 쉬었다가 떠납시다."

며칠 동안 이곳에서 머물다 가기로 했다. 천상 어딘들 편안하고 아름답지 않은 곳이 있으랴만 그동안 온몸의 진이 다 빠져버릴 만큼 지쳐버린 그들에게 이곳은 향기 짙은 향천음이 널려있고, 무엇보다 대지를 밟고 있는 지금 순간에 단애가 편안해 한다는 것이, 그들을 쉽게 떠나지 못하게 했다. 며칠을 오직 먹고 쉬는 날로 보냈다. 수운은 매일 산책을 하며 지나온 천국교를 한 번씩 바라보곤 했으나, 단애는 그쪽으로는 눈길조차 주지 않았다. 의식적으로 그쪽으로는 고개조차 돌리지 않는다.

"내려가는 길은, …찾았나요?"

며칠이 지나서 수운이 산보 삼아 가장자리로 난 길을 걷고 있고 있는데, 언제 왔는지 단애가 뒤따라와 묻는다.

"어딘가에 있을 거요. 그건 천천히 찾아봅시다."

다니는 틈틈이 수운은 길이 어디로 연결이 되어 있나 눈여겨보았으나 가장자리 길은 섬 같은 분지를 한 바퀴 빙 돌면 다시 제자리로 돌아오기만 할 뿐, 이곳을 벗어날 수 있는 길은 보이지 않았다.

아직까지는 기일이 남아있어 다급할 정도는 아니지만 날짜가 벌써 엿새가 지나고 있어 신경을 써야 할 시점이었다. 길이 사라지고 없는 난감한 경우는 여태 없었는데 수운은 아직도 '이것이다'라고 할 수 있는 마땅한 곳을 찾지 못했다. 마음속으로야 이 천상에서 설마 곤혹한 일이 생길까 위안을 하면서도 날짜가 촉박해져 오자 마음이 조급해져 간다.

팔 일째 되던 날. 머물 수 있는 날짜가 이제 하루밖에 남아있지 않아 당장 상황이 급하게 되었다. 단애는 초조한 빛을 감추지 못한 채 수운의 얼굴만 애타게 바라본다. 수운은 이 하늘정원 구석구석을 후비고 다니며 깡그리 다 뒤져본 뒤라, 내려가는 길이 별도로 없다는 것을 확인했다.

"그럼, 무어란 말인가?"

세상과 단절시켜 놓은 듯 절벽만 수직으로 까마득하게 서 있고, 산허리 중간쯤에 떠 있던 구름이 사라지기라도 하면 창해처럼 짙푸른 지면이 훤하게 보이는 것이 도저히 길이 어디 있으리라는 희망이 없어 보인다.

"저 구름 위로 한 번 뛰어내려보면 어떻겠소?"

희망이 절벽이 되다보니, 되지도 않는 소리를 했다가 어이가 없는지 대답도 하지 않는 단애를 보고는, 그건 아무래도 아니라고 마음을 고쳐먹었는데도, 또 그것이 아니면 어디 마음을 끌만한 것이 하나도 없었다.

"여기서 기다리시오. 이 절벽을 내려가는 길이 있는지 알아보고 오리다."

벌써 몇 번이나 확인한 일을 수운은 또 다시 나선다. 가만히 앉아만 있기가 어쩐지 초조하다.

"그냥 쉬셔요. 그토록 많이 확인을 했는데, 다시 가본다고 해서 뾰족한 무엇이 갑자기 나타나기라도 하겠어요?"

"그래도 이렇게 앉아있는 것보다는 나을 것 같소. 마음이나 가벼울 거요."

수운은 쥐구멍 하나라도 놓치지 않겠다는 일념으로 눈에 힘을
주고 세밀히 곳곳을 살펴나갔다. 혹시라도 입구는 주먹만 하더라
도 파보면 안은 동굴처럼 넓은 곳이 나올까하고 시커먼 부분이
눈에 띄기라도 하면 다가가서 파헤쳤다. 종일 내내 그러고 돌아다
니다보니 손톱 밑은 흙 때가 끼어 새까맣게 되었는데 정작 찾는
길은 감감무소식이었다.

오늘도 이미 해가 기울었으니 날짜는 이제 내일 하루밖에 남아
있지 않았다.

"단애."

불러놓고, 수운은 먼저 허허허, 웃음부터 흘렸다. 그 웃음소리
에, 또 이상한 소리를 할 것이라는 생각이 드는지 단애가 뜨악한
눈으로 수운을 쳐다보는데

"난 원래 말도 안 되는 소리를 할라치면 이렇게 웃음부터 나오
는 사람이니 이해하시오."

해놓고는 얼굴이 빨개지도록 웃는다. 끝내 웃음을 완전히 그치지
는 못하고 웃음 섞인 말로 꺼내놓는다는 것이

"…저번에도 얘기했지만, 허허허…. 저 구름 위로 허허허, …뛰어
내리면 어떻게 될 것 같소, 하하하?"

해놓고는 제 무릎을 치며 혼자 박장대소를 하였다. 자신이 말을
해놓고도 싱거워서도 실없어서도 웃는 것이다. 절벽기둥 중간쯤에
는 하루에도 몇 번씩 몽글몽글하게 생긴 열구름이 떠와서는 절벽

에 기대어 머물다 떠나곤 했다.

"말이 안 돼요. 죽는 일밖에 더 있겠어요?"

하고는 더 이상 말할 가치도 없다는 듯 단애는 돌아서 버린다. 그랬더니 수운이 이제는 딱 웃음을 그치고 얼른 정색을 하며

"어떻게든 죽지는 않을 거요. 천상에서 때에 이르지 않은 죽음은 없다고 생각하오. 이건 분명하다니까."

하고는 퉁방울눈을 굴리며 억지를 부렸다.

"길 없으면 구름 위로 뛰어내리라고 아무도 얘기하지 않았어요."

"…그렇긴 하오만."

유혹을 하는 것인지, 며칠 째 계속해서 솔솔솔 와서 발밑에 떠다니는 뭉게구름이 수운은 어쩐지 예사로 보이지 않았다. 어쩌면 마음을 잡아줄 수 있는 것이 그것밖에 없어서였는지도 모른다.

"분명 저 구름이 무슨 연관이 있는 것 같은데…."

미련을 못 버리고 구시렁거리는 수운의 말을 옆에서 듣고 있던 단애가 한마디 하였다.

"그러면 혼자 실컷 뛰어내리셔요."

그렇게 근심을 하고 있던 차에 마지막 날을 맞았다.

지난밤 수운은 곰곰이 생각했다. 한 곳에 구일 이상은 머물지 못한다고 했으므로 정 길이 없다면 왔던 천국교로 다시 건너 돌아갈 생각이다. 고생고생해가며 가까스로 건너온 다리를 또 다시 건너간다는 것이 꿈에라도 생각하기 싫지만 도리 없는 일이었다. 수운은 아직 동도 트지 않은 이른 새벽에 침안 밖으로 나왔다. 밤

새 잠을 자다 깼다 하며 토막잠을 잤더니 머릿속이 몽롱하다. 어둠이 가시지 않은 이른 새벽이라 주위는 아직 어둑하였다. 밤을 지낸 곳이 절벽 가장자리, 자신들이 자주 걸터앉아 쉬는 바위 근처인데, 어제까지 보지 못한 시커먼 물체 하나가 그 바위 벽면에 붙어있었다.

"무엇일까?"

눈을 끔벅이며 수운이 다가가 본다. 시커멓게 배처럼 떠 있는 그것은 가까이 다가가보니 커다란 나뭇잎이었는데 모서리 한부분만 바위 끝에 걸쳐진 채 허공에 둥실 떠 있었다.

움직이지도, 밑으로 가라앉지도 않았다. 나뭇잎은 스무 명이 올라가 앉고도 남을 정도로 컸고, 도드라진 잎맥이 등받이로 삼아도 될 정도로 실하게 솟아있었다. 직감적으로 이 산을 내려가는 것과 무슨 연관성이 있어 보인다.

"하늘이 우릴 버리지는 않을 모양이다."

수운은 얼른 단애가 있는 곳으로 뛰어갔다. 단애는 일어나 오도카니 세운 무릎에 턱을 괸 채 무슨 생각인가를 골똘히 하고 있다가 헐레벌떡 뛰어오는 수운을 보고는 고개를 들었다.

"혹… 길이 나타났나요?"

"길은 아니오. 분명히 길은 아닌데… 내려가는 것이 반드시 길이어야 한다는 법은 없지 않소."

근심어린 얼굴을 내려놓고 단애가 의아한 모습으로 수운을 쳐다본다.

"그럼, 다른 무엇이 있나요?"

"큰, 아주 큰 나뭇잎 하나가 절벽 쪽에 걸쳐 있소. 뭔가 떠오르는 것이 없으시오?"

빙긋이 웃으며 수운이 의미심장한 투로 물었다. 그런 그의 말에 단애는 큰 눈을 동그랗게 뜨고 생각을 더듬는다.

"날아간다는 건가요?"

"아직 알 수는 없소. 우리 두 사람이 타봐야 그때 알 수 있을 거요."

후우, 단애는 먼저 손으로 제 가슴을 쓸어내렸다. 자신도 모르게 한숨을 토해낸 것이다. 천국교도 혼자 힘으로 건너지 못해 업혀온 마당에, 허공에 떠서 내려간다면 그건 다리를 건너는 것보다 더욱 아찔할 것이다.

"어떠한 일이 있어도 내가 당신을 보살필 거요. 그리고 누차 이야기하지만 여긴 천상이요. 불행한 일은 절대로 일어나지 않소. 지금까지 우리는 잘 해왔지 않소. 날 믿으시오."

단애는 무슨 결심인가를 했는지 입을 앙다물고 고개를 끄덕였다.

"한 번 타 봅시다. 어찌됐건 여기서는 그것이 길인 모양이오."

단애가 준비하여 나오기를 기다렸다가, 배낭을 짊어진 수운이 먼저 나뭇잎에 올랐다. 나뭇잎은 수운이 완전히 올라섰는데도 일제 미동도 흔들림도 없다.

"천상에서 하늘을 날아다닐 수 있는 날이 오늘이 어쩌면 마지막일지도 모르오. 다음에 나보고 또 이런 것 태워달라면 그땐 태워

줄 수가 없소, 능력이 없는 사람보고 그때 가서 떼쓰지 말고 오늘 한 번 제대로 타보도록 하시오."

얼어붙어 시퍼렇게 긴장을 한 단애를 안심시키기 위해, 수운은 순진한 동반자인 단애나 겨우 받아줄만한 농담을 던졌다.

"걱정 마셔요, 영원히 이런 것 태워달라고 하지 않을게요."

단애는 수운의 손에 이끌려 나뭇잎으로 오르며 태연하려 애쓴다.

"발을 올려놓으시오."

수운이 단애 손을 이끌어 나뭇잎 안으로 끌어당겼다.

두 사람이 나뭇잎으로 올라 벽면처럼 불끈 솟아오른 잎맥을 잡고 자리를 앉자, 나뭇잎이 스르륵 절벽을 미끄러져 나오더니, 기둥같이 솟구친 두 산을 축으로 넓은 궤적을 그리며 사뿐하게 허공을 날기 시작한다.

그렇게도 힘들게 올라왔던 험한 산, 그리고 너무나 어렵게 건넜던 천국교 밑을 통과하여 도화지 같이 펼쳐진 구름 위로 미끄러지듯 나뭇잎이 날아간다. 그것은 내리꽂듯 밑으로 빠르게 날아가는 것이 아니라 옆으로 유영을 하듯 천천히 날아갔다.

산을 오를 때 지나쳤던 정경들이 눈앞에서 한 편의 그림처럼 펼쳐진다.

단애는 어깨를 잔뜩 움츠리고 왕방울처럼 눈을 크게 뜨기는 했으나 밑을 내려다볼 용기는 나지 않아 잡고 있는 잎맥에만 눈을 고정시켜 놓았다. 그리하여도 눈귀로는 희미하게 정경들이 흘러가는 것이 보인다. 기둥 같이 우뚝 솟은 두 개의 산을 지날 때는,

그 산허리가 빨랫줄에 걸어놓은 허연 광목 이불호청에 검은 점이 군데군데 박힌 듯이 보이고, 산을 지나치면 밑으로 퍼런 바닥이 바다처럼 보이기도 한다. 수운은 잎맥을 잡았던 손을 놓아버리고 아예 팔짱을 끼고 두발로 버티어 서 있다.

"바라보니 어떻소?"

수운이 위에서 버들같이 날리는 단애의 머리칼을 내려다보며 묻는다.

"좋아요."

단애는 두 손으로 잎맥을 단단히 부여잡고, 눈에 잔뜩 힘을 주고 부릅뜬 채, 앞을 응시하며 대답을 했다. 위에서 보니 입만 움직이는 인형이 대답을 하는 것 같다.

"얼마나 아름답소. 밑을 한 번 보시오."

그 말에, 단애는 눈동자만 간신히 돌려 지면을 내려다봤다. 잠깐 바라봤을 뿐인데 속이 돌리며 울컥 구역질이 솟구쳐 얼른 눈을 돌리고 만다. 나뭇잎은 커다란 두 산 옆으로 나선형을 그리며 천천히 내려갔다.

'그래, 수운의 말대로 어쩌면 이런 일이 다시는 일어나지 않을지도 몰라.'

단애는 무릎을 꿇고 동그랗게 말린 상체를 곧추세워, 잎맥 위로 몸을 일으키고는 밑을 내려다 봤다. 떠가는 잎의 속력보다 자신의 마음을 더 빨리 움직여 눈이 앞서 짐작하여 나아가니, 어지럼증이 사라지고 한 마리 새가 되어 동화의 나라를 떠다니는 기분이다. 단애는 장엄함을 느낀다. 하나하나가 어우러져 빚어내는 장엄함, 그것은 가슴이 열어젖혀지도록 뿌듯하고 벅찬 기분이었다.

이토록 완벽하고 아름다운 세상이 어떻게 해서 생기게 되었을까. 나는 어떻게 해서 갑자기 이 세상으로 오게 되었을까.

갑자기 뜻하지 않은 생각들이 머릿속을 채운다.

7. 의심

　천상은 꿈이 없는 곳이다.

　꿈은 통제되지 않은 내면이다. 자신이 통제할 수 없는 것이 많을 세상일수록 불안은 클 수밖에 없고, 불안이 크면 그것을 지워버리고자 다른 욕구를 증폭시킨다. 바로 쾌락과 집착이다. 아직은 이렇다 할 어떤 일이 일어나지 않아 크게 우려할 정도는 아니지만 필경 문제가 될 것은 분명해 보인다.

　도선은 언제 무슨 일이 일어날지 몰라 가슴을 졸이며 단애를 예의 주시했다. 그렇게 겁이 많고 여린 사람이면서 그러나 단애는 무서운 집념으로 자신을 통제하고 있었다. 그건 도선이 보기에도 놀랄만한 일이었다. 그러나 어느 순간에 어떤 사단이 일어날지는 예측 불가능했다. 그 정도로 단애의 심리상태는 이미 불안정해져 있었다. 수정처럼 단단하게 굳어있던 얼음이 녹아내려 물이 되면, 낮은 곳만 있으면 찾아 움직이려는 것처럼 두 번의 꿈을 꾸고 난 이후에 단애의 마음은 움직일 수 없게 확고부동한 것이 아니라 몸의 감각에 따라 심리상태가 순간적으로 변하는 예민하고도 자극적으로 변해가고 있었다.

"도선은 알고 계셨습니까?"

그렇지 않아도 경황이 없는 차인데, 예고도 없이 차람과 함께 느닷없이 도선의 상제관을 찾은 노백이 방으로 들어서자마자, 우르르 자리를 잡더니 질문부터 내던졌다.

"뭘 말씀입니까?"

갑작스런 방문에 그 질문 또한 예사로운 것이 아니어서, 도선이 잔뜩 긴장을 하여 반문하듯 물어보기만 하고, 아직 선자세로 주춤하고 있는데 자리에 앉은 노백이 눈을 치며 도선의 눈치를 힐끗 살펴보는 것이었다. 무언가를 캐내려고 하는 눈빛이었다.

도선은 노백이 의도하는바가 무엇인지 정확히 알 수 없어 멋쩍은 미소만 입귀에 담고 있었다.

"지금 천상을 여행하는 사람 중에, 꿈에 동반자 전생을 본 사람이 있습니다. 꿈이라는 것은 꾸어서도 안 되지만 꿀 수도 없는 곳인데, 유감스럽게도 한 사람이 다른 세상에 있었던 일을 꿈으로 봤습니다."

"…"

도선은 비로소 노백이 찾아온 의도를 알아차렸다. 이렇게 찾아와 굳이 이야기를 해주지 않아도 도선이 어찌 그 일을 모르겠는가. 이미 훤히 알고 있는 내용이었다.

"도선도 알다시피 이승을 꿈에서 본다하는 사람은 완전하게 전생과 단절하지 못하고 천상을 온 경우입니다. 이는 필시 욕망으로 인해 기억의 벽이 허물어진 것이 분명합니다."

도선은 곤혹스러워졌다. 일이 일어난 것은 벌써 두 달 전이다. 차람과 노백 두 사람이 달리 아무 말이 없어 혼자서 조용히 다음 사태를 지켜보고 있던 참이었다. 감추고 넘어가려고 했던 일은 아니었다. 그런데 이렇게 노백이 알고 부르르 찾아왔으니 더 이상 숨길 수만은 없는 일이 되고 말았다.

"알고 있습니다. 수운의 동반자 단애가 그런 꿈을 꾸었다는 것을 말입니다. 그렇지 않아도 이 문제를 어찌해야 할는지 몰라 고심하고 있었습니다. 저도 어떻게 해야 할지 마음이 답답할 뿐입니다."

"그렇게 답답했으면 진작 우리들한테도 이야기를 했어야 하지 않습니까."

버럭 소리를 지르며 노백이 목청을 돋운다. 도선의 처신이 여간 못마땅한 것이 아닌 것이다. 소리를 지를 때 올라간 입귀는 아직도 내려오지 않고 있다. 천상의 상제 세 사람 중, 가장 연장자인 노백, 상제로 이 천상에 기거한지도 많은 세월이 흘렀으나 인내심과 포용력이 없어 신상계로는 가지 못하고 아직도 천상에 상제로 남아있는 사람이다. 생명의 혼이 생성된 지도 오래 되어 전체를 보면 멀쩡하게 보이기도 하나 자세히 보면 총기 없이 흐려져 버린 눈과, 주책없이 마구 해대는 성정이 시간에 쫓기는 초조함을 여실히 드러내고 있었다.

쿵쿵 땅이 꺼져라 요란하게 상제관 마당에 들어섰을 때, 도선은 열린 문으로 노백의 면상에 먼저 눈길이 갔다. 못마땅한 일이 있을 때 나타나는 예의 그 치켜 올린 눈꼬리와 꾹 다문 입, 걸음걸이에도 얼음이 얼어 서걱거리며, 그는 무슨 결판이라도 내러 온 사람처럼 험상궂은 인상으로 방안을 들어섰었다.

도선은 노백의 기세에 눌려 아무 대꾸도 하지 못하고, 선 채로 방바닥만 묵묵히 내려다보고 있다. 노백은 못마땅한 눈빛을 천정으로 쏘아 올리고는 속으로 끙 앓는 눈치다. 방안의 공기가 폭발할 것처럼 팽팽하다.

오히려 애가 타서 안절부절못하는 사람은 가운데 앉아 있는 차람이다. 노백과 불쑥 동행하여 온 길이라, 자신을 난관에 빠뜨리는 데 동조를 하러 같이 온 것은 아닌가 하고 도선이 오해를 할까 보아 지레 조심스러운 것이다. 무슨 일이든지 자세한 설명을 잘 하지 않는 노백이고, 자신 또한 구구하게 내용을 잘 묻지 않는 성품이다 보니 아침에 노백이 자신의 상제관을 찾아와 도선을 만나러 가자고 했을 때, 그는 별다른 생각 없이 따라나섰다.

"무슨 일이라도 있는 것입니까? 도선을 만나러 가자는 것이…"

오는 도중에 잔뜩 굳어있는 노백의 표정을 살피던 차람이 물어보았으나, 그는 걸음만 재촉할 뿐 아무 말도 하지 않았다. 그래서 일체 무슨 일인지도 모르고 따라왔는데…, 와서 앉은 자리가 그만 찬바람 씽씽 부는 바늘방석이 되고 만 것이다.

"뭐가 어떻게 된 것입니까?"

노백이 도선에게 하는 말과, 도선이 하는 대답으로 미루어, 일의 전말을 대강은 파악했으나, 누군지 어느 정도인지 알지 못하는 차람이 분위기도 좀 누그러뜨리자는 속셈으로 물었다.

"이게 말이나 됩니까? 여행자가 현상계의 꿈을 꾸는 심상찮은 일이 발생했는데 자신만 알고 우리 둘한테는 감쪽같이 속이고 비밀에 부치지 않았습니까. 도선이."

차람의 말을 도화선 삼아 참고 있던 노백이 분김을 터뜨렸다.

"그런 것이 아닙니다. 신중해야 할 일이라 추이를 지켜보아야겠기에…."

도선이 나서 해명을 하려는데

"신중? 혼자 신중하고 우리는 국이 끓는지 장이 끓는지 알 필요 없다 이 말입니까?"

"어떻게 말씀을 하셔도 그렇게…."

어이가 없어 도선이 말을 잇지 못하는데, 노백은 들으려고도 하지 않고 고개를 한껏 꺾어 옆으로 돌려버린다. 앉기도 도선 쪽과는 비스듬히 앉은 자세에서 고개까지 돌려버리니 완전히 돌아앉은 모양새다.

뒤통수에다 대고 말을 할 수도 없어 도선이 말을 끊고 꾸르륵 침을 삼킨다. 갑자기 막막한 심정이 된다.

차람이 당황하고도 놀라 하얗게 얼굴이 질린 도선을 올려다보며 눈을 끔뻑끔뻑했다. 이해하라는 것이다. 어린애 같은 늙은이, 그저 고분고분 잘못했다고 하고 며칠만 지나면 풀어진다는 뜻이다.

날이 화창하여 육각으로 지어진 상제관 벽면의 문을 도선이 모두 열어놓아 사방천지가 한눈에 들어온다. 싸라기 같은 햇살이 상제관 마당을 하얗게 덮고 있다. 셋은 각자 다른 방향의 문으로 눈길을 던져놓고 심중으로는 다른 무언가를 생각하고 있었다.

도선이 내쉰 한숨소리가 방안의 고요함 때문에 더 크게 들리고, 그 한숨소리가 듣기 껄끄러웠던지 돌아앉았던 노백이 도선을 힐끔 치켜 째려보았다. 잘한 것도 없는 주제에 웬 한숨이냐는 조소 섞인 눈빛이다.

"자세하게 자초지종을 들어보시지요. 지금은 어떻게든 일을 해결할 방법을 찾아야 하지 않겠습니까. 이런 큰일을 당하면 경험 없는 우리들이야 놀라고 당황해서 숨기고 싶은 것은 당연한 것 아니겠습니까. 한사람의 천년일생이 걸린 일인데 도선이 혼자서 겪은 마음의 고초는 또 얼마나 컸겠습니까. 상제께서 이해를 하시지요. 노백 상제께서 가장 어른이신데 저희들을 이끌어 주셔야지요. 우리가 기댈 곳이 노백 상제 말고 또 누가 있겠습니까?"

차람이 옆에서 소곤소곤 노백을 달래었다. 어른이라는 말에 지그시 깨물어 퉁퉁 부풀어있던 볼이 다소 누그러진다. 그리곤 참고 있던 숨을 헛기침으로 쏟아냈다.

"어흠."

그 어디에도 연치에 어울리는 품격이라고는 찾아볼 수 없다.

차람이 때를 놓치지 않고 아직도 서 있는 도선의 허벅지를 손가락으로 툭 찌른다. 어서 무슨 말이든지 하라는 것이다.

"이제 어찌해야 좋을는지요. 마땅한 방법이 있으면 가르쳐 주십시오."

도선이 차람의 의중을 얼른 눈치 채고 상냥한 목소리로 깍듯하고도 정중하게 물었다.

"할 일이 뭐나 있습니까. 어떻게 되는지 결과나 지켜보고 있다가 딴 세상으로 보내든지 말든지 후딱 처리해버리면 되는 것이지요."

아직도 속마음이 풀어지지 않아 무뚝뚝하고 정 없는 말을, 다감한 낯으로 한번 쳐다보지도 않은 채, 늘 하던 대로 툭툭 던지며 내뱉는다.

"지금이라도 도선이 나서서 이야기를 해주는 것은 어떨까요? 일이 커지기 전에 막을 수도 있지 않겠습니까."

그러면 안 된다는 것을 뻔히 알고 있으면서도 차람이 노백에게 묻는다. 그 소리에 돌아앉으며 노백이 대뜸 좌중이 떠나가게 큰소리를 친다.

"이야기를 해주다니요. 자신들이 알아서 깨달으면 모를까 우리가 나서서 이야기 해주는 경우는 절대 없어야 한다는 것을 모르십니까?"

눈을 까집어 흰자를 훤히 드러내며 한마디 거든 차람이 무안하도록 나무랐다. 따뜻한 인심이라고는 어느 한구석도 보이지 않는다. 한가득 속에 고여 있던 불만을 기어이 이리저리 터뜨리고 나서야 날이 선 노백의 마음이 누그러진 것이 두 사람 눈에 보였다.

차람이 아직도 서 있는 도선의 소맷부리를 잡고 자리에 눌러 앉힌다. 그제야 도선이 한쪽으로 엉거주춤 자리를 잡고 앉으며

"아무래도 좋은 쪽보다는…."

하면서, 차람 쪽을 향해 얼굴을 대고 말문을 열자, 차람이 못 들은 척 옆으로 고개를 돌리며 무릎 위에 올려놓은 한손으로 노백 쪽을 가리킨다. 노백에게 물으라는 것이다.

그 바람에 도선이 얼른 노백 쪽으로 몸을 틀어 앉으며

"…좋지 않은 쪽으로 결말이 날 가능성이 많겠지요? 상제님."

하고 안쓰러운 표정으로 물었다.

"아직까지 어떤 구체적인 행동은 하지 않았기 때문에 모르겠지만, 그렇다고 봐야겠지."

노백이 덤덤한 목소리로 고개까지 끄덕이며 대답한다. 그리고는 이제야 진정 이 문제를 깊이 생각하는 눈빛을 띠었다.

이런 괴이한 일은 전례가 별로 없어, 막상 눈앞에 현실로 나타나면 어떻게 처리해야 할지를 몰라 허둥대는 것은 당연한 일이었다. 또 만일 더러 있는 일이라 하더라도 미물도 아니고 천상인의 운명을 자신의 손으로 박탈하여 서럽고도 처절한 세상으로 돌려보내는, 운명 자체를 바꿔놓아야 하는 일이고보니, 당할 때마다 심장이 자갈밭에 떨어지는 놀람과 고통을 느끼는 것은 당연한 일이기도 할 것이다.

"어느 정도까지 진행이 되었습니까?"

차람이 조심스럽게 도선에게 물었다.

"현상계에 대해 너무 많은 것을 알아버려 단애가 혼란을 겪고 있습니다. 무엇보다 인정에 자꾸 빠져드는 것이 문제입니다."

노백은 눈을 감은 채 말이 없다. 무언가를 생각하는 모양이다.

"식자우환이라 했습니다. 아는 것이 곧 죄가 되는 세상에서 알아서는 안 되는 일을 알아버렸으니 난감하게 되었습니다."

차람의 얼굴이 안타까움으로 어두워진다.

단애는 꿈을 꾼 이후부터 혼자서 종종 병든 아낙이 그리워했던 사모의 정과, 그 여인이 연상했던 아이들을 낳아 키우는 모습이, 단애의 지금까지 감각을 흩어 놓아, 천상의 본래 느낌이 날로 퇴색해가고 있었다. 오로지 지금 눈앞에 보이는 것에만 집중하고, 그 오묘하고 아름다운 것에만 마음이 녹아들어 기쁘고 즐거워야 하는데, 지금은 눈으로는 사물을 보면서도 머릿속에는 자꾸 꿈속에서 본 잔상을 생각에 떠올리어, 사람이 자꾸만 멀뚱해져 가고 있었다. 몰랐던 부분을 알게 됨으로써, 천상인의 순수한 마음이 변이를 일으켜 이제는 거의 찾아볼 수 없게 된 지경이다. 꿈속에서 볼 때는 징그럽기만 했던 핏덩어리 갓난아이가 이제는 포동포동 옹알이하며 귀염을 떠는 아이로 나타나고, 덩그러니 찬바람이 솟아나던 일엽의 기와집이 사람들이 들끓고 정이 넘치는 훈훈한 집으로 변이되어 떠오르는 것이다.

단애는 자꾸만 더 큰 혼란 속으로 빠져든다.

"이렇게 아름다운 세상에서 항상 웃고 항상 기뻐야 하지 않겠소. 그러하지 않을 이유가 무엇이오?"

단애의 내면을 한 치도 알지 못하는 수운은 근심을 흘려보내지 못하고 무섭도록 침착하려 애쓰는 단애에게 그렇게 말했다.

참고 인내하는 마음이 강하여, 아직까지는 온몸을 불태우며 막아내지만 그러나 그건 파도 앞에 모래성이라, 너무나 연약하여 언제 허물어질지 모르는 일이었다.

가장 아름다운 감정은 사랑에서 나온다. 감정이 없다는 것은 느낌이 없다는 것이고, 느낌을 깨닫지 못하는 생물은 사고하지 못하는 생명체이다. 그건 단지 형체만 살아 움직일 뿐이지 미물이나 별반 다름없는 존재일 것이다.

모든 생명에 대한 참다운 이해와 사랑은 감성이 있어야만 가능하다. 그 감성을 자기 자신이 받아들이기 힘들 때는 미움과 증오로 나타나고, 받아들일 수 있으면 이해와 사랑으로 나타날 것이다. 이해와 사랑은 이타심이 없이는 일어날 수 없는 감정이다. 따라서 사랑하는 마음이 없으면 어떠한 아름다움도 깨닫지 못한다.

현상계에서 사랑은 어느 특정 대상이나 사물에 대한 애착적인 마음으로 편중성이 매우 강하다. 그래서 자신의 감정이 발동하는 것에만 사랑을 하고 나머지에 대해서는 무심하거나 무시한다.

천상인의 감성은 모든 사물에 고루 사랑을 느끼는 보편적인 감성이 발달해 있다. 아니, 발달해 있다는 것이 아니라 천상에 오던 날 주어졌다는 말이 맞는 말인지도 모른다. 이 사람이나 저 사람이나, 사람이나 사물이나 어떤 것에 대해서도 똑같은 사랑을 느낀다. 고르고 넓게 퍼져 골고루 사랑하는 것이다. 그래서 여행 도중 만나는 모든 사물들이 내 생명처럼 소중하고 살갑다. 그 느낌은 사랑하는 연인에 대한 감정 못지않다. 그러니 비록 동반자와 단 둘이 다니는 여행이라고 하지만 사실은 수 천, 수 만, 수천만 일행이 늘 곁에 있는 것과도 같다.

사랑은 순수한 사랑과 욕망적인 사랑으로 나뉜다. 번식이 존재하는 곳에는 종족을 번식시키려는 욕망적인 사랑이 본질적인 사랑보다 훨씬 강하다. 번식을 통하여 유구한 역사를 어어 가자면 그리하여야 하는 것이 당연한지도 모른다.

욕망은 주려는 것이 아니라 얻고 쟁취하고자 하는 욕심이다. 이성에 대한 이끌림에서 하는 헌신은, 따라서 얻기 위해 하는 수단이지 본질적으로 순수한 것이 아니다.

살아 움직이는 어떤 생명도 욕망을 완전히 지울 수는 없다. 욕망이 곧 서로에 대한 끌림인데, 이끌림이 없이 어찌 서로 따뜻한 감정을 나누고 심정을 이해할 수 있겠는가. 욕망을 스스로 제어하여 좋은 방향으로 이끌어갈 수 있는 통제력을 지닌 생물은 인간밖에 없다. 그래서 인간만이 천상에 올 수 있는 것이다. 참으로 전무후무할 단 하나의 예를 제외하고는….

"항상 삼백 년 전까지가 문제입니다. 그 기간이 지나면 천상생활에 적응하여 대체로 안심해도 된다고 볼 수 있는데 그 전이 언제나 조심스런 시기인 것 같습니다."

차람이 말끝을 노백의 눈에 걸쳐놓으며 그렇지 않느냐는 듯 묻는다.

"삼백 년이 아니라 천 년 가까이에도 일이 일어나려면 얼마든지 일어납니다. 욕망이 시와 때를 가린답니까."

또 다시 턱을 높이 들고 천장으로 눈길을 향한 채 노백이 불퉁하게 대답한다. 그리고는 조금 있더니 느닷없이

"다행히 근본이 영 삐뚤어진 사람은 아닌가 보아."

하며 혼자 말처럼 중얼거렸다. 처음에는 그 말뜻을 이해하지 못해 의아해하던 도선과 차람이 잠시 후 고개를 끄덕였다. 아마도 노백이 단애의 행동을 요즘 주의 깊게 지켜보고 있는 중인 모양이다.

지금쯤이면 행동에 변화를 나타낼 때가 되기도 했는데 전혀 그런 티를 내지 않고 꿋꿋하게 견뎌내는 단애는, 들뜨지도 않고 늘 차분하게 별로 말도 없고, 속으로 참고 또 참으며 고통의 날을 보내고 있는 것이다. 그런 단애의 속 깊은 절제가 가상해서 노백이 그렇게 말한 것이다.

전생에 각고의 삶을 살아 그에 대한 보답으로 천상을 왔는데, 누릴 것 다 누리고 천년을 유람해도 아쉬움이 남을 판에, 제대로 누려보지도 못하고 이곳을 떠나야 하는 불상사를 맞이할 때는, 천상을 관할하는 상제들의 마음 또한 착잡하고 암울할 수밖에 없는 것이다. 너무나 아쉬운 일이지만 백지 같은 마음으로 천상에 온 그들에게 구체적으로 예를 들어가며 이러이러한 일을 해서는 안 된다는 말을 해줄 수는 없었다. 그건 자칫 길고도 먼 생명의 길을 걸어오는 동안 경험으로 잠재돼 있는, 꼭꼭 숨겨져 있던 그들 내면의 실체가, 그 말에 떠올려질지도 모르는 위험한 일이기

때문이었다.

동반자와 짝을 지워 보내면, 세월이 지나면서 알 것 다 알고 있는 흥 없는 흥 다 드러내놓고 나면, 왠지 만만해져 사이가 서로 농익지나 않을까 염려도 되고, 여행길이 아슬아슬 위태로워 보이기도 하지만, 그러나 대부분의 사람들은 천상에서 주어지는 맑은 정신으로 무사히 천년의 여행을 마치고 돌아갔다.

천상을 아무나 오는가. 마음의 근본부터가 다른 사람들이라, 그런 걱정은 대개 기우에 지나지 않았었다. 그런데 좀체 일어나지 않던 그 일이 지금 일어날 조짐을 보이고 있는 것이다.

"몸이라고 해야 얼굴과 손발, 그리고 형체를 두르는 껍데기만 피가 흐르고 감각이 있지. 간단한 내장기관 제외하면 나머지야 빛으로 채워져 있고 욕망의 기관이라고는 없는 사람에게 저런 것이 생겼다니. 원, 이해가 돼야지. 자고로 욕망이란 질기고도 추잡한 것이야."

근래 들어 부쩍 사설이 많아진 노백이다. 두 사람은 묵묵히 듣고만 있었다.

동반자를 향해 이성으로서 애틋한 감정이 생기거나, 다른 세상의 일을 자기도 모르게 떠올리는 것, 꿈을 꾼다거나 하는 일을 상제들은 통상 욕망이 생겼다고 한다.

천상에서는 천의가 벗겨진 맨몸을 보지 않으면 욕망이라는 것은 모르도록 되어있다. 그래서 도선이 처음 천상 여행자들을 만나 안내를 할 때, 스스로 자신의 옷을 벗거나 남의 옷을 들추지 말라는 얘기를 하는 것이다.

"그러게 말입니다. 어떻게 느닷없이 갑자기 꿈을 꾸게 되었는지 정말 알다가도 모를 일입니다."

도선은 현재 단애가 처하게 된 상황을 여러 각도로 아무리 생각해도 이해 자체가 되지 않는 것이다. 실마리를 풀만한 단서가 어디에도 없었다. 해괴하게 들릴 이야기지만 한마디로 원인 없는 결과 그것이다. 상제들의 눈은 매우 예리하다. 그리고 직감이 매우 발달해 있어 눈으로 보고 생각하는 것이 거의 정확하다. 어떠한 경우에도 상제들의 눈과 감에서 여행자들이 빠져나갈 수는 없다. 그런데 이상하게도 단애가 꿈을 꾼 원인을 도선은 도통 감조차 잡히지 않는 것이다.

"느닷없이 꿈을 꾸었다…."

차람도 입을 둥그렇게 말아 내밀고 그 연유를 짐작하기 위해 애를 썼다. 천상인은 꿈을 꾸지 않는다. 꿈과 비슷한 상상도 잘 하지 않는다. 상상조차 잘 하지 않는 천상인이 상상을 하는 대부분의 경우는 동반자에 대한 연정 때문이다. 사모하는 정이 지나쳐 동반자를 대하는 행동이 먼저 이상해지고, 그러면 안 된다는 심리적 압박감과 갈등으로 꿈은 아니지만, 비몽사몽간인 상태에서 갈등을 겪는 경우가 있다. 이런 경우, 상제들이 미리 그 사태를 대강 알고 있으므로, 그 사이로 찾아들어 조용히 마음을 바로잡아 주는 경우가 있었다. 일은 쉽게 해결되고 어렴풋한 한 상황속이어서 여행자들은 상제들이 관여했다는 사실을 눈치 채지 못한다. 그런데 단애는 동반자에 대한 감정이 생성된 징후도 없거니와, 그 꿈 내용이 다른 세상에서나 있는 전쟁에 관한 것이었다. 그렇다면 전생의 기억이 되살아 난 것이 아닐까 하고 상제들이 짐작하는 것이다.

죽음을 맞이한 영혼은 죽는 순간, 이승에서의 모든 것을 잊어버린다. 한 장이 끝나고 한 단원이 끝났음으로, 새로운 삶을 출발하기위해 그렇게 만들어져 있는 것이다. 천상의 여행자들은 번식을 위한 기관이 없는, 온전한 육신이 아니므로 이성에 대한 욕망이 느껴지지 않아야 한다. 그런데 단애는 지금 집착성 감정이 살아나고 있다. 어느 곳인가로 뭉쳐지는 편중성 사랑, 그건 위험한 현상계적 사랑이었다. 하지만 천상인의 몸은 욕망을 채워줄 육신을 가지고 있지 않은 탓에 깨닫기만 하면 치유는 쉽게 되는 것이기도 했다.

"옛날의 어느 동반자처럼 수운이 그런 역할을 좀 해주었으면 좋겠는데…"

하고, 차람이 요행을 바라는 투의 말을 했다.

"그렇게 해주면 오죽이나 좋을까요. 하지만… 마음이 여린데다가 전생에서 사람에게 상처를 많이 받았던 사람이라, 그런 어려운 일을 잘 해낼 수 있을지…"

도선이 말끝을 흐린다.

지나간 어느 한때, 그때 양의 하나가 무단히 욕망이 생긴 적이 있었다. 그의 행동이 동반자가 이상하다고 느낄 만큼 티가 났다. 동질의 생명에 대한 감정이 애틋한 것은 어느 세상에서나 똑같은 것이다. 그래서 유유상종이라고 하지 않는가. 서로 많은 친밀감을 느낄 수 있는 사이는 역시 같은 숨결을 지닌 생명체일 수밖에 없는 것이다. 자연의 아름다움이 제 아무리 뛰어나고 빼어나도 자신과 닮은 사람이 만들어내는 아름다움에야 어찌 비할 수 있으랴. 그렇게 느껴져야 그것이 정상이고 또 올바른 것이다. 다만 그것이 어떠한 방향으로 어느 정도로 느껴지느냐가 세상에 따라 차이를 드러낸다. 현상계나 다른 세상에서는 직접 그 육신을 맞대고 감촉을 느껴야만 욕망이 충족되는 것에 반해, 천상에서는 다만 서로 바라보고 웃기만 하여도 온몸이 찌릿찌릿 황홀해진다. 그런 사이로 늘 지내다가 어느 날부터인가 양의가 이상한 행동을 하기 시작한 것이다. 자꾸만 들애 곁으로 다가와 만지고 비비며 떨어지려고 하지 않았다. 처음에는 그런 행동을 거리낌 없이 웃으며 받아주던 들애가, 어느 날인가 양의의 행동이 이상하다는 것을 느꼈다. 그가 자신의 신체를 만질 때 무엇을 느끼는지는 모르겠으나, 자연스러운 모습이 아니라 어딘지 모르게 어색하고, 얼굴이 굳어지며 숨결까지 거칠어지는 것이었다. 들애는 문득 이것이 천상안내자가 말한 욕망 때문이라는 것을 깨달았다. 들애는 지금 상태에서 양의가 깨어나야 한다고 생각했다.

"할 이야기가 있습니다."

길을 가다말고 들애가, 옆에서 치근덕거리는 양의를 불러 세웠다.

"지금 당신이 무슨 짓을 하고 있는지 아십니까?"

냉정하고 엄격한 그 말에 양의의 얼굴이 벌겋게 달아올랐다. 그동안 들애가 모른 척 지나쳐주었을 뿐이지, 모두 알고 있었다는 것을 깨달은 것이다. 양의는 우물쭈물 대답을 하지 못했다.

"지금 당신은 정상이 아닙니다. 몸으로 쾌감을 느끼려고 하고 있어요. 당장 그 짓을 그만두지 않으면 크게 후회할 것입니다."

들애가 정색을 띠며 하는 말은 송곳처럼 날카로웠다. 눈치를 채지 못하면 은근슬쩍 지나치려고 했던 양의는 그 말을 듣고 크게 당황했다. 그리고 이왕 이렇게 들킨 이상 모든 것을 고백해야겠다고 생각했다.

"그렇게 말해줘서 고맙습니다. 사실은 들애가 예전과는 다르게 보입니다. 그리고 신체부위를 만져보면 전에 와는 다르게 그 감촉이 매우 흥분됩니다. 들애의 몸이 꼭 내 몸이 된 것 같이 느껴져요."

온전하게 고백을 하고나자 그는 마음이 편안해졌다. 마치 언제 그 일이 닥치나 노심초사하고 있다가 맞을 매를 맞고 난 것처럼 후련했던 것이다. 비록 얼굴을 붉히는 잠깐의 상황이 있었지만, 상처를 입고서라도 난관을 부딪쳐 헤쳐나간 느낌이었다.

"저도 이야기를 할까 어쩔까 여러 번 망설이다가 아무래도 서로 의논을 하고 문제를 해결하는 것이 도움이 될 것 같아 하게 됐습니다. 절 이해하십시오."

그는 들애가 자신의 증세를 깨닫게 해 준 데 대해 깊이 감사했다. 그리고 서로가 그것에 대해 알아버리자 금세 아무렇지 않게 치유가 간단하게 이루어졌다. 그는 들애의 침착하고도 현명한 대처 덕분에 무사히 천년여행을 마칠 수 있었던 것이다.

"인상만 매섭게 생겼지 물러 터져서 그리 하지는 못 할 거요."

빈정거림이 묻어나는 노백의 말은 그러나 어쩌면 가장 정확한 말인지 몰랐다.

"만일 잘못된다면…"

생각만으로 도선은 모골이 송연해졌다.

"도중에 지상으로 내려간 사람 중에, 다시 천상으로 돌아왔다는 말은 아직 듣지 못했는데…"

차람의 탄식 섞인 목소리가 메아리처럼 방안을 맴돈다.

"한 번 내려가면 돌아오기 어렵지. 현상계에 내려가 육신의 쾌락을 한 번 맛보고 나면 어지간한 강단으로는 빠져나오기 어려워. 몇 생이 아니라 수수 생을 돌아도 썩은 정신으로는 다른 세계가 있다는 것을 꿈도 못 꾸니까 계속 현상계에서 돌고 돌며 생명의 시간을 그곳에서 끝내는 경우가 대부분이지."

노백의 이 말은 맞는 말이었다. 자신의 혼이 한때 천상에 있었다는 것을 안다면 또 다시 각고의 노력으로 천상에 오려고 노력하겠으나, 기억의 문이 닫쳐버린 혼은 그 어떤 것도 알지 못하기 때문에 자신이 속해있는 현상계가 유일한 세상인 줄 안다.

천상에서 현상계의 느낌을 받는다는 것. 그것은 다른 세상에서는 절대 열리지 않는 기억의 문이 반대로 천상에서 열리는 경우이다. 다른 세상에 자신이 존재했을 때의 모습이나 생활상 등이 분명하게 기억으로 떠오른다기보다는 감정이, 천상에서는 좀체 느끼기 어려운 욕망과 분노, 좌절과 편협한 감정, 이런 것들이 은연중에 나타나 잠시 혼란에 빠지는 것이다. 그러나 이런 감정도 어쩌다 한두 사람에게 나타나고, 그것도 한두 번 지나면 끝나는 경우가 대부분이다. 한 번 지나고 나면 대개 다시는 나타나지 않았다.

그러나 단애는 이런 감정에 휩싸인 뿐만 아니라, 꿈에서 현상계의 생활을 직접 체험까지 한 경우이다. 따라서 훨씬 마음을 진정키 어려울 것이었다.

현상계에서 감정은 야생마와 같아서 자신의 의지로 통제하기가 매우 힘들다. 현상계의 사람들은 많은 시간을 감정을 조절하는 데 소모한다. 현상계는 감정이 삶의 모든 부분을 지배한다고 해도 과언이 아닌 것이다.

어느 날 갑자기, 어쩌다가 단애가 욕망이 존재하는 세계에서만 있는 꿈을 꾸게 되었는지, 도선은 도무지 이해가 되지 않았다.

"현상계가 여기에서 얼마나 떨어진 곳입니까?"

도선은 문득 그것이 알고 싶어졌다. 현상계라는 말은 모이기만 하면 더러 듣는 말이지만, 여기에서 얼마쯤의 거리에 존재하는 곳인지 가늠하기가 쉽지 않아, 옆에 앉은 사람에게 생각이 난 김에 도선이 물었다.

"글쎄요, 빛의 속도로 가도 이천 년이 걸린다고 합디다. 그러나 그건 느낄 수 있게 거리로 환산해 보라고 했을 때 그 정도 걸린다는 것이지 실제 그 거리가 존재하는 것은 아니라고 하던데요. 육신을 가지고 빛의 속도로 가면 이천 년이 걸린다고 하고 혼이 간다면 금방 간다고도 합디다."

혼은 갈 수 있는 곳이지만 물질인 육신을 가진 존재는 아무리 기 쓰고 용쓴다고 갈 수 있는 곳이 아니라는 말이었다.

더 이상은 아무런 말도 없이 자리만 차지하고 있던 노백이 지루한 기색을 얼굴에 띠더니 일어날 채비를 했다.

"우리는 이제 가시지요. 있어봐야 뾰족한 수도 없는데 마음만 심란합니다."

그래도 한 때는 천상 여행자들의 생활을 담당하는 직분을 맡았던 사람으로서, 그리고 경험자로서, 대책강구에 도움이 될 만한 것은 하나도 내놓지 않고 노백은 손으로 무릎을 짚고 일어섰다. 무릎이 다 펴지기도 전에 구부린 자세에서 문득 할 말이 생각난 모양이다.

"이 천상에 누가 많기를 합니까. 돌아서고 엎어져도 여기 세 사람 밖에 없는데 앞으로는 무슨 일이 있으면 다 같이 상의를 하도록 하십시오. 천상 일이 혼자서도 해결이 가능한 일이라면 단독으로 처리해도 무관하겠지만 사사로운 정에 매여 큰일을 그르치면 돌이킬 수 없다는 것을 꼭 명심해야 합니다."

노백은 오금 박는 소리를 내뱉고는 굽히고 있던 상체를 마저 일으켜 세웠다.

노백이 일어서자, 차람도 자리에서 일어섰다. 노백이 앞장서 마당으로 나가고 한 줄로 서다시피 하여 방에서 내려왔는데 노백은 뒤도 한 번 돌아보지 않고, 있어라 어쩌라 인사 한마디도 없이, 자신의 상제관을 향해 내친걸음으로 휭 떠나버렸다.

"오늘 결례가 많았습니다. 갑작스럽게 노백 상제께서 찾아와 여길 가보자고 하여 따라왔는데 이런 일이 있은 줄, 나는 몰랐습니다."

마음에 상처를 받았을까 저어하며 차람이 위로의 말을 건네었다.

"다 제가 소홀한 탓입니다. 꾸중을 들어 마땅한 일이지요."

"도량이 부족해서 자기 몸으로 자기 복을 깎아먹는 분 아닙니까. 그래도 뒤끝은 없는 분이니 홀홀 털어버리십시오."

차람의 말이 멀리 아득하게 들린다.

도선은 마당 끝자락에 서서 저 멀리 아스라이 보이는 잿빛 능선으로 눈길을 던졌다. 그 어디쯤엔가 단애가 따사로운 햇살을 등에 지고 천상 길을 타박타박 걸어가고 있을 것이었다.

8. 천상도 토라지면 싫어지고

소책은 사무연의 버릇을 고치기로 어젯밤 단단히 마음을 굳혔다.

고만고만한 구릉 길을 벗어나 오색단풍이 현란한 골짜기로 접어들었다. 넓은 골짜기로 모여든 물이 한데 모여 큰 개울을 이루고, 햇살 가득한 계곡은 알록달록 영롱한 빛깔로 반짝인다. 우거진 나무들 사이로 흐르는 계곡물은 단풍잎의 음영으로 그늘져 푸른 물이 더욱 짙어 보인다. 길을 따라 맞은편 산길로 옮겨가는데 소책이 개울을 건너다말고 무엇인가를 한참 쳐다보았다.

"뭐 쳐다봐요?"

소책은 가볍게 손을 들어 대답을 대신하더니, 성큼성큼 걸어 개울 아래쪽으로 걸어갔다. 제법 커다란 나무판 하나가 물살에 떠밀려 내려와 돌 틈에 끼여 있었다. 소책이 돌을 헤치고 그것을 집어내더니 두 손으로 치켜들고 요리조리 눈대중을 하며 보았다. 그리고는 주변을 두리번거리더니 끝이 뾰족한 작은 돌 하나를 주워든다. 어디에 쓰려고 그러는지 아무리 짐작해도 그 용도를 알 수 없어 사무연이 물었다.

"뭐 하려고 그러는 건데요?"

"우리 사이를 아주 정답게 만들어 줄, 좋은 거 하나 만들어 볼까 생각 중입니다."

별 거 아니라는 듯 말하면서도 소책은 어쩐지 신난 표정이었다. 길을 가다가도 틈만 나면 나무판 다듬는 일에 열중했다. 요리조리 뒤집어가며 돌로 싹싹 파내고 다듬는 솜씨가 보통이 아니다.

"좋은 거?"

사무연의 눈이 반짝였다. 명민한 머리를 재빨리 돌리며 그것이 무엇일까, 소책의 눈 속을 빤히 들여다보고 머릿속에서 생각을 끼워 맞춰보는 사무연이, 이번만은 짚이는 데가 없는지 고개를 갸우뚱한다.

"미리 궁금할 것 없습니다. 두고 보면 압니다."

소책은 잠시라도 틈만 나면, 그리고 저녁이 되어 침안 안으로 들어가기만 하면 계속 나무를 갈아 다듬었다. 참으로 대단한 정성이었다. 어찌 그리 열심인지 저녁에 사무연이 심심하여 이야기라도 좀 하려고 찾아가면, 건성건성 대답만 할 뿐 제대로 이야기 상대조차 해주지 않았다.

"정말로 뭘 만드는데요? 그 나무가 그렇게도 중요해요. 사람이 찾아왔는데도 보지도 않고 나무만 갖고 놀아요. 이럴 것 같으면 나무랑 같이 가지 뭐 하러 나랑 다녀."

일부러 심기가 뒤틀리도록 그렇게 불평을 하면

"왜 그러십니까, 갑자기 또."

능글능글하게 맞받아치는 소책.

"생긴 것도 꼭 밥사발 같이 생겼구만, 뭘 그런 걸 만든다고⋯. 그게 뭐 중요하다고⋯ 그게 사람보다 중요해요. 하구한 날 그 짓만 하고 있으니⋯."

소책은 사무연이 뭐라고 하든 말든, 경을 읊든 말든, 시간만 나면 나무를 갈고 다듬었다. 본시 꼼꼼하니 그런 것에 재주가 있는지 날이 갈수록 뭉텅하던 나무통이 반드롬하니 맵시를 입어갔다. 일주일을 꼬박 다듬더니 완성이 되었다. 테두리가 있고, 둥근 안쪽에는 십자로 칸이 만들어져 있었다.

소책의 재주는 기가 막혔다. 껍질이 푸석푸석 떨어져 나가고 귀퉁이가 썩어 시커멓던 고목을, 아무런 연장도 없이 오직 돌칼 하나로만, 모양도 찬란한 형태로 변모시키는 데 딱 일주일이 걸린 것이다.

또 다른 개울을 건널 때 배낭에서 소중하게 두 손으로 받들어 꺼내더니 돌로 깎아낼 때 생긴 분진을 물로 구석구석 싹싹 씻어냈다. 반들반들 윤기까지 나며 제법 모양새가 났다.

"다 완성이 됐나요? 생긴 거라고는 꼭⋯."

입술이 틀어지며 못내 마뜩찮아 하는 사무연의 말에

"밥사발 같다고? 맞아요. 밥사발이요."

"그걸 뭐 하러 만들어요."

"이제는 매일 당번을 정하여 그날 당번인 사람이, 아침을 이 판에 담아오는 겁니다. 네 군데에 각기 다른 음식을 담아오는 거지요."

"한 사람은 뭐해요?"

"뭐하다니요. 한 사람은 그때까지 잠을 자든지 마음 놓고 산책을 하든지 하는 겁니다. 음식을 가져오면 그때 같이 먹기만 하는 거지요. 어떻습니까?"

'이 인간 좀 봐.'

사무연이 굳은 얼굴로 소책을 쏘아보았다.

뒤늦게 의도를 알아차린 사무연이 그럴 거면 자신의 음식은 자신이 해결하겠다고 바락바락 악을 쓰며 악착같이 버티었으나, 이미 엎질러진 물이 되고 난 뒤였다.

"그럴 거면 진작부터 자신의 음식은 자신이 해결을 했어야 하지 않습니까? 지금껏 내가 손발이 닳도록 뛰어다녀 갖다 바쳤으면 이젠 사무연도 이틀에 한 번은 해야 하지 않겠습니까. 염치가 있으면."

탕 뒤통수를 친 염치라는 말에 사무연이 그만 딱 말문이 막혀 버렸는데, 그 틈에 소책이 사무연의 가슴께로 밥사발을 쑥 내밀어 안겼다. 사무연은 그것이 무슨 징그러운 벌레같이 느껴져 잡았던 손을 놓쳐 떨어뜨리고 만다.

이틀에 한 번?

그럼, 하루 걸러 하루라는 것 아닌가. 똑같이 하자는 말이었다.

소책은 은근히 속으로 요령을 계산하는 데는 비범한 데가 있었다. 자신의 성격은 마음에 안 들면 앞뒤 잴 것 없이 버르르하고 휑하니 가버리는 것과 달리, 소책은 문제가 발생하면 그걸 요리 뒤집어 보고 조리 뒤집어 보며, 고개를 갸우뚱 끄덕이기도 하고, 티 나게 궁리를 며칠이고 하고 난 다음에는

공 간다.

하고, 바로 정면으로 뭐가 굴러오는 것이 아니라, 전혀 생각지도 못한 엉뚱한 짓거리를 요사스럽게 꾸며 들이대는 것이었다.

혼자서 음식을 준비하러 다니며 그토록 오랫동안 생각한 것이 바로 밥사발을 만들어 당번 정하는 일이었던 모양이다.

억지 춘향으로 그렇게 시작하여, 사무연도 이제는 어쩌지 못하고 꼬박꼬박 이틀에 한 번은 음식을 준비해야 했다.

오늘은 자신이 음식을 준비해야 하는 당번일이다.

당번인 사람은 아침에 먼저 일어나 근처를 다니면서, 각기 다른 네 가지 종류의 향천음을 밥사발에 담아 와야 한다. 종류를 네 가지로 정해놓았으므로 네 가지를 다 채우지 못하면 아주 멀리까지 가서 구해 와야 하는 일도 종종 발생했다. 향천음을 구하러 수풀을 돌아다니다 나뭇가지에 얼굴이 찔리고, 때론 머리카락이 수풀에 끼여 고생을 할 때마다, 사무연은 이걸 확 부셔버릴까 몇 번이나 생각이 들었다.

처음엔 볼품없이 엉성하던 밥사발은, 그러나 날이 갈수록 손때가 묻어 반질거리며 윤이 났다. 그리고 소책은 날이 갈수록 그것에 애착을 더해갔다.

"효자가 따로 없어, 이 밥사발이 효자여."

그러나 사무연은 밥사발을 쳐다볼 때마다 이것이 원수라는 생각을 한다. 그것이 없었을 때, 음식준비는 소책이 전담하다시피 했다. 나약하고 아름다운 자신이 깡통보다 못한 이런 것을 들고 수풀 사이를 헤치고 다니면서 음식을 준비하리라고는 꿈에도 생각지 않았다. 지금 생각해보면 나무판을 끌어안고 소책이 혼신을 다하여 정성을 쏟을 때, 그때 미리 눈치 채고 쥐도 새도 모르게 없애버렸어야 했는데… 뒤늦게 깨닫고는 땅을 치고 통곡했다.

음식은 천상 곳곳, 여행을 하는 어느 곳에나 널려있었지만 먹어보지 않은 것, 좀 더 맛있는 것을 찾아다니는 것이 하루 중 중요한 일과이다. 향천음은 그것을 달고 있는 수종에 따라, 그리고 수종의 형태에 따라, 지역에 따라, 각양각색의 맛을 내므로 늘 똑같은 음식을 먹는 것이 아니었다. 미각은 어쩌면 그렇게 놀랍도록 수만 가지 오묘한 맛을 알아낼까, 놀랄 때가 한 두 번이 아니다. 무엇인가 새로운 것을 맛본다는 것, 그리고 색다른 것을 찾아낸다는 것, 그것은 갖다 주는 것을 그저 먹는 사람도 즐거운 일이었고, 그것을 찾으러 다니는 사람 또한 보람 있는 일이었다. 그런데 다른 사람은 몰라도 그 일이 적어도 사무연에게는 고통이었다.

사무연은 뚱한 표정으로 앉아, 밥사발을 바닥에다 쿵쿵 짓찧으며 나갈 생각은 않고 침안 안에서 미적거리고 있다.

새벽에 날이 뿌연 것이 안개가 낀 것 같기도 하고, 날이 아직 덜 샌 것 같기도 하여 마음조차 스산하다.

"날이 밝아야 나가든지 말든지 하지."

두리번거리며 쳐다보아도 보이는 것이라곤 바로 옆에 붙어있는 소책의 침안과 가까운 근처만 희붐하게 보일 뿐이다.

침안 바로 앞에도 여러 열매가 있고, 조금 떨어진 곳에 있는 나무에는 과일이 매달려 있다. 그러나 지금 눈에 띄는 열매와 과일은 몇 번 먹어봐서 익히 아는 것들이다. 천상은 어디나 풍요로움이 젖줄처럼 흐르는 곳이다.

음식이 되는 향천음는 나무뿐만 아니라 풀에도, 가지뿐만 아니라 잎에도 붙어있지만, 새롭고 특이한 것에만 눈길이 갈뿐, 평범한 것에는 마음이 내키지 않았다.

천상의 음식이 되는 대부분의 열매는 다른 세상에서처럼 꽃이 피고 수정이 되어 맺히는 열매가 아니라, 과일 자체로서 생겨나 그 모습 그대로, 여행자들이 건드리지만 않는다면 계절과 시간에 관계없이 영원히 있는 것이다.

천상에서 향천음을 따보면 과일 크기에 비해 겉껍질이 두꺼워 껍질부위를 제외하면 안에 든 즙은 커다란 열매를 땄을 때도 겨우 한 종지쯤 된다. 그 정도의 양이 한사람에게 필요한 하루분의 음식이다.

보통은 하루에 한 번만 먹지만 날이 더운 지역이거나 길이 힘들게 되어있을 때는 두 번도, 새벽부터 밤늦게까지 가야 했던 어떤 날은 세 번까지도 먹어본 기억이 있었다. 그러나 대개는 하루에 한두 번만 먹는데 그러다보니 먹을 때 아주 조금씩 음미하면서

먹게 된다. 각자가 가지고 다니는 숟가락도 젓가락보다 조금 크긴 하지만 작게 만들어져 있다. 그것마저도 한 숟갈 푹 떠서 먹는 경우는 거의 없고, 끝에 조금만 찍어 혀로 핥아가며 먹는다. 향기와 함께 혀끝을 적시는 달착지근한 그 맛을 아주 오랫동안 음미하고자 하는 것이다. 과일과 열매의 종류는 이루 헤아릴 수조차 없고, 그 맛 또한 각양각색이다. 향이 진한 향천음은 오랫동안 향이 입 안에 화하게 돌아, 그 여운을 오랫동안 음미할 수 있는 반면, 어떤 것은 맛도 향도 지지부진하여 헛배만 부르게 만들어버리는 것도 있었다. 당장 급하게 어디까지 가야 하는 것도 아니고, 무슨 해야 할 일이 따로 정해져 있는 것도 없는 천상에서는, 그래서 하루 중 많은 시간을, 더욱 맛있는 향천음, 예쁘게 생긴 향천음, 좀 더 색다른 향천음을 찾는 데 많은 시간을 할애하는 것이다.

향천음은 따서 즙을 다 빼먹고 나면, 과일껍질은 금세 시들시들해지고 순식간에 바짝 말라, 조그만 바람에도 연기처럼 흩어져 허공으로 흔적도 없이 날아갔다. 그러므로 여행자들이 먹고 남긴 빈껍데기가 썩어 허물어져, 흐물흐물 바닥에 뒹굴어 다니는 흉물스러운 일은 없는 것이다.

예전에는 하지도 않았던 향천음을 구해오는 일이 날이 갈수록 사무연에게 심적 부담을 주고 있던 참인데, 어제는 소책이 느닷없이 한 사람이 한 달씩 하자는 것이었다. 격일로 하다 보니 헷갈리기도 하고 리듬이 깨진다는 것이었다. 매일 돌아가며 하나, 한 달하고 한 달 쉬나, 그게 그것이고 아무것도 아닌 것인데 밥사발에 거부감이 있어서 그랬던가, 사무연이 저도 모르게 얼굴을 붉히고 말았다. 그네 성미에 얼굴을 붉힌 것은 속에서 펄펄 끓는 것을 꾹 눌러 참은 것인데, 그날 밤이었다.

"그래서요?"

잘못했으면 잘못했다 다시는 안 그러겠다, 하든지. 아니면 그런 것은 동반자가 좀 이해를 해야 한다고 하든지, 그도 저도 아닌 말로, 그래서요? 하고는 잡아먹을 듯이 쳐다보던 사무연이 말한 그 한마디가 소책은 이상하게 오밤중이 되도록 잊히지 않았다. 아무리 생각해도 그 말만 생각하면 기분이 틀어져 참을 수가 없었다. 어쩌면 그건 그 말을 할 때의 사무연 표정 때문인지도 몰랐다. 전에도 바르르거리며 대드는 일이 없었던 것은 아니지만, 그래도 그 때는 눈치를 봐가며 우겨도 우기고 대들어도 대들더니, 어제는 눈을 동그랗게 뜨고 빤히 쳐다보며, 마치 힐책이라도 하듯 따져들던 그 표정은 잊으려고 하면 더 크게 자꾸만 떠올랐다. 생각이 꼬이자 그동안 서운했던 감정들이 고구마 줄기같이 주렁주렁 매달려 올라왔다.

천상 여행길은, 꿈길이라 할만치 아름다운 길이다. 오로지 아름다운 곳을 따라 길이 나 있는데, 앞을 쳐다 보면 저 앞에는 길이 없는데 걸어서 그 지점에 가보면 신기하게 길이 나있고, 또 저 앞에까지 길이 보였다. 그리고 지나온 길은, 분명 길이 있어 지나쳐 왔는데 저만큼 가다가 돌아보면 길은 감쪽같이 없어져 버려

어, 이상하다.

싶어, 다시 돌아 가보면 그땐 예전의 길이 또 하나 변함없이 전처럼 나타나는 것이다. 길이 난 곳으로만 따라가며 주위를 둘러보아도 충분히 모든 곳을 넉넉히 다 잘 볼 수 있었다. 만약 그것이 부족하다면 그 자리에 서서 좀 더 보든지, 그도 아니면 잠깐 갔다 오겠다는 양해를 구하고 갔다 오면 좋을 것이었다.

"어머나, 저 꽃 좀 봐. 너무 아름답다. 가보고 와야지."

남이야 기다리던 말든, 혼자 두르르 길을 벗어나 한참 시간이 지나서야 오곤 하는 일이 다반사였다. 그렇게 호들갑을 떨고 갔다 오는 일은 양반이고, 뒤에 잘 따라오는 줄 알고 저만큼 갔는데 소리 소문도 없이 사람이 갑자기 사라져서는 한참 후에 나타나곤 하였다. 그동안 소책은 가슴을 졸이며 오도 가도 못하고 서성이며 사무연이 돌아오기를 기다려야 했다. 그러한 돌출된 행동이 도무지 해결이 될 기미가 보이지 않자, 더는 참지 못하고 소책이 오늘 저녁에 한마디 하였다.

말을 하는 것도 어찌나 조심스럽던지, 많은 시간을 벼르고 별러 모처럼 달도 밝을 때여서 밤이 되도록 기다렸다. 오월이 되면 사무연은 거의 매일 밤을 한밤중이 지나야 자리에 든다. 달빛에 기분에 취하여 하늘을 우러러보고 앉아있는 사무연 옆에 소책이 앉았다. 함께 달을 구경하며 한참동안 뜸을 들이다가

"사무연, 내가 부탁 하나 해도 되겠습니까?"

말문을 열었다. 낮에 있었던 일은 벌써 잊어버린 모양이고, 기분이 좋은지 어쩐지 사무연이 쌩긋 웃으며 바라봤다.

"그럼요. 무슨 말인데요."

고개를 끄덕이며 싫지 않은 시늉을 했다. 달빛 가득 고인 눈을 깜빡이며 장난스럽게 고개를 옆으로 꼬고 소책이 말하기를 기다린다. 진지한 것을 본질적으로 싫어하는 사람이다. 그런 사람인 줄을 번히 알기에 우회하여

"난 사무연과 평생 함께 여행을 하게 된 것을 크나큰 영광으로 생각합니다."

거창하게 운을 뗐다.

"당연한 말로 사람 띄우지 말아요. 뭔가 하기 힘든 말을 하려는 거죠?"

사무연은 눈치가 고수 중에 고수이다. 그래서 더는 말을 돌리지 않고 단도직입으로

"동반자를 정해 준 것은 같이 여행을 하라는 것인데… 그러면 서로의 배려가 어느 정도는 있어야 한다고 생각합니다."

그 말에, 사무연이 입에 물고 있던 웃음이 쪼그라들었다.

"예를 들어, 어디 가고 싶으면 나 잠깐 갔다 온다고 얘기를 하든지, 아니면 같이 가자는 의견을 내보는 것이 좋은 것 같습니다."

쪼그라진 입이 찌그러지기 시작했다.

"갑자기 사람이 사라져서 어디로 간지를 몰라, 올 때까지 혼자 멍하니 있어야 하는 일이 결코 쉬운 일이 아니라는 것을 알아주었으면 합니다."

수수한 표정으로, 듣기 좋은 말로, 최대한 예의를 갖추어 알아

들을 수 있게 얘기를 하였다. 그랬으면

"어머나, 그랬어요. 죄송해요. 미처 그 생각을 하지 못했네요. 앞으로는 그런 일 없도록 할게요."

이 말을 당장 눈앞에서 들어도 속에 쟁여져 있는 것이 다 풀리지 않을 판인데, 눈을 동그랗게 뜨더니

"그래서요?"

하고는 눈에 불똥을 튀기며 쳐다봤다. 말이, 그래서요? 이지 사실은

"그래서?"

한 것이나 하나 다를 것이 없었다. 말꼬리를 치켜 올린 그 말 한 마디에 소책은 가슴이 꽉 막혀 더는 말을 못하고 입을 다물어버렸다.

"그래서요?"

한 박자 낮추어 음성을 내리깔며 사무연이 다시 물었다. 낯빛 하나 변하지 않고.

사무연이 독이 올라 새파랗게 변하면 소책은 이상하게 기가 죽었다. 그래서

"그렇다는 겁니다. 밤이 늦어서 난 자러 가야겠습니다. 그럼."

하고는 자리를 뜨고 말았는데, 생각하면 할수록 속이 떨렸다.

'도무지 저 사람 머릿속에는 무엇이 들었을까.'

이 천상이 줄만 서면 개떼같이 오는데도 아니라는데, 저런 사람이 어떻게 천상을 왔을까. 소책은 아무리 생각해도 그 자체가 이해가 되지 않았다.

이래서는 안 되리라.

시간이 지날수록 사무연의 언행은 도를 넘어서고 있었다.

무슨 말끝이라도 기분이 나쁘면 사람이 무안해질 정도로 빤히 쳐다보는 것은 예사요, 조금이라도 마음에 들지 않는 것이 있으면 노골적으로 따지고 들어 사람을 곤혹스럽게 만들기 일쑤였다. 구변이 또 어찌나 좋은지 대거리를 하다보면, 소책만 항상 용광로 쇳물처럼 시뻘겋게 얼굴이 달아 씩씩거리다 저 혼자 돌아서기 일쑤였다.

그러한 일이 한두 번이 아니라 벌써 여러 번이다. 그래서 이번 일도 참고 참아 오장이 썩어 내릴 때쯤 해서 한 말인데 또 당하고만 것이다. 이런 일이 있고나면 소책의 마음은 몇 날 동안 뒤숭숭했다.

잘 내쏘기도 하지만 무조건 우겨대는 데는 기가 질려 이젠 대하기가 여간 조심스러운 것이 아니다.

소책은 우유부단한 면이 있어 자신이 맞다는 생각이 들어도 몇 번 얘기를 해보다가 사무연이 계속해서 우기면

"그럼 내가 틀렸나 보오,"

하고 넘어가는 성격이었다. 단 둘이 지내면서 틀리고 맞은 것이 뭐가 그리 중요하고, 옳다고 우겨봐야 누가 알아줄 것이며, 이 천상에서 변할 것이 뭐 있을쏜가. 성격이 뭉실하고 낙천적이어서 무슨 일에서나 이런들 어떻고 저런들 어떠랴 싶다. 그러나 사무연은 그러지 않았다. 그네는 자신이 옳다고 생각하는 것은 끝까지 우겨

기어이 항복을 받아내야 직성이 풀리었다.

이렇게 성격 자체가 서로 다르다보니, 그동안 알게 모르게 사사건건 부딪친 적이 여러 번 있었는데, 그리했다고는 하나 그 점만 빼고 나면 기분이 좋을 때는 또 여간 싹싹한 것이 아니어서, 그 미모와 어우러진 아양은 천근만근 응어리졌던 찌꺼기들을 한순간에 봄눈 녹듯 사라지게 했다. 그런데 어제 저녁 일은 아무래도 충격이 컸던지 밤을 꼬박 새도록 마음에서 털어지지 않아 한숨도 이루지 못하였다.

'이리 가다가는 어느 날엔가 머리끄덩이 잡히는 일 없다고 누가 장담하랴. 미리 대비를 해야 옳지?'

생각이 거기에 미치자, 이렇게 된 모든 원인이 그동안 자신이 너무 사무연이 원하는 것을 잘 들어주고, 지나치게 자상하게 보살펴 주었기 때문이라는 생각이 들었다. 그리고 또 한 가지가 바로 물에 물탄 듯 싱겁게 자신이 너무 자주 양보를 하여 가벼이 보였기 때문이라는 자책어린 마음도 들었다. 하여 오늘부터 당분간 일체 말을 하지 않기로 소책은 마음먹었다. 언제까지가 될지 그건 자신도 알 수 없지만, 어찌됐건 소기의 성과가 나올 때까지는 계속할 생각이다.

생각을 굳힌 그날부터 소책은 우선 사무연을 대하는 태도를 바꾸기로 했다.

우선, 사무연이 눈앞에 보이기만 해도 좋아서 멍텅구리같이 씩 웃는 그 버릇을 먼저 고치기로 했다. 근엄한 표정으로 바꾸고, 얼굴이 마주쳐도 아무 감정을 싣지 않은 채 그저 무심하게 보리라 다짐했다. 그리고 말은 예, 아니오만 하고 다른 말은 일체 꼬리를 붙이지 않을 작정이다. 처음 시작할 때는 다소 어색하겠지만 시간이 지나면 괜찮아질 것이고, 마음을 그리 먹으면 그렇게도 예뻐 보이던 사무연 얼굴도 별로 뛰어나 보이지 않을 것 같았다.

어쩔 수없이 같이 다니기는 하되 더 이상 관심을 가지는 대상이 아니라는 것을 최대한 나타내기로 한 것이다.

날이 밝자 사무연이 근처를 돌아다니며 아침을 구해왔다.

"일어나요."

소책의 침안을 발로 툭툭 차며 깨우는 말투에, 불만이 고스란히 배어있었다.

소책은 아무 말도 하지 않고 얼굴을 마주치지도 않고, 묵묵히 사무연이 따온 향천음을 먹었다.

다른 때 같으면 수고했다고도 하고 잘 먹겠다고도 하는데, 오늘 아침은 꾸어다 놓은 보릿자루처럼 생뚱맞은 얼굴로 말도 않고 먹기만 하는 소책을, 사무연이 흘끔 쳐다봤다. 어수룩한 얼굴이 오늘따라 단단히 굳어있다.

'무엇 때문이지? 똥 뀐 놈이 성낸다더니 어제 저녁일 때문에 그러나?'

싫어져 사무연도 덩달아 아무 말을 않는다.

서로 어색하고 서먹한 시간이 흘렀다.

내가 또 먼저 말 붙여주기를 기다리고 있겠지.

사무연 또한 이번만큼은 먼저 다가가 살갑게 대할 마음이 없었다. 표가 나게 삐뚤어진 소책의 행동이 언제까지 가나 이번에는 자신도 지켜볼 참이다.

속으로 계산을 하느라 둘의 사이가 시간이 지날수록 더욱 소원해졌다. 서로 흘낏거리며 눈치만 보고 말조차 하지 않았다. 무엇보다 이번 기회에 사무연의 버릇을 단단히 고쳐놔야겠다고 생각한 소책의 마음은 그리 쉽게 풀 수 있는 것이 아니었다.

"무슨 징조야?"

사무연은 놀랍다는 생각을 한다. 대개는 자신이 먼저 다가가 말을 붙이고 화해를 하는데, 만일 그러지 않았을 때는 한나절 이상을 소책이 버틴 적이 없었다. 혹 자신이 토라져서 혼자 어디로 가버릴까 봐 겁이 나서, 히죽이 웃으며 뭐라고 뭐라고 하면서 속없는 사람처럼 다가오는데, 오늘은 종일을 입을 봉한 채 말 한마디 없는 소책이다. 거기다가 느릿느릿 걷던 걸음을 뭣에 받쳤는지 빨리빨리 걷고, 팔 젓는 소리가 쉭쉭 나도록 흔들어대며, 자신보다 앞서 용감무쌍하게 걸어가는 소책이다.

사무연은 사무연대로, 이번에는 고집이 발동하여 끙끙거리면서도 버티는 중이다. 저녁이 되어 눈에 보이는 자리에다 사무연이 배낭을 집어던져놓았는데도, 소책은 사무연 것은 쳐다보지도 않고 자신의 침안만 토닥토닥 만들어서는 쏙 들어가더니, 들자마자 잠이 들었는지 가볍게 코까지 곯았다. 그런 소책을 사무연이 고개를 쑥 빼고 쳐다보았다.

"얼마나 삐친 거야? 종일 한 마디도 안 할 정도로 모진 사람은 못 되는데…"

동산 위에 홀로 떠 있는 둥글고 하얀 달이 깊어가는 밤을 시리도록 촉촉하게 적신다. 상황이 변한지라 사무연도 오늘만큼은 스스로 자리를 만들지 않을 수 없었다. 늘 소책이 만들어 주어 편했는데 손수 하려니 옛날 가락은 사라져 잊어버렸고, 손끝이 어쩐지 어색하고 낯설다. 소책은 일도 아닌 같이 쓱쓱 잘도 만들던데 오늘 직접해보니 한쪽이 기울어지고 모양새가 나지 않는 것이 여간 어려운 일이 아니다.

자는 체하고 있는 소책은 속으로,

"고생 좀 해 봐라, 속도 좀 폭폭 썩어봐라."

혼자서 입속으로 주절대며 옆으로 돌아누웠다.

흠잡을 데 하나 없이 아름다운 용모를 지닌 사람이, 그 버릇없이 툭툭 내뱉은 말과 행동만 아니라면 세상에 둘도 없는 고운 동반자가 될 것이었다. 사무연은 보고 또 볼 때마다 아름답다. 첫날이나 시간이 제법 지난 지금이나 똑같이 아름답다. 그리고 이 천상에 있는 동안 언제라도 그렇게 아름다울 것이다. 마음까지 착한 동반자로 만들기 위해 소책은 지금 당장 마음이 좀 아프더라도 참기로 했다. 그리고 이왕 시작한 마당이니 쇠뿔이 빠질 때까지 절대 마음이 흔들리지 않으리라 다짐했다.

다음 날.

일찍 일어난 소책은 자신의 침안을 정리하여 아직 단잠에 빠져 있는 사무연 쪽을 힐끗 한 번 쳐다보고는, 어둠이 아직 걷히지 않은 꼭두새벽에 길을 재촉했다.

사무연이 일어날 때쯤이면 자신은 이미 저 멀리 보이는 맞은편 산마루를 훌쩍 넘어가고 없을 것이다. 입을 굳게 다물고 타박타박 발걸음을 옮긴다. 자신을 버리고 먼저 떠났다는 것을 안 사무연이 미련을 못 버리고 따라올 수도, 아니면 오기가 받쳐 다른 길로 가버려 영영 헤어질 수도 있는 일이지만, 설사 그러하더라도 어쩔 수 없는 일이라고 소책은 생각한다.

소책이 빠른 걸음으로 내쳐걸어 고개를 넘어가고 한참의 시간이 흐른 후, 해가 산마루에 말간 얼굴을 비치고서야, 아침잠이 많은 사무연은 일어났다. 밤사이 헝클어진 머리를 쓰다듬고, 기지개를 켜고 하품을 하며 밖으로 나온 사무연의 눈이, 본능적으로 소책의 침안이 있던 장소로 쏠리었다. 어제 머쓱해진 표정으로 소책이 돌아간 뒤끝이라 어찌됐건 신경이 쓰였다.

"어디 갔나?"

소책이 있던 자리는 말끔하게 정리되어 무엇 하나 남아있는 것이 없었다.

사무연이 주위를 두리번거린다. 오늘은 소책이 당번일이라 아침을 장만하기 위해 자리에 없는 것은 당연한 일이지만, 이렇게 침안까지 깨끗하게 정리하여 배낭까지 메고 간 경우는 아직 없었다. 가까운 주위를 돌아다니며 아침을 구해오면 되는 일이다. 소책으로서는 어쩌면 일이라기보다 여기저기 다니는 산책과도 같은 것

이다. 의아한 생각이 들었으나 사무연은

"오늘은 배낭까지 메고 갔다 오나 보다."

아니면

"참으로 맛있고 좋은 것을 발견하여 좀 넉넉히 따가지고 오려고 배낭을 들고 간 모양이다."

정도로만 생각하고 기다렸다. 그렇게 한정 없이 기다리다가, 빙긋이 오른 해가 저 혼자 하늘 중천으로 둥둥 떠가고 있을 때야 사무연은 생각을 정리한 결과, 소책이 자신을 버리고 줄행랑 친 걸 알았다. 처음에는 자존심도 상하고 억장이 무너져서

"홍, 천상이 어디 같이 갈 사람 없다고 외로운 곳이던가, 가든지 말든지."

치받친 오기에 몸을 떨고 이를 갈며

"어디 돌부리에 채여 넘어져 면상이나 깨져버려라."

하며 혼자 분을 못 이겨 했다. 정말이지 영영 보지 않아도 하나도 아쉬울 것이 없을 것 같았다. 그런데 부글부글 끓던 속이 한 시간도 지나지 않아 꺼져 버렸다.

"아니지, 천 년 동안을 혼자 어찌 다닌다고… 그건 너무 외롭고 서글퍼서…."

마음이 바뀌었다. 그 생각이 든 순간 덜컥 가슴이 무너져 내렸다.

"무엇 때문인지 말을 해야 알지, 무작정 혼자 가버리면 나는 어떡하라는 거야?"

사무연은 서둘러 침안을 챙겨 급히 길을 떠났다. 학학 숨이 차

도록 뛰어 맞은편 산마루에 올라 내려다보아도 소책은 어디까지 갔는지 머리카락 한 올도 보이지 않았다.

"그깟 일로 토라져 도망을 가다니… 좀생이 같으니."

사무연은 발걸음을 빨리했다. 해가 중천을 지나고 슬금슬금 서산으로 뒷걸음질을 치더니 서산마루에 엉덩이를 대고 턱 걸터앉았을 무렵이었다. 시들어 가는 해만큼이나 사무연은 불안하고 초조하여 마음을 다잡을 수가 없다.

도대체 어디로 갔지?

소리라도 쳐서 한 번 불러보고 싶었으나, 그것만큼은 자존심이 허락하지 않아 꾹 눌러 참았다. 이리저리 헤매다가 낮 시간을 다 보내고, 어둠이 내려 더 이상 길이 보이지 않을 지경이 됐는데도 소책의 행방은 묘연했다.

울창한 산림으로 둘러싸인 골짜기에 어둠이 내리더니 금방 주위가 컴컴해졌다. 나무 밑이라 밤은 더욱 음산하고 어두웠다. 사무연은 지친 모습으로 자리에 털썩 주저앉았다. 종일 굶었다는 사실도 잊은 채.

밤이 아주 깊어갈 때까지도, 부스럭거리는 무슨 기척이라도 들리면 사무연은 혹시나 하는 마음에 얼른 침안 밖을 내다보았다.

'연약한 사람을 밤에 혼자 두다니…'

혼자 떨어져 맞은 밤은 길었다. 외로움을 뼈저리게 느끼며, 의지할 곳 없이 내팽개쳐진 채 버려졌다는 참담함으로 인해, 피곤한 하루를 보냈는데도 쉬 잠을 이룰 수가 없다. 그리고 시간이 지나면서 소책의 행동에 슬슬 부아가 치밀기 시작한다. 자신이 잘못한 무엇이 있다면 말을 하면 될 것을, 헌신짝처럼 내버리고 혼자 가버린 그 처사가 생각할수록 어처구니가 없는 것이다. 세상에 혼자 동그마니 남겨진 그 밤에 사무연은 처음으로 곰곰이 소책과의 관계를 되짚어보았다. 굳이 생각하려 했던 것은 아닌데, 쓸쓸하고 허전한 마음이 그리 생각하도록 만들었다.

그는 나에게 어떤 사람일까? 이 천상에서 같이 지내는 동반자? 친구? 없으면 안 되는 사람?

때론 앙칼지게 면박을 주어도 늘 허허, 웃던 소책의 해맑던 모습이 떠오른다.

그의 존재를 같이 있을 때는 실감하지 못했는데, 혼자 뎅그러니 남겨지고 보니 자꾸만 그리워졌다.

그리워라.

갑자기 사무연은 소책이 보고 싶어졌다. 늘 같이 있을 것이라 생각했지, 자신을 버리고 무정하게 가버리는 이런 일을 당하리라고는 정말이지 상상도 해보지 않았었다. 사무연은 늘상 소책을,

그는 나에게 붙잡힌 노예 같은 존재, 언제라도 부르면 꼬리를 살랑살랑 흔들며 다가오는 존재.

그런 존재라고 언제나 생각하고 있었던 것이다.

'무엇 때문에 혼자 가버렸을까? 내가 자존심이 상할 만한 어떤 말을 했나?'

사무연은 그 동안 소책에게 한 자신의 행동을 머릿속으로 되짚

어보았다. 본래 상처를 준 사람은 자신이 저지른 잘못을 잘 기억하지 못하는 법이고 보니, 언뜻 짚이는 것이 없다가, 어제 저녁 소책이 무슨 말인가를 하려다 말고 멀뚱하게 일어서던 순간이 퍼뜩 떠오른다.

"맞아, 그때 속이 받쳐서 일어난 거야. '그래서요.' 그 말을 하지 말았어야 했는데… 그냥 만만해서 그랬지, 그런 걸로 화를 낼 게 뭐야."

이렇게 혼자 있어보니 자신이 소책에게 그동안 얼마나 의지했었는지 여실히 느껴졌다. 사무연은 소책을 항상 만만한 존재, 자신이 끌고 가야하는 존재로만 생각했지

한 번도 소책을 어려운 존재, 두려운 존재로 생각해 본 적이 없었다.

자고 일어나 아침이 되면 어쩌면, 밤사이 자신 옆에 몰래 와있을 것이라는 믿음이 들어, 사무연은 혼자서 맞는 밤이 그다지 외롭지는 않았다. 단지 지금 혼자 있다는 사실이 절벽 끝자락에 서 있는 것만큼이나 적막할 뿐이다.

"나를 버릴 수는 없지. 나 없이 사는 세상. 홍, 상상도 못하지."

좋아하는 마음을 제대로 표현은 못하고, 그윽한 눈길로만 자신을 바라보던 소책의 모습이 떠오르자 사무연은 그렇게 단정한다.

풀죽은 목소리로, 하루만 떨어져 있어보니 당신 없이는 안 되겠더라고, 내가 뭣에 씌었던가보다고, 참회하는 눈빛으로, 멋쩍은 웃음을 지며 뚜벅뚜벅 나타날 것 같은 생각이 들자, 사무연은 입을

꼭 다물고 눈을 가느다랗게 뜬다. 그 일이 금방이라도 일어날 것 같아 어떤 쾌감이 스르르 피부를 적신다.

앉았다 일어섰다 나왔다 들어갔다, 어디선가 무슨 소리만 들려도 그것이 소책의 발소리인가 하여 몇 번이나 뛰쳐나와 보고, 사르륵거리는 소리만 나도 혹시라도 옷자락 스치는 소린가 하여 귀 기울여 보았으나, 그러나 그건 텅 빈 어둠속을 지나가는 바람이 던져놓고 간 형체 없는 고갯짓이었다.

소책은 그 밤 내 꼬리 끝자락도 보이지 않았다.

혼자서 오만가지 생각에 잡혀 있다가 동이 트면서 꿈도 깨지고 호기도 사라졌다. 사무연은 이제 소금에 절인 푸성귀 꼴이 되어 금방이라도 울음을 터뜨릴 것 같다.

허전하다.

세상천지에 오직 혼자라는 사실이 사무연에게는 극형이었다. 허전함도 허전함이지만, 말벗이 사라져 입이 좀이 쑤셔 미칠 지경이다. 진종일을 옆에서 지껄여도, 말을 듣는 둥 마는 둥 하면서도 '허허' '그랬군요' '아' 하며 앵무새 상투적인 대답만 하더라도 장단이 맞춰졌었는데 막상 옆에 없으니 말문이 꽉 막혀 여간 답답하지가 않다.

"멀리 가지는 못했을 거야. 앞에 어딘가에 있겠지."

해도 뜨기 전 새벽녘에 사무연은 준비를 마치고 길을 서둘렀다. 곧 눈앞에 나타날 것 같은 소책은 그러나 아무리 열심히 걸어도 보이지 않았다.

사무연은 그제야 소책이 자신을 두고 제법 먼 곳으로 간 것을 깨닫는다. 길섶에 있는, 풀 가지에 붙은, 천상에서는 흔해빠진 열매로 배를 채우고 또 다시 길을 떠났다. 어제와는 다르게 이상한 느낌. 뭔가 허전하고 불안한 그 무엇이 가슴 한구석에서 소록이 피어난다. 뛰다시피 하며 반나절쯤 갔을까. 느닷없이 길이 세 갈래로 갈라진 삼거리가 나타났다.

"어디로 가야 하지?"

갑자기 사무연은 아득한 느낌이 든다.

"소책이 어느 길로 갔을까?"

그러나 생각만으로는 그가 어디로 갔는지 알 길이 없다. 산 정상 쪽으로 향하는 길이 있고, 또 한 길은 줄곧 내리막길로 내려가 평지로 향하는 길이다. 종잡을 수가 없어 한참동안 생각을 해보다가 산 쪽으로 난 길을 택해 걸음을 서두른다.

늦으면 영영 소책을 따라잡을 수 없을 것 같은 불안감 때문에 지쳐 히든거리는 다리를 곧추세워 걸음을 서둘렀다. 꼬불꼬불한 길을 한참을 올랐다. 얼마나 올라왔는지 평지 저 밑이 훤히 보이는 지점이었다.

"이 길이 아닐지도 몰라. 소책은 분명 저 밑의 길로 갔을 거야."

갑자기 마음이 바뀌자, 사무연은 가던 길을 버리고 걸음을 바꾸어 미친 듯이 평지로 향하는 길로 치달았다. 소책이 어느 길로 갔는지도 알지 못하는데 마음이 자꾸 이 길, 저 길로 유혹하는 것이다.

삼거리에서 평지 쪽으로 난 길을 향해 내쳐달렸다. 쓸데없이 오르내리느라 시간을 많이 지체한 것 같아 걷지도 못하고 뛰다시피 한다. 그러나 그 모습은 시늉만 뛰는 것이고, 발걸음은 지쳐 걷는 것인데 마음만 급하여 팔만 휘젓는 모양새다. 평지에 한길이나 됨 직한 수풀에 눈송이같이 하얀 꽃들이 소담스럽게 피어있다. 평소 같으면 발길을 묶어두고 한참이나 서서 구경을 하고 갔을 그 진풍 경도 지금 이 순간에는 눈길을 사로잡지 못한다.

"이 길이 아닌가 보다. 소책이 산길을 좋아하니까 윗길을 갔나보 다. 아까 거기에서 좀 더 위로 가 볼 걸."

그냥 가지 뭐 하러 다시 내려왔나 싶어지자, 다리에 힘이 빠지고 얼굴이 해쓱해진다.

"아!"

다시 삼거리로 돌아와서 사무연은 머리를 감싸고 바닥에 주저 앉았다. 어쩌면 소책을 영영 못 만날지도 모른다는 생각이 들자, 전에 없이 가슴이 울렁거리고 참담해졌다. 망망대해에 떠 있는 일 엽편주를 탄 느낌이다.

"만나기만 해봐라. 입으로 확 물어버릴 테니까."

조금이라도 서둘러야 소책을 따라잡을 수 있을 것 같은 마음에, 산 비탈길을 네 발로 기듯 올라갔다.

예전에는 종일을, 지금보다 더 험한 길을 걸어 다녔어도 힘이 들 거나 한 번도 다리가 풀린 적이 없는데, 이상하게도 오늘은 다리 가 천근만근이다. 올라갈수록 길은 험하여 좁은 바위 틈새를 몸 을 옆으로 비틀어 등허리와 가슴으로 바위를 쓸어가며 겨우 빠져

나가 산 정상에 올랐다. 사방이 온통 발아래로 굽어 보이는 높은 지점이었다.

"저거?"

평지로 난 길 저 앞쪽에 한참이나 떨어진 곳에 가물가물한 형체 하나가 보이는데, 그건 휘적휘적 팔을 내저으며 걸어가고 있는 소책이 분명하였다. 모습을 본 것만으로도, 사무연은 지옥에서 부처님을 만난 것만큼이나 반가워

"소책! 소책!"

목이 터져라 불러도 그 소리가 소책의 귀에는 들리지 않는 모양이다. 힘이 빠진 다리가 후들후들, 사무연은 무너지듯 길섶에 주저앉고 말았다. 걸어가는 소책은 어쩐지 신바람이 난 걸음걸이였다. 경쾌하게 팔을 흔들며 나풀나풀 걸어가는 모양새가 콧노래라도 부르는 것이 분명하였다. 그 흥얼거림이 축 늘어져 길가에 앉아있는 사무연의 귓바퀴에 누렇게 들리는 듯하였다.

날이 저물고 있어 밤을 새기 위해 소책도 어딘가에 자리를 잡을 것이었다.

"부지런히 간다면…오늘 밤 늦게는 그를 따라잡을 수 있다."

급하게 다시 산길을 내려와 삼거리에서 밑으로 난 길을, 가쁜 숨을 몰아쉬며 사무연은 뛰어간다.

"오늘은 잡아야지."

사무연은 밤이 깊어서 발목에 이슬을 흥건하게 적신 다음에야 소책을 따라잡았다. 길 한가운데다 소책은 침안을 펼쳐놓고 밤을

맞고 있었다. 잠시도 쉬지 않고 급하게 내질러 온 걸음이라 숨이 턱밑까지 찼다. 뒤쫓아 올 때는 만나기만 하면 당장 쌍심지로 불을 켜고 따져 묻고 싶었으나, 거리가 가까워오자 웬일인지 숙지근해졌다.

자신을 위해서 그동안 소책이 이모저모 자상하게 챙겨준 것을 생각하면 자신의 언행이 지나쳤음을 인정하지 않을 수 없었다. 그리고 두루 뭉실한 줄 알았던 소책의 성격이 이제 보니 꽤나 꼬장꼬장한 구석이 있다는 것도 이제는 알게 됐다.

"삐치면 또 달아나 버릴 거야. 구슬러야지."

사무연은 소책이 눈치 채지 못할 정도의 거리에 배낭을 벗어두고, 살며시 소책 침안 곁으로 발소리 죽여 가보니 그는 명상을 하고 있었다. 허리를 꼿꼿이 펴고 가부좌를 튼 자세로 눈을 차분히 내리감고 있다. 호흡조절을 하는지 몸의 움직임이 거의 없다.

"보고 또 봐도 다 보지 못할 세상을, 무슨 꿍꿍이로 툭하면 눈을 감고 난리람. 그럴 시간이면 같이 이야기라도 좀 하든지, 도 닦으러 천상을 온 것도 아니고."

소책의 그런 행동이 사무연의 마음에는 영 들지 않는 것이다. 입속말로 구시렁거리며 살며시 돌아서가는 사무연의 입귀가 비틀어졌다.

아침이 되자, 소책은 배낭을 멘 채 어제 걸어왔던 길을 돌아봤다. 걷는 속도를 늦춰놓은 터라 사무연이 이제는 가까이 왔을 수도 있는데…? 싶은 마음에 돌아보는 것이다. 그렇다고 길에 앉아서 기다리는 모양새도 우습고 그러고 싶지도 않았다. 어쩐지 그건 비굴하다는 생각도 든다. 새벽에 기온이 뚝 떨어졌는지 뿌연 새벽 안개가 자욱하게 깔려 대여섯 걸음 앞도 내다보기 힘들다.

"알아서 하겠지."

그저께 처음 떨궈 놓고 올 때는 발걸음이 몇 번이나 길 한가운데 멈춰 섰었다.

"이게 너무 무모한 짓은 아닐까? 이러다 정말 영영 헤어지는 건 아닐까?"

싶은 생각이 들면 저도 모르게 발걸음이 멈춰 섰다가

"어떻게 먹은 마음인데… 이렇게 무너질 수는 없다."

마음을 다잡아먹고 또 다시 걸음을 재촉하였다. 어제까지는 그렇게도 마음이 무겁더니 이틀이라는 시간이 지나자 이제는 어느 정도 마음이 진정이 되는 것 같다. 사무연이 혼자 어디로 가게 되더라도 이 천상에서 무슨 불상사 같은 일은 당하지 않을 것이고, 자신은 혼자 가는 길이 좀 외로울 뿐이거니 싶어진다. 이런 마음도 시간이 좀 지나면 저절로 없어질 것이고, 그때는 오히려 홀가분하게 될 지도 모른다는 생각마저 들어 기분이 한결 개운해졌다.

안개 숲을 헤치며 모퉁이를 막 돌아서다가, 소책은 갑자기 몸이 흔들리게 놀랐다. 시커먼 물체 하나가 눈앞에 장승처럼 떡 버티고 서 있었다.

하마터면 헉, 소리가 나올 뻔 했으나 요행히 소리를 삼켜 마시고 후들들 걸음을 멈추어 섰다. 주춤 밀리는 걸음을 붙박고 초점을 고정시켜보니, 그건 아직도 저 뒤에서 뒤쫓아 온다고 애를 쓰고 있겠거니 생각했던 사무연이었다.

놀란 표정을 애써 감추고 짐짓 태연한 척 시선을 비껴 바라봤다. 혹시라도 시퍼렇게 독이 올라 표독스런 모습은 아닐까 했는데 예상 외로 사무연은 예전의 모습이 아니다. 그 당당하고 고고하던 모습은 찾을 길이 없고, 이틀 동안 나름대로 고생이 되었던지 숙여진 모양새가 후줄근하게 보이기까지 한다. 아무 말도 하지 않고 옆을 지나가려는데, 사무연이 얼른 소책의 소매를 잡았다. 그 바람에 지나가려던 소책이 걸음을 멈추었다.

"잘못했어요."

짤막한 말로, 어쩐 일인지 사무연이 고개를 숙이고 들어왔다. 소책은 갑자기 얼떨떨해져 하마터면 얼른 돌아서

"아닙니다, 내가 오히려 미안합니다. 이렇게 완고할 생각은 아니었는데…"

하고 말하려다, 혹시 이것이 술책은 아닌가 하는 생각이 언뜻 스쳐 목구멍까지 치밀고 올라온 말을 도로 밀어 넣었다. 분명 떠보려는 함정이 분명한 것 같다.

'약해지면 안 되리. 이번에야 말로 기어이 근본을 바꾸어야 할 참이라.'

팔을 들어 잡힌 손을 뿌리치고 가려니, 사무연이 서둘러 완강하게 팔을 부여잡았다.

"…생각해보니… 그런 것 같기도 하고…. 그래서…"

의도가 분명치 않은 말을 자꾸 지껄이며 사무연이 시간을 끌었다.

"뭘 말하고 싶은 겁니까?"

속에 차곡차곡 쟁여져 있던 웅어리가 돌덩이 같이 굳어있던 터라 소책의 목소리는 굵고 딱딱하였다.

"그러니까 그게… 다시 한 번 생각해보시고… 좋은 방향으로… 그리고 무엇보다 내가 약한 사람이고,…그러니까 내가 잘못했다고요."

마지막 말을 악을 쓰듯 내뱉고는, 자기 분에 못 이겨 사무연이 홱 돌아서 버렸다.

하늘이 쪼개져도 아쉬운 소리라고는 하지 않을 사람인데, 자기 스스로 그 말을 해버렸으니, 구겨진 자존심이 처참하기는 했을 것이다.

"인정을 하기는 합니까?"

심지 박듯 소책이 물었다.

고개를 끄덕끄덕. 무엇이 억울한지, 무엇이 슬픈지는 모르겠으나 사무연의 눈에 눈물이 글썽글썽하다.